心悟集

行医八十载
活过九十九

李新吾 著
杨威 陈陆泉 舒凝 整理

中医古籍出版社
Publishing House of Ancient Chinese Medical Books

图书在版编目（CIP）数据

心悟集：行医八十载，活过九十九 / 李新吾著；杨威，陈陆泉，舒凝整理．—北京：中医古籍出版社，2021.12

ISBN 978-7-5152-2164-9

Ⅰ．①心…　Ⅱ．①李…　②杨…　③陈…　④舒…　Ⅲ．①回忆录—作品集—中国—当代　Ⅳ．① I251

中国版本图书馆 CIP 数据核字（2020）第 189778 号

心悟集——行医八十载，活过九十九

李新吾　著

杨　威　陈陆泉　舒　凝　整理

责任编辑　李　炎

特约编辑　张　楚

封面设计　杨飞羊

出版发行　中医古籍出版社

社　　址　北京市东城区东直门内南小街 16 号（100700）

电　　话　010-64089446（总编室）010-64002949（发行部）

网　　址　www.zhongyiguji.com.cn

印　　刷　廊坊市靓彩印刷有限公司

开　　本　710mm×1000mm　1/16

印　　张　13.5　　彩插 16 页

字　　数　166 千字

版　　次　2021 年 12 月第 1 版　2021 年 12 月第 1 次印刷

书　　号　ISBN 978-7-5152-2164-9

定　　价　58.00 元

青年时期

在北京工作时期

85岁于家中

1976 年随医疗队于延安合影

1984 年访问南斯拉夫

耳研所第一批硕士研究生答辩

李老在办公

与硕士研究生合影

参加同仁医院第一届运动会

伉俪情深（李老与妻子高华）

北京市中医管理局罗增刚副局长为“李新吾名老中医工作室”授牌

罗增刚副局长与李新吾教授合影

在通州中西医结合医院培训

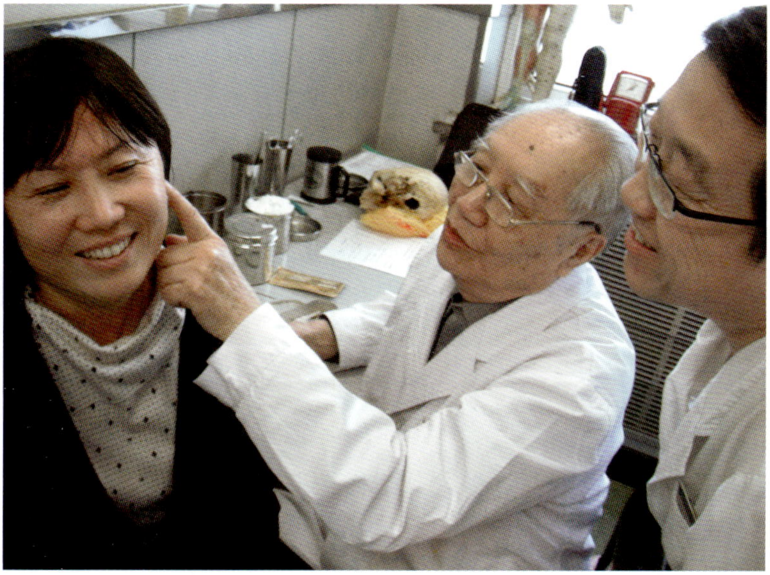

在同仁医院针灸科临床带教

世界针联麻颖秘书长为李老颁发“世界针联中医针灸传承导师”证书

证 书

CERTIFICATE

尊敬的李新吾教授：

鉴于您作为"新吾蝶腭神经节针刺法"的创始人，在中医针灸国际临床研究中做出的卓越贡献，授予您为"世界针联中医针灸传承导师"。

特发此证。

世界针灸学会联合会

World Federation of Acupuncture-Moxibustion Societies (WFAS)

Dear Prof. *LI Xinwu*，

Considering you are the founder of "Xinwu puncturing Sphenopalatine Ganglion", and the remarkable contribution you have made in International Clinical Research on Acupuncture-Moxibustion of Traditional Chinese Medicine, we hereby grant you the title of "WFAS Tutor for Inheriting Acupuncture-Moxibustion of Traditional Chinese Medicine".

证书编号(Certificate No.): WFASIC-201801

颁发日期(Date issued)：2018-07-16

世界针联授予李老"世界针联中医针灸传承导师"

给2019年第三届新吾针刺蝶腭神经节培训班的同学授课

2019 年第三届新吾针刺蝶腭神经节培训班合影

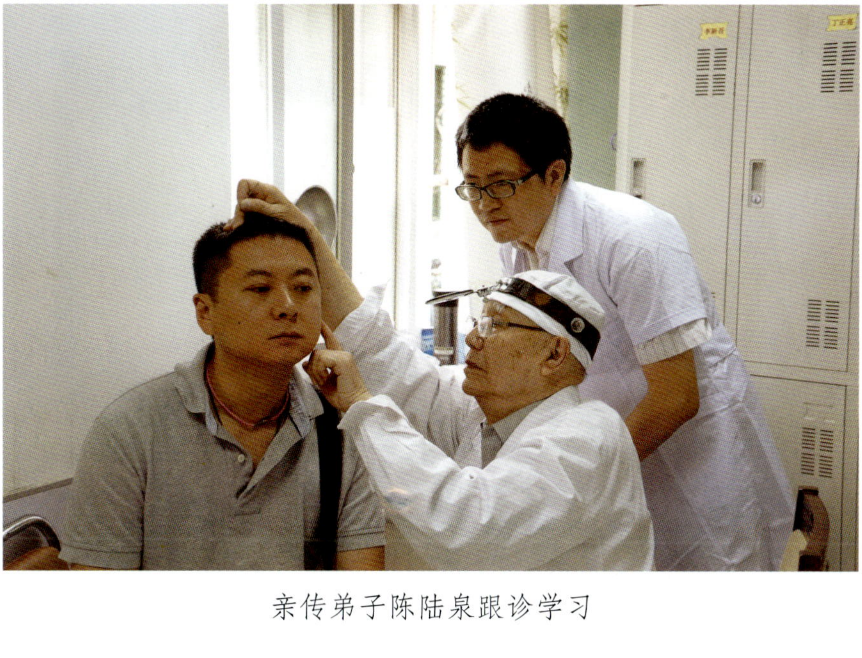

亲传弟子陈陆泉跟诊学习

世界针联中医针灸北京传承基地拜师及授证

世界针联中医针灸北京传承基地成立大会上，与北京市中医管理局、世界针联及同仁医院领导合影

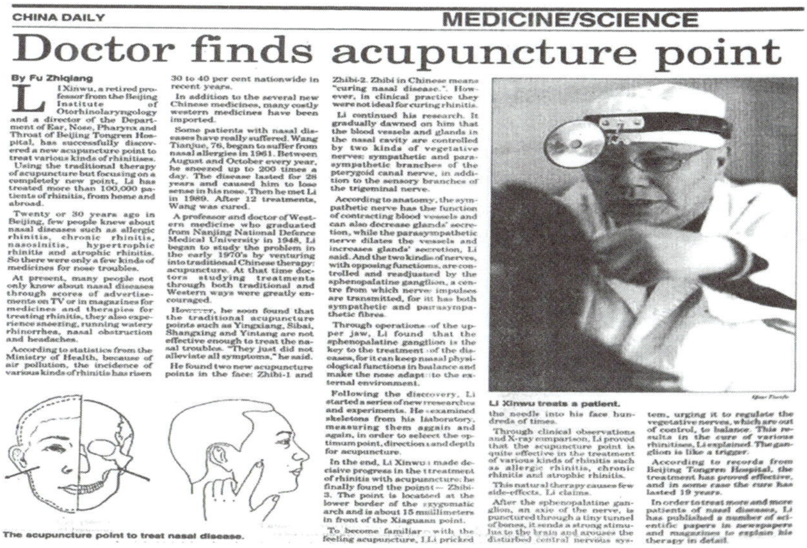

CHINA DAILY

MEDICINE/SCIENCE

Doctor finds acupuncture point

By Fu Zhiqiang

Li Xinwu, a retired professor from the Beijing Institute of Otorhinolaryngology and a director of the Department of Ear, Nose, Pharynx and Throat of Beijing Tongren Hospital, has successfully discovered a new acupuncture point to treat various kinds of rhinitises.

Using the traditional therapy of acupuncture but focusing on a completely new point, Li has treated more than 100,000 patients of rhinitis, from home and abroad.

Twenty or 30 years ago in Beijing, few people knew about nasal diseases such as allergic rhinitis, chronic rhinitis, nasosinitis, hypertrophic rhinitis and atrophic rhinitis. So there were only a few kinds of medicines for nose troubles.

At present, many people not only know about nasal diseases through scores of advertisements on TV or in magazines for medicines and therapies for treating rhinitis, they also experience sneezing, running watery rhinorrhea, nasal obstruction and headaches.

According to statistics from the Ministry of Health, because of air pollution, the incidence of various kinds of rhinitis has risen 30 to 40 per cent nationwide in recent years.

In addition to the several new Chinese medicines, many costly western medicines have been imported.

Some patients with nasal diseases have really suffered. Wang Tianjue, 76, began to suffer from nasal allergies in 1961. Between August and October every year, he sneezed up to 200 times a day. The disease lasted for 28 years and caused him to lose sense in his nose. Then he met Li in 1989. After 12 treatments, Wang was cured.

A professor and doctor of Western medicine who graduated from Nanjing National Defence Medical University in 1948, Li began to study the problem in the early 1970's by venturing into traditional Chinese therapy: acupuncture. At that time doctors studying treatments through both traditional and Western ways were greatly encouraged.

However, he soon found that the traditional acupuncture points such as Yingxiang, Sibai, Shangxing and Yintang are not effective enough to treat the nasal troubles. "They just did not alleviate all symptoms," he said.

He found two new acupuncture points in the face: Zhibi-1 and Zhibi-2. Zhibi in Chinese means "curing nasal disease.". However, in clinical practice they were not ideal for curing rhinitis.

Li continued his research. It gradually dawned on him that the blood vessels and glands in the nasal cavity are controlled by two kinds of vegetative nerves: sympathetic and parasympathetic branches of the pterygoid canal nerve, in addition to the sensory branches of the trigeminal nerve.

According to anatomy, the sympathetic nerve has the function of contracting blood vessels and can also decrease glands' secretion, while the parasympathetic nerve dilates the vessels and increases glands' secretion, Li said. And the two kinds of nerves, with opposing functions, are controlled and readjusted by the sphenopalatine ganglion, a centre from which nerve impulses are transmitted, for it has both sympathetic and parasympathetic fibres.

Through operations of the upper jaw, Li found that the sphenopalatine ganglion is the key to the treatment of the diseases, for it can keep nasal physiological functions in balance and make the nose adapt to the external environment.

Following the discovery, Li started a series of new researches and experiments. He examined skeletons from his laboratory, measuring them again and again, in order to select the optimum point, direction and depth for acupuncture.

In the end, Li Xinwu made decisive progress in the treatment of rhinitis with acupuncture: he finally found the point — Zhibi-3. The point is located at the lower border of the zygomatic arch and is about 15 millimeters in front of the Xiaguan point.

To become familiar with the feeling acupuncture, Li pricked the needle into his face hundreds of times.

Through clinical observations and X-ray comparison, Li proved that the acupuncture point is quite effective in the treatment of various kinds of rhinitis such as allergic rhinitis, chronic rhinitis and atrophic rhinitis.

This natural therapy causes few side-effects, Li claims.

After the sphenopalatine ganglion, an axis of the nerve, is punctured through a tiny tunnel of bones, it sends a strong stimulus to the brain and arouses the disturbed central nervous system, urging it to regulate the vegetative nerves, which are out of control, to balance. This results in the cure of various rhinitises, Li explained. The ganglion is like a trigger.

According to records from Beijing Tongren Hospital, the treatment has proved effective, and in some case the cure has lasted 19 years.

In order to treat more and more patients of nasal diseases, Li has published a number of scientific papers in newspapers and magazines to explain his therapy in detail.

Li Xinwu treats a patient.

The acupuncture point to treat nasal disease.

China Daily 关于李新吾针刺蝶腭神经节治疗鼻炎技术的报道

获"北京医学会耳鼻咽喉头颈外科学突出贡献奖"

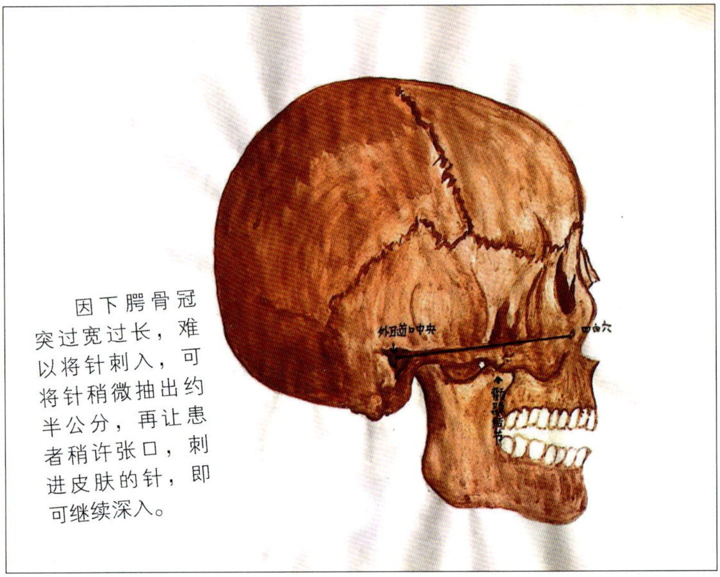

李老手绘颅骨图

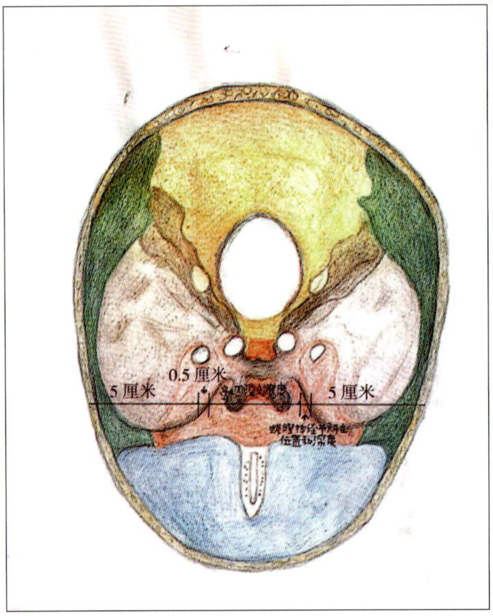

李老手绘颅底图 1

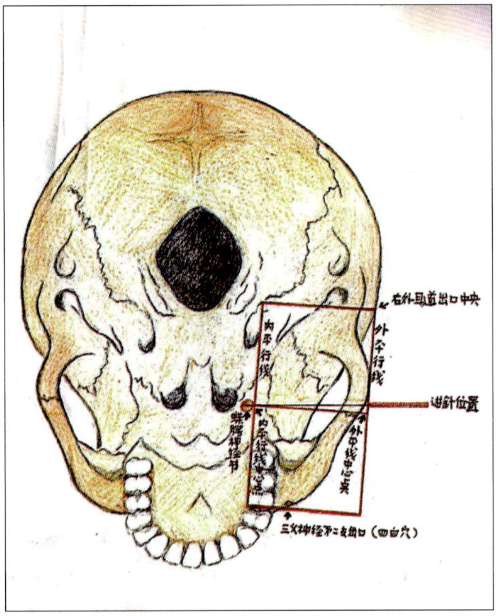

李老手绘颅底图 2

序

在李新吾先生《心悟集》一书即将付梓之际，先生邀我作序，深感荣幸，欣然接受。又恐才疏学浅，管窥蠡测。

新吾先生是我国著名耳鼻咽喉科专家，中西医结合治疗耳鼻咽喉科疾病的开拓者，早在二十世纪七八十年代就已成名家。最具代表性的贡献是先生发现并独创的针刺蝶腭神经节治疗鼻炎的“新吾穴”和“新吾针法”，经过40多年、20余万人次的临床观察，慢性鼻炎治疗有效率达90%以上，过敏性鼻炎治疗有效率达70.2%，其临床观察之久、病例之多、疗效之佳，堪称奇迹。

认识新吾先生是近两年的事。2017年鉴于先生首创“新吾针刺蝶腭神经节法”治疗鼻炎的优异疗效和学术影响，世界针灸学会联合会以先生为代表性传承人，在其工作单位首都医科大学附属北京同仁医院建立了“世界针联（中国北京）中医针灸传承基地”。在基地建设过程中有幸与先生见面交谈，聆听先生的学术报告，亲身体验了新吾针法，加深了对先生医术的了解和认同，并深刻认识到，在先生“从医八十年，活过九十九”的人生经历中，不仅形成了他独具特色的学术思想、临床经验和技术方法，也展现出了他执着坚韧的理想信念、道德修养和情操风范，值得我们学习和传承。《心悟集》的出版将为基地的传承工作提供一部生动的教材。

《心悟集》一书是李新吾先生的自传体回忆录。他从幼年讲起，将一个个独立成章又有逻辑联系的故事串联在一起，向读者展示了一名医务工作者为我国医学卫生事业不懈努力、奋斗一生的经历与情怀。作者用平实的语言娓娓道来，讲述医者与疾病、生命与健康的故事，紧贴生活，联系实际，引人入胜，发人深省。书中既有作者成长、成才、成功之路的曲折坎坷，支援农村工作期间的艰苦锤炼和首创“新吾针刺蝶腭神经节法”治疗鼻炎等重要经历，又有面对患者、面对疾病，治疗疑难急重病例场景的再现，还有日常工作中遇到的大事小情。有生死攸关，命悬一线；有惊心动魄，有惊无险；有抽丝剥茧，解疑释惑；有人生百味，苦辣酸甜，融故事性、思想性、学术性、知识性和趣味性于一体，令读者久久回味。

最应该指出的是，《心悟集》通篇表现出李新吾先生对事业的忠诚执着、对患者的一往情深、对生命的无限热爱、对后学的无比关怀，是作者发自内心的领悟、感悟、觉悟，是作者与读者心灵的沟通。读者只有用心研读、用心思考、用心领会，才能解其中味、知其中情、悟其中道，学做先生那样的人。

世界针灸学会联合会秘书长　麻　颖

2019 年 7 月

编写说明

传承千年的岐黄之术，既是一门救死扶伤的技术，更是中华民族智慧的结晶，凝聚着深厚的文化底蕴，影响着一代代中华医者。神农遍尝百草体现了医者的奉献和追求，费长房悬壶济世彰显了医者的仁心仁术。中医神奇的疗效，独特的魅力，几千年来一直为华夏人民的健康保驾护航。

李新吾教授虽出身于西医，成名很早，但接受“西学中”培训在李老心中埋下了中医的“种子”。李老敏而好学，勤且思变，在不断的实践摸索中，不但积极总结临床中的众多医案，而且开创性地提出了以“针刺蝶腭神经节技法”为代表的众多中西医结合治疗临床五官科疑难杂症的技法和方剂。本书名为“心悟集”，是李老在99岁高龄之际写下的自己从医80余载的心路历程和感悟，另有借其名字谐音之义。李老文笔幽默，思路清晰，本书既可给临床医生学习参考，也可作为普通人的科普读本。

本书从李老幼年的所遇所感讲起，以时间轴为主线，以同类题材为框架，配有众多珍贵的老照片和李老关于疾病治疗的手绘图片。书中附有“针刺蝶腭神经节技法”的具体操作方法，还有众多医案，对于现代年轻医生具有很强的学习借鉴价值。

许许多多像李老一样的苍生大医，毕生都在“为天地立心，为生民立命，为往圣继绝学，为万世开太平”。李老也把自己的毕生心血无私地传授于同仁医院针灸科的杨威主任和我。在李老的指导下，近些年我们已把他的学术思想和技法向超过21个国家推广，每年在国外培训学员超过200人次，受到国外电视台、报纸等媒体以及新华社多次报道。并于2019年由国际、国内6家医院联合组建了“新吾针刺蝶腭神经节法传承团队”，已在全国进行相关学术讲座100余次，直接培训学员超过4000人次。

愿在一代大医李新吾老师的指引下，我辈青年医师勤勉自强，潜心钻研，继承传扬，创新求变，开拓进取，重振中医药之辉煌！

由于李老年事已高，书中难免存在错误和纰漏，恳请各位读者不吝批评及指正，欢迎提出宝贵意见，以便再版时进一步修订、补充及完善。

陈陆泉

2020年10月于北京

目　录

成长求学路

心悟集

祖母情

写这篇文章的时候，我已经 95 岁了。每当想到我的祖母时，还总是会泪流满面，同时也会想到李密的《陈情表》。

谈起李密，大多数人会联想到《隋唐演义》中的瓦岗寨寨主，鼎鼎有名的人物，不肯归顺唐朝，后来被万箭穿心射死！而我现在所说的这个李密，所知者甚少，他生于三国时代的蜀国，蜀亡，晋武帝统一魏、蜀、吴三国，请李密去做大官，他就写了篇《陈情表》予以拒绝……

在初中读到这篇文章的时候，还没有把它与自己的身世联系起来，直到抗日战争爆发，全家从长沙搬回到浏阳以后，再读这篇文章时，才体会到自己的身世与李密有许多相同之处。

我们家是个大家庭，曾祖父有三个儿子，我的祖父是老大，身体不好，我必须与他同行以照顾他。祖父经常有气无力，走不了几步就得坐在别人家门口的石板台阶上休息一会儿，每当这时我只能站在一旁等候。祖父 60 岁刚出头的年纪，显得老态龙钟，总是气喘吁吁的，不到 64 岁就离开了人世。我的父亲虽然上过大学当过教授，但在外洗澡贪凉，躺在藤床上睡了一觉，醒来得了肺炎，因当时没有抗生素、消炎药，送湘雅医院不治身亡，时年 31 岁。李密是“生孩六月，慈父见背”，而我还未满 8 岁，就父母双亡，成了孤儿，从此伶仃孤苦，不得不从长沙城内搬到城南一间临街的破旧房子里居住。这时祖父尚在，于是我和祖父母三人相依为命，每月靠两块“袁大头”（银元）度日，这和当时长沙雇用保姆的工资差不多，而我的学费也不知从何而来，后来应是叔父顾念我父亲供他上大学时的资助而寄来学费，我得以继续学业。祖父病逝后不久，我刚满10岁，突染猩红热，这是当时十种急性传染病之一，生命垂危，祖母到处为我求医，但病情毫无进展，最后找到一家教会医院，不仅不收一文钱，还把我给治好了。从此祖母对我更是爱护有加，只因我是她的精神寄托和希望，是她唯一的宝贝孙子，有我才有她生存的意义！

叔父是二祖父的独子，从北平医学院毕业后，在南京步兵学校当上了一名少校军医。结婚不久，便生了一个女儿，名叫谟娴。本来叔父、婶母与二祖父、二祖母四人都居住在南京，因二祖母患有肺结核，经常咳嗽，痰盂不离手，怕传染给新生的孙女儿，所以决定让她一个人离开南京，搬回长沙来与我们同住。祖母和二祖母妯娌关系甚好，从此除了要照顾我，祖母还多了一项任务——要照顾二祖母的起居。其实，两位祖母也是相互依靠，二祖母身体虚弱，痰盂不离身，完全靠我祖母不怕脏、不怕累的全面照顾，而祖母也需要二祖母的陪伴，她们的妯娌关系进一步加深，二祖母的咳嗽也有所好转。而我下学回来，总要抱着两位祖母亲热一番，后来我在上海第二军医大学附属医院做住院医生时也患上了肺结核，很可能与此有关。二祖母的回来，使家庭有了生趣，在生活上也有所改善，这一住就是多年，我与两位祖母的感情也就越来越深厚，而她们妯娌之间相互照顾，谁也离不开谁了……

我的两位祖母虽然没有文化，又都是三寸金莲、行路缓慢，但她们生性慈祥、对人和善、爱帮助他人。在二祖母回来以前，我们全家在长沙的生活费用每个月只有两块银元，需省吃俭用度日，但左邻右舍的年轻保姆们都愿到我家来聚会聊天，认我祖母为干妈者甚多，所以她有许多干女儿。

那时我还不到9岁，有位年轻漂亮的姑娘来长沙城里打工，也认我祖母为干妈，我叫她为姑姑，后来姑姑嫁给英国领事馆里的一名中方工作人员，经常带我去英国领事馆内玩沙土。当时许多外国领事馆都建在橘子洲上，橘子洲在湘江的中心，那时候还没有建桥，到岳麓山必须经橘子洲坐两次渡船过江。最显眼的是湘江水面上，停了不少的外国兵舰，飘扬着五颜六色的旗帜，可见当时国弱被人欺，老师也经常教育我们要好好学习，将来为国雪耻，这些话我永记心中。

自二祖母回长沙后，我们祖孙三人在长沙住了多年。直到抗日战争爆发，所有在南京的国民政府机关都西迁了，叔父所在的步兵学校也迁到了湖南湘潭，叔姑（三祖父的独生女儿，三祖父习武，跑马射箭，不幸从马背上跌下来摔死，后来三祖母改嫁，他们的独生女儿由二祖母抚养长大，视如已出）也回来了，两家大大小小全都来到长沙居住。不久，迫于日机轰炸，我们久住长沙的祖孙三人也不得不听从二祖父的意见，随同叔姑、婶母以及他们众多的孩子一同搬回浏阳，在离城十里的郊外潘家大屋内租了几间房子住了下来，我也因此初中未读完就失学了。

在浏阳时，全家人无事可做，二祖父、叔姑、婶婶等凑足四个人，几乎天天打麻将度日。而我则要每天带着婶婶、叔姑的孩子们，在大厅里打闹、玩耍，成了孩子王，但也是个受气包。只要其中有个弟弟或妹妹哭了起来，不论是否与我有关，我都要受到责骂，只有二祖母每天及时抚慰我。除此之外，我还有一项任务，就是担任采买，隔不了几天，就得来回走二十里路去城里购买食物及日用品等，对一个十多岁的孩子来说何其辛苦！

还记得有一次，跟二祖父走人家，不得不跟他睡在了一张床上。由于他过于严肃，我很怕碰到他，便抓了床后侧的栏杆睡着了。第二天一早醒来还保持着这个姿势，一动不敢动，直到他先起床，我才敢爬起来，心中是何等的畏惧！二祖父最喜欢的是谟娴，出门总是让她坐在肩上，任她如何摆布都不生气。我则跟在后面跑，稍不如意，挨骂的还是我。我是这么讨厌的人吗？不就因为是个孤儿！罢了，所以我从小养成了一种孤僻的性格。

在那个封建的旧式大家庭只有两位祖母能安慰我，尤其是二祖母还有一定的权威性，能保护我，为我说一些公道话。而我自己的祖母，无儿无女，孙子年龄还小，自从搬回浏阳后，生活更加艰苦凄惨了——成了一家的“烧火丫头”。她毕竟也是60多岁的人了，家里却只请了一个比我年龄还小的乡下妹子来帮她做饭做菜，祖母还得打扫卫生，整理家务，伺候二祖母，比在长沙时辛苦多啦，亏得还有二祖母的袒护，否则她也是个受气包。

那时候的女人，都是小脚，走路不稳，60多岁已是皱纹满面、头发花白、老态龙钟，可祖母仍要做饭打扫，而年轻人却在天天打麻将，寻欢作乐。在旧式家庭里没有地位、没有金钱作后盾也是令人十分悲哀的……后来，每每想到这段经历，总想为祖母打抱不平，但我始终没有这样做，因为在艰苦的岁月，我还是被他们养大的呀。何况叔父与我父亲感情深厚，对我也多有维护。

在浏阳住了约一年的时间，叔母和婶婶带着她们的孩子都去了湘潭，只留下谟娴陪着二祖父，我也乐得一个清静，而二祖父也有时间教我学写字，读古文了。

又过了一段时间，可能是叔父与叔姑商量好了，把我接去湘潭，让我继续升学。可是到了湘潭，各学校都是挤得满满的，连政府增办的几所青年中学也都无法插进去，于是只好在叔叔的家里打工，带婶母新出生的小弟弟谟绩。有一次我把谟绩抱着摇着，一不小心把他的头在小床沿上碰了一下，谟绩当即大哭起来，正好婶婶在家，就把我痛骂了一顿。我哪里能接受得了，于是从湘潭的旧城跑到新城，想找叔姑诉苦。可他们四人正在打麻将，谁也不愿起身分心，因为打麻将第一，输赢更是第一。当时我哪懂这些，叔姑只问了我几句：“哭什么？哭什么呀？”便继续她的牌局。我在旁哭了足足有两个钟头，无人理睬，直到下午四点钟的时候，还是叔父前来把我接回去了，让我得到一丝安慰。以后回想到叔父对我许多关心事，我也是非常感激他的，没有叔父对我的关心，也就没有我的今天。

抗日战争胜利之际，叔父早离开了步兵学校，并在湖南郴州当上卫生院的院长。我们学校搬迁至上海时经过湖南，我专程去郴州看了他们一家，然后抓紧时间，马不停蹄地赶回到浏阳古港，去看望两位祖母（这时二祖父已经去世，享年 74 岁）。她们二老仍健在，因抗战离别多年，思念之情可想而知。如今三人相见，真是万分高兴，有说不完的话。家里一无所有，特地托人上街买了一条鱼，平时哪里舍得，还说谟威（我的原名）多年在外，辣椒不敢多放，只放了半根，结果仍旧是太辣，无法下咽，但也可见她们二老对我是无微不至的照顾和关心。她们的生活清苦，但亲眼见到她俩身体好，我就放心了，时间有限，住了几天只得依依不舍地返回长沙。我带着铺盖行李，爬上开往武汉的货车顶部，到了汉口，又立即买了去上海的船票，赶往学校报到，这时迁往上海的军医学校已改名为国防医学院。

在国防医学院学习了一年，又实习了一年，我于 1947 年毕业。在上海总医院实习时，外科的两位住院总医师都劝我留在外科。可当时想要在上海找一份工作谈何容易，同时在上海总医院实习的其他七位同学之后都只能随学校去了台湾……

而我呢？这时又想起了李密的《陈情表》。两位祖母年事已高，她们对我的恩德，实在难以忘怀。特别是李密的《陈情表》时时提醒我："臣无祖母，无以至今日；祖母无臣，无以终余年。母孙二人，更相为命，是以区区不能废远……乌鸟私情，愿乞终养。"所以随学校去台湾，从个人情感来说不行，何况前途难以预测，我便下定决心留在上海等待解放。事实也证明，我当时走的是一条绝对正确的道路！

有幸在叔父的同学、当时上海市卫生局的主任秘书的帮助下，我找到了一份临时工作，在上海市四川北路卫生事务所工作了约一年，两位祖母的生活费用因此有了保证。但她们俩谁也离不开谁，直到二祖母病故，我已在北京工作，我的祖母才肯来北京暂住。由于水土不服，身体虚弱，血压高，生活很不习惯，与周围邻居又言语不通，虽是子孙四代同堂，她还是时刻念着要回浏阳古港老家，在京住了半年后，叔父的二儿子谟广专程来京接她，她却突患感冒，不治身亡，时年 75 岁。本想让她晚年多享受几年儿孙福，反而害得她老人家早逝。我现在没有了工作的繁忙，总是会想到祖母的慈祥以及她对人的关心、对我的教养，我无法再报答她的恩惠，唯留有不尽的思念……

我的求学道路曲折而艰辛

虽然我们家是一个旧式大家庭，但是人口不多，留在老家的六口人：祖父祖母、二祖父二祖母、母亲和我。我四岁时就从家乡古港搬到了浏阳县城居住；六岁进入豫章小学，走向学习启蒙的道路；八岁时父亲从外地回来，家又搬到了长沙。好在长沙家的附近也有一所豫章小学，因此到了长沙学习得以继续，并无间断。而且这时父亲尚在世，学业并没有延误。不过在长沙的小学都要学习拳术，记得学的是岳家拳，一招一式我都练得很认真，到现在某些招式还都记得，也很实用。小时候打下的拳术基础，确实还有一定的实用性，如果遇到危险，歹徒不一定能近我身。但我从不与别人打架，只将其作为防身之术，所以后来的同学、朋友们，没有一人知道我懂一点拳术。现在的我已经 96 岁了，手脚不便，走路都会东倒西歪，说不定一不小心不用推就自己倒了。

转学到长沙以后，每周有几堂“孟子”的课程，这就是国文课。学生要依次站起来背课文，背书的好习惯就是在那时养成的。到了读初中的时候，老师给选读的活页文选，也会自己去主动学习、背诵，这确实是一种从小就增强记忆的好方法。只有课文在脑子里多转几圈，才能牢记。所以到现在我已经 96 岁了，还能记住并说出来某些片段，这是小学老师的功劳。

从小学升中学，倒也不困难，只是我算术一直不行。一是因为回到家中无人指导，二是那时父母早已去世，受到祖母的溺爱。老人家旧式家庭出身，受女子无才便是德的影响，从没接触过书本，所以我放学回来总是一句“累了快休息”。那时在长沙的家已经穷困潦倒，每月两块银元的生活费用，能让我继续升学，实在很不容易。二祖母从南京回来后，生活才有所改善。二祖母与我祖母一样，心地善良，都很疼爱我。家里只有一盏电灯，高高悬挂在房顶上，我估计不足30瓦，昏暗极了，所以我想自习，她们也会阻止，现在想想确实对人的眼睛不利。总之在初中学习的那两年算术成绩总是不佳，但在绘画和雕刻方面，我却是全班第一的，老师都给我高分，所以上美术课时许多同学总是找我帮他们修改作品，这也是一种乐趣。

但没有想到初二那年来了个插班生，在来插班之前，他父亲先让他学了三年绘画，什么铅笔画、水彩画，特别是国画，还曾拿到当时湖南长沙的先锋厅去展览。这样有特殊才能的同学，我怎么能与之相比。更可悲的是，老师又把他安排在我的后座，我一回头就是他。我怎比得过他呢？所以后来的美术课，同学不再来找我修改，由于嫉妒心太强，从此我对绘画再也不感兴趣，几十年来从不主动提笔作画。

但绘画对我后来学医却有非常大的助益，举个例子，医学解剖是很重要的一门课程，特别是将来要做外科医生的人，对身体各部位的解剖要非常非常熟悉。当时没有电子板、幻灯片等仪器，老师讲解剖学要亲自在黑板上画图，并在图片上标记名词，这么一来我就有时间闭目思索，加以强记。

大家也都知道解剖是医学的基础，在医学学习中有很重要地位，解剖老师要求非常严格，考试想的办法也多。例如在考试时，用寸长的小竹片分别写上某一块骨头相关的名词，再把这些竹片全都装进一个小布袋里。当然其中有难有易，其中名词最多最复杂的一块小骨头是颞骨，与这块颞骨有关的名词多达七十余个，是全身骨骼中最难记忆的一块了，没想到我后来做耳科医生竟与这块小骨头结缘二十余年。当时布袋中这么多块竹片，谁又能事先知道自己会摸到哪一块竹片呢？所以要在备考前全面温习，全面牢记，免得围着老师考试时，一问三不知，当众出丑。而我呢，在这方面占了不少便宜，凭着以往经常绘画的习惯，在老师讲课时闭目思考一下图像、距离、大小、走势及名词，头脑中就已有了一个印象轮廓，当时就强记住了，用不着再花时间反复去温习，就把复习的时间省到其他科目上了。

我们的解剖老师叫张严，像他的名字一样，十分严格。除了前面所说的竹条考试，还有其他出题方式。比如在黑板上出完题就立刻转身，戴上一副黑眼镜，面对学生东指西指，“你”“你”“你”，因为黑眼镜遮住了眼球，大家不知他在指谁，更无人敢作弊。因此他老人家的课，谁都不会作弊，因为解剖太重要了，还因为他如此严格。不过，为人之师，就该对学生如此。

张严老师平时对人十分和善，我非常尊敬他。在安顺时，张严老师生活艰苦，别的老师还在附属医院兼职，有所收入，而张严老师只能靠工资生活，他也别出心裁——将鸡蛋掏空，画上戏剧中的一些人物花脸头像，再装饰一些头盔，自有学生在街边为他叫卖，算是另有少许收入。抗日战争期间，教师是最艰苦的职业之一。

回过头来再说我自己。初二那一年，抗日战争爆发，二祖父、叔叔、叔姑他们全家都从南京迁回湖南。不久后为免日机轰炸，全家又迁回老家浏阳，我也就从此失学了。

家境如此，年纪也轻，没有父母为你做主，能不能上学，一切都不掌握在自己手里，完全不能自己做决定，也没有人为我考虑，就听天由命、随遇而安吧！

自从叔父、叔姑父他们的机关从南京迁去湘潭后，他们全家也从浏阳迁去了湘潭。在浏阳没有人再打麻将，二祖父也有时间帮助我学习古文，据说清朝时他中过举人。一年半的时间过去了，叔姑突然从湘潭到浏阳，说是要把我接到湘潭去继续升学，我内心当然是非常希望继续升学，立刻辞别二祖父母，跟着叔姑离开了。但前途如何也并没有想过，一切都是未知数。当时也谈不上高兴还是不高兴，毫不懂得上学的重要性。回过头来想一想，要是不跟叔姑离开浏阳，也许就不会有一生不断向上的追求。

让我到湘潭继续上学，我认为是叔父的主意，因为他与我父亲情同亲兄弟。由于家道中落，二祖父帮助我父亲上完大学。父亲大学毕业后，在当时北平的中国大学任教，资助叔父到北平医学院毕业，所以他们的关系特别密切。也因此，我才有今日的机遇，才能学医。

七七事变后，日寇进攻猛烈，国民党军节节败退，沦陷区的学生一部分参军抗日，大部分还是向内地流亡。虽然各省办了不少中学，但仍容纳不下如此多需要继续升学的初中及高中学生，我的升学机会自然也成了泡影，只能在叔父家帮着他们带小弟弟，一年又这样平淡无聊地过去了。不久日寇又大举进攻，叔父所在的学校不得不迁往广西全州。这时有一个机会来了，但不是继续升学，而是被迫搬往贵州安顺的军医学校临时办了一个军医预备团，招收第三期速成班的学生。我到桂林去考上了，于是在桂林等待其他地区考取的同学来集中，也天天在七星崖防备日寇飞机不时来轰炸，随时准备跑进七星崖洞躲避，过着心惊肉跳的生活。其实桂林城内早已是瓦砾遍地，一片狼藉，这就是日本军国主义的罪行，为我亲眼所见，我永远不会忘记日寇的残忍。

不久，终于等来了各地招收来的学生，大家都住在一所破庙里，一个接一个铺上地铺睡觉。有一天晚上还未睡着，就听到墙头上有细微爬行的声音，拿着手电筒一照，竟是来了一位不速之客——一条长十厘米以上的蜈蚣正在距我头顶不到十五厘米的墙壁上爬行，我立刻吓出一身冷汗。蜈蚣有毒，万一用鞋底打不中，窜进某同学的被子里，那岂不更糟糕。所以，我尽量不惊动蜈蚣，而把四周的同学叫醒，把被子都搬开，大家打着手电，我用布鞋底对准蜈蚣，用力一击，把蜈蚣打死了。蜈蚣是有用之虫，这次算是杀生了。

庙里的地板下还不知有多少蜈蚣呢！这也是集体生活的片段。

我们班的同学文化程度参差不齐，有的是高中生，有的是初中生。有这样的机会学医，个个都是非常高兴的，特别是对沦陷区的同学来说，能考上学校，将来有一技之长，能有一份工作，生活也有保障。当初定的是学习半年就可以当上部队的军医，待遇比当士兵要好，何乐而不为。虽然考上的是速成班，将来可能做的是最基础的工作，但总不会沿街讨吃。当然同学们心中各有自己的打算，那是以后的事了。

同学们到齐以后在桂林经过一段时间的训练、休整，就准备上路了。要从桂林起程，直奔贵州贵阳，到达安顺军医学校。一路上跋山涉水，第一天就走了四十华里，大家脚上穿的是草鞋，很多人脚上都起了水泡，怎么能不起泡呢？然而这只是最初的阶段性训练，只休息了三四天，又得继续上路。此后遇山爬山，遇水涉水，一天最长的路是经过三大包（三个小山包，约十公里一个山包），然后再爬约百公里的高山轱马岭，一天行程约九十里，晚上就住在山顶的破庙里（一般我们的住宿地不是庙就是学校），好在头一天有火头军打前站，到站总有饭吃。

走到接近贵州的边界，有一条较大的河阻断了我们的去路。河水很清，深可见底，水流也较缓慢，最矮的同学，就像我吧，最多淹到颈部，因此，我们的行李用小船运过河，而我们所有同学一律将衣服脱光，赤条条地头顶衣物，涉水过河，倒也觉得好玩。我们大概是从独山地带进入的贵州，路过贵阳没有休息就直奔安顺本校。行程约一个多月，实际也是一种锻炼。

在学校，规矩可多啦，按时起床、饭前早操点名、讲校规，一周后才开始上课。不像本科生五年才毕业，我们是速成班的，只读半年就要分配上前线。因为课程很简单，六个月很快就过去了，竟派我们全班去清镇某军医院实习半年，这是前两个速成班没有遇到的事。

我们的同学都多才多艺，吹拉弹唱样样俱全。毕业前夕，还专门演了场话剧《家》。全班考第一名的同学演周冲，他曾是高二的学生，当过兵，参加过抗日战斗，被包围时从城墙上用枪托顶着斜坡式的墙壁滑到城墙外，竟没有摔死，又奇迹般地从两辆敌军坦克之间爬出来。

很多同学在校总共也只有一年时间，互相不认识者居多。有位同学叫蒋松，我们都是湖南人，因此相互认识比较早。但是入学不久，当着许多同学的面我向他请教两个英文词的解释，他面对着我笑容可掬，却又顾左右而言他，我感觉受到莫大的侮辱，立即转身就走，从此对面不相识、不打招呼，我就是这种性格。一年快过去了，实习期将满，有一天蒋松突然找了一个叫刘盛茂的江西人，托他对我说："我们速成班这点学历，要想将来在社会上立足，是远远不够的，一定要想方设法，继续学习。如果你觉得我的话对，我们就从此结拜为兄弟。"我年纪比蒋松小四岁，他又是高中生，自然比我成熟，我那时除了学习，只顾玩乐了，毫无前途观念，突然听到他的这番话，觉得很有道理，于是又重新亲热起来，为了将来互相鼓励并督促学习，我们找到了一所庙宇，像三国时期的桃园三结义一样在那里烧香结为四兄弟。

大哥就是蒋松，他年龄最长，速成班毕业后不久就又考入军医学校大学部学习牙科，毕业后分配在武汉陆军总医院工作，后又回到长沙担任岳麓山那边口腔医院的院长。虽在口腔科方面有所发明，有所创造，但成果被他人窃取，一生很不得志，现早已过世，也很遗憾。

二哥是刘盛茂，后来去了台湾，从此再无联系，生死也不得而知。

我是老三，只与蒋松有联系。之后，我和蒋松书信电话不断，真的成了亲兄弟，嫂子对我也好，儿女们也都有来往。

四弟何家清，毕业后一直住在蒋松家，早逝。

结拜后我与蒋松尽释前嫌，相互照顾，更加亲密友好，后来能够继续上学深造，也与他有关。

再谈我自己，在贵州清镇分别的那天，我爬上了汽车，眼泪汪汪，经贵阳北上遵义，我的分配地是第一军第一师，在陕西。我的学习成绩在班里肯定不可能是第一名，记得我是第十一名，怎么会把我分配到装备如此精良的部队去？这始终是个谜。何况我也没有到差，那里的一切我也就无从知晓了。

到了遵义，步兵学校从广西全州已迁到那里。我的叔父已升任该校医务室的上校军医主任，我当然要在遵义停留一下。他阻止我继续北上，考虑到我还不满 16 岁，怎么能让我到举目无亲、十分陌生的远方去当军医呢？他觉得不能对不起我死去的父亲，于是就在他们医务室将我补为一名少尉军医，实际让我管药房及配方。工作了一年多，对各种西药自然就十分熟悉，此段经历对我后来中西结合创新配方有非常大的帮助。但是好景不长，军医署下达命令到步兵学校，“因为李谟威并未到第一军第一师报到，如仍不到差，将予以通缉！”所以步兵学校我是无法继续工作下去了。

这时有个机会，叔父北平医学院的同学魏建宏正好在遵义卫生院当院长，叔父跟他一谈，一拍即合，于是把我的名字改为李新吾，意为新生的我，在卫生院补为一名外科医师，而且薪资是每月 104 块银元，比在步兵学校多得多。这时我才刚刚 19 岁，他们认为我手巧，魏院长也十分欣赏我，三年中跟他学了很多外科知识和手术。那时骨髓炎的患者特别多，只要有个护士在旁为我替换手术器械，我一人就能做截肢的手术，剖宫产也是那时学会的。那时还没有点滴输液的方法，而那里的梅毒患者很多，都要用 20 毫升的注射器从肘关节静脉注射 914（新胂凡钠明）或 606（胂凡钠明），而且速度要慢。我练就了一针见血，输入药物后缓慢推进，一动不动，一边连续注射一小时，一边下象棋的本领。当时我还总结了静脉注射的三种方法，百发百中，现在忘记了其中一种。那时候腰麻用得比较多，不论是坐式，还是侧卧式，我都可以一针进入脊液腔。这些在再次进入军医学校专科部时，都对我起了很大的助益。

我跟魏建宏院长学习了三年外科，在这里内外科技术都有人帮助，较之前已有很大的进步。至于每月的收入，我只留下四块银元，其他全部上交给婶母，说是留着我以后结婚之用。其实她每次打麻将都输了个精光！也就不了了之……

李老在遵义县卫生院工作时的全体职工合影

正在这时，军医学校调各军事学校及某些部队的医务领导前去安顺受训，蒋松才有机会与我叔父见面，第一个谈的就是我的问题。蒋松的谈话内容总是围绕着我，他说：“新吾没正式的学历，你不能为了一时的利益，让他这样永远继续混下去。他不可能一辈子跟着魏建宏，一旦离开了魏建宏和你的庇护，抗战胜利后，没有学历，新吾将一事无成。我一直支持他继续升学，这是我们结拜为兄弟的誓言，我希望你能为他前途着想。”叔父听了蒋松的话，也没有犹豫，回到遵义后，立即与军医学校联系，因为他这次去安顺受训练，认识的人多了，所以很容易就打通了关节。

这次所办的专科部已是第九期，这一期是专门为了让速成班的学生继续深造，学制从第八期起已改为四年制，所有课程和大学部一样，只是名称不同，加上速成班的一年，也等于五年。不过招来的学生在部队干得好的已升至少校和中校，我则是从魏建宏那里调回步兵学校，补了个上尉的名额，这样专科部的学生都是带薪入学。这就与大学部的学生矛盾很大，他们都是中士军衔，大约每月十二块。当时各军校都一样，没有什么理由更改，于是吵吵闹闹，一直到抗日战争结束。后来军医学校搬到上海，改为国防医学院。在安顺任教的老师多数都自谋工作，没有跟着来上海，这可能与英美派、德日派有关。国防医学院的老师多是来自贵阳图云关的一批留美老师，那时林可胜身兼三职，卫生部部长、军医署长和国防医学院院长，我们的这些新老师都是他从美国培养带回来的，也都非常有名。附属医院查房一律用英语对话，学生们一下子也很不适应，所以后来许多同学不敢留下在本校参与临床实习，我就是其中的一个。

1947 年就要参加实习了，时不我待，必须及早做出决定。其实许多同学都想留在上海总医院实习，那里条件好，教授水平高，但是英文这一关很难过，老师也很不讲情面，只要你一时答不上来，就问“你是哪个学校的”？不但自己弄得灰头土脸，也给学校丢面子。

当时丁尔遹、王学仕、田可高和我四人，都想在上海总医院实习。我、王学仕和田可高三人就怕英文过不了关，丁尔遹当然没问题，他是我在军医学校的同学，英文很好，在安顺时，学校英文演讲比赛他得第一，图文演讲比赛他排第二，在反饥饿大游行时，还曾代表同学与不懂中文的华人院长对过话，当然早就选定留在上海总医院。但他一人代表专科部在上海总医院实习，未免有失众望。于是他主动来说服我们三人，“你们三人的英文病历都由我来帮着写，至于主任来查房时，丢几次脸也没什么了不起。上海总院骨科患者多，病例千篇一律者多，很快就会掌握了。”于是我们三人才敢下定决心，认真在上海总医院实习。

英文关很快就通过了，我们四人又都有临床的经验，记忆力也都不算坏，所以很快就适应了当时做实习医生的工作。

说到这里，就顺便讲下丁尔遹其他的故事。他在速成班与我一同毕业后，被分配到九十六军工作，这次他回校进修已升为少校军医。在九十六军换防到后方休息时，他正在重庆为争取“医师开业执照”而努力。那时，虽然已是医师，但如果考试不合格，私人是不能开业行医的。部队仅给了他三个月的时间去复习高考和医考的内容，按说时间是远远不够的，一个速成班毕业的学生，我是想都不敢想。那时高考的人数估计达三千到四千人左右，先高考合格，才能参加医学考试。能通过高考的，也就只有一千人左右。结果高考他考取第八名！最后能通过医考的，也只有五人，第一名是美国耶鲁大学毕业的，第二名也是耶鲁大学毕业的，第三名为贵阳医学院病理学系主任教授，丁尔遹竟考了个第四名。三个月的准备，能复习这么多的内容。况且当时是中国外科三把刀之一、时任卫生部部长的沈克非亲自进行面试，用英文提问。而丁尔遹高中并未毕业，学医也就一年，这其中还有半年在临床实习，只有一点点医学知识，能够被录取，真算得上是奇才。

在速成班时我们还互不认识，九十六军经过遵义时，我们几个在街头相遇，相互姓名都还不知，只是面孔熟悉，才互相打起招呼。这之后同上专科部第九期时，被分配同坐一张桌子，这样我们就成为班里最好的朋友。在专科部学习时，他对我学习上的帮助也最大，没有他那时的帮助，我也就不会有今日的成就。

说实在的，我作为一个初二就失学的人，又没继续学习功课，尽管医疗工作一看就懂，但理论基础总是跟不上。例如老师在讲句话，我必须一个字一个字地写下来，但第二句话接着就来了，那我如何跟得上呢？因此笔记本上空白点特多，只能等待课后，借同学笔记再来补充。

而丁尔遹呢，不但耳朵听课把老师的话缩短记下重点，同时在桌边还放一本参考书。例如老师讲到的五条都简短记下了，另外在书本上找到老师未讲到的三条也记下了。这样等于一心二用，说起来令人难以相信！他真是思维敏捷，我是永远赶不上他的。好在有他在一旁的帮助，才逐渐跟上了学习。

有一次是星期六，当天老师刚讲完德文课，一共有两百多个生词，老师吩咐下周一就考这两百多个生词，试一试大家的记忆力如何。我和丁尔遹两人约定星期天在茶馆一同温习两小时，其他时间不许复习。结果周一考试，他得了满分，而我却错了两个字，说明他的记忆力还是比我好。

再说回实习的事情，其实我们四人速成班毕业后，都有3～4年的临床经验。特别是我曾在卫生院工作，更接近老百姓，看的患者越多，懂得也就越多，只要英文过了关，实习医生这点工作根本算不了什么，有时还专门找我帮忙呢。例如腰麻当时是用得最多的，往往初年的住院医生扎不进去，只要罗护士长一声令下"李新吾上"，无论坐式或侧卧式，我总能一针完成。又如虽是军事医院，也有妇女和儿童住院，静脉注射就变成了一件比较棘手的事，只要某个病房有电话，我又能离得开，总会立马去帮忙，不论有多难总能一针见血。还有当时过年过节，护士站总要装扮一番，这都成了我出招的好机会。我既然帮助了她们，也会得到回报。那时的上海总医院，骨伤患者特别多，周转也慢。一个实习医生，要管60个患者，每天换药都换不过来，护士们会主动帮我换药，这就为我省去了不少时间。

那时候，血常规是由实习医生自己来做的，每周一次，也可请护士们来帮忙。还有量血压，都不用我自己操心，自有人帮忙。我只要记住患者姓名、病历号、牵引所用磅秤重量、血常规、伤口愈合情况等等就够了。病历是拿在查房医生的手中，所以一天的工作做起来也就不算太难，也正因此必须加倍强记，记忆力从此也就明显增强了，这是锻炼的必然结果。所以等分配到内科及外科时，每人才管 24 个患者，写英文病历虽然比较复杂，我也已无所畏惧了。

再说两个很有趣的事例。我在耳鼻咽喉科实习时，住院总医师让我诊断一个患者，我检查了一下说：“这是鼻息肉。”他很奇怪地问：“你是怎么知道的？”我说：“书本上说的，正常鼻甲是红色的，只有鼻息肉是白色而光滑的。”他随即说：“既然你能诊断这个患者，你就自己来摘除吧。”我先看看书，按照书本上的套路，先局部麻醉，把圈套器伸入鼻腔，套在鼻息肉的根部，用力一紧缩穿套器，鼻息肉就从口腔掉在了地上，相当不小，还晃动了几下，从此他对我有了比较好的印象。

第二个故事与眼科有关。郭秉宽是上海眼科界最负盛名的专家，他在上海总医院有着少将军衔，是权威人物。当他做第一例，也可能是全国第一例眼角膜移植术时，我正在眼科实习。助手一般是由主治医师或住院总医师来担当，万万没想到这次助手却选择了我！这是什么用意？我当时很不明白，后来想想，是不是有意在我毕业之后留我在眼科，当然这只是一种个人猜测而已。当时的两位外科住院总医师李树森（后来去了台湾）和邓述微（后来去了台湾）都在我快要实习期满前，当面对我说：“你一定要留在外科。”那时我也很喜欢做外科医生。

但当时上海临近解放，国防医学院已决定迁往台湾，上海一职难求，丁尔逾、田可高、王学仕他们只得随学校去了台湾。而我因思念祖母，不知台湾何时能解放，何时才能与家人见面，所以打算留在上海。当时魏建宏在上海市卫生局任主任秘书，所以我找他帮忙，为我在四川路卫生事务所暂时安排到一个医生职位。这样，我就在上海留了下来。1949 年以后，我仍想去医院的外科，于是到上海总医院，也就是国防医学院的附属医院（后改为第二军医大学的附属医院），找到仍留在该院、来自安顺的郑宝琦科主任，向他说明我仍想回来做外科医生，他立刻同意我七月份来报到。但没想到，同济大学通过解放军军管会，也派了20名学生来做住院医师，把内外科等好的职位都占了，邓主任不以俘虏待遇对待我就不错了。因为名额有限，邓主任面有难色，只好对我说："你先做一年小科，明年我一定设法让你来外科。"

想来想去也没有什么好办法。小科也只有三个，一是X光室，二是眼科，主任是少校军衔，在国内极有名望，唯独耳鼻咽喉科的钱士良中主任是中校军衔，而且是新调来的，我还不知其底细。心想邓主任已经答应我了，那就做一年耳鼻咽喉科再说吧。这一年下来，钱主任和科内其他人员都对我极好，工作得心应手。难道他们已得到消息，怕我离开？比如第三年住院医才能做的上颌窦根治术，让我第一年就做了；还说等我做完第二年住院医，第三年就让我做住院总医师。谁知在做第二年住院医的下半年，我检查出两上肺有结核，可能是早年被二祖母传染，也可能是做实习医生时，工作太累了。有的医生劝我去做别的工作，一个是牛奶鸡蛋食品厂，一个是学校，每天中午只看一小时门诊，薪水也都比医院高，被我拒绝了，还有一个是纺织厂，多是妇女在那儿工作，每天下午看四小时门诊，一月工资是300万（那时工资以万计算），虽然钱多（当时我在人民医学院的工资一月是70万元），但我更不干了。

当时的规定是停职六个月后，工资也就停发。我痰中不带菌，钱主任总是安慰我："什么时候养好了就上班，我不会辞退你。"就这样我下决心留下来，把一个月的工资分两个月用，由科里同事为我掌握，按时为我分配寄出。我在1950年除夕之夜回到湖南长沙，我的突然归来——人到书信尚未到，给叔父带来不少麻烦。婶婶嫌恶我有肺结核，每月给她35万元，连个鸡蛋都不给我买，更不要谈其他营养品了，这种情况下能养病吗？我与叔父商量，他也无可奈何，只好住进了他所管辖的长沙肺结核疗养院。正好与一位党员区长同居一室，我们俩也谈得来。于是我问他，我能不能回浏阳古港乡下去休养，他说："只要你不乱发表意见干涉农村斗地主，又有上海人民医学院的证明，毫无问题。"若知如此，何不从上海直达古港，可惜现在只剩下两个月了，我决定马上回家乡。

我在古港见到两位祖母，非常亲切，心情顿时好转，早该回来，这才是天伦之乐。可惜时间有限，两个月也很快就过去，不得不回上海去复查了，自己安慰自己总算没白回一次老家。

回到上海后，肺结核复查没有多大好转。上了一天班，感觉四肢无力，心思太重了。钱主任总是安慰我："我不会不要你，你首先是养好病再说。"我多么希望自己快好啊，可天不遂人愿。

正陷入两难境地时，突然接到未婚妻从北京来信，说是接管他们医院的卫生局行政科长要我去北京红十字会医院疗养，那里包括住院费用在内，每月只收 40 万元。她每月可以给我 20 万元，这样我自己再筹 20 万元，每月就够了。想想经济上还是比较合算，精神上也会好些，于是就答应北上。

红十字会医院面朝北海，风景优美，住在这里心情当然舒畅。但没有想到的是，第二个月住院费突然增加了一倍，加上 16 万元暖气费，每月得支付 96 万元，这怎么能住得起呢？于是我又愁上心来，病情仍毫无进展，还欠了一大笔债务，这样下去如何得了？住了一年，想想还是回上海去吧，起码我在本院住院，可以不收住院费，于是我与行政科长直接联系，他不但不许我离开北京，连我的未婚妻也不许离开。他说："北京同仁医院正要兴建 500 张病床的大楼，现在才有耳鼻咽喉科医生一人，助理护士一人，还没有病床，你可以暂时只看门诊，也就 20 余人应诊。我已与该院商量过，你去暂时只看半天门诊，半天休养。医院单独给你找房子住，每月工资九十万元，你所欠红十字会医院的二百八十万元，全由同仁医院为你支付，你看如何？”我想了想，如果答应就是对钱士良主任的背叛，不答应又不放我们走，而且欠了这么多的债务怎么办呢？我是一个不愿失信的人，还在左思右想之际，上海人民医学院的主治医生，也就是过去实习时敢让我去单独摘除鼻息肉的住院总医师来北京旅游结婚。他非常同情我的处境和遭遇，答应回上海后，一定向钱主任说明我的困难。钱士良主任知道后答应我留在北京，我非常怀念他们两位良师益友。

真没想到在同仁医院工作了才半年，肺结核就全部硬化和缩小，到现在都看不见踪影了。1953 年我和未婚妻高华结婚，一直等到 1958 年同仁医院新建大楼落成，耳鼻咽喉科才有了自己的二十张病床，从此我下定决心，一心一意为同仁医院的耳鼻咽喉科奋斗终身。直到女儿六岁，我才从医院搬回家里去居住。

针刺蝶腭神经节治疗鼻部疾病的研发、应用及操作方法

心悟集

我从1968年开始将针刺蝶腭神经节用于治疗各种鼻病，至今治疗患者超过15万人次，获得了不少经验，发挥了一穴多用的效应。

本法特点如下：

（1）简便易行。针刺蝶腭神经节只需一根 ϕ0.35mm×55～60mm 的毫针，每周1次，每次仅针一侧即可。

（2）安全有效。针刺蝶腭神经节相对安全，只要取穴准确，一次即可见效。

（3）一针多治。除可用于治疗各种鼻病外，对耳、眼、面瘫、面痛及痛经、溃疡病等病也有一些效果。

（一）针刺蝶腭神经节治疗鼻部疾病的研发

针灸是我国医学的宝贵遗产。古代早有针灸治疗鼻部疾病的记载，用传统针灸方法治疗鼻部疾病确有成效。我在1968年后期，按中西医结合的理论及方法从大量临床实践中发现新穴位“蝶腭神经节”，并用于治疗鼻部疾病。发现“蝶腭神经节”并用于治疗鼻部疾病，并非一蹴而就，这里有其偶然性，也有其必然性。

其一，如果我不是耳鼻咽喉科专业医生，常用蝶腭神经节做上颌窦根治及上颌骨全摘术等手术的局部浸润麻醉，对该神经节的作用机制早已有所了解，也不会有后来用于鼻部疾病治疗的发现。

其二，1963年医院为落实国家有关“备战”及知识分子与贫下中农相结合的战略部署，在北京郊区的门头沟设点。我有幸与中医科主任陆石如、针灸科主任董怀一同处一室，每天同吃同住，同在一个诊室诊治患者。在与他们亲密接触的过程中，我常为不需开刀的患者问教于陆、董二位主任，请教是否可以用中草药和针灸治疗。在这一年间，我的收获很大，也是我相信中医、针灸，并开始走上中西医结合道路的第一步。

其三，20世纪60年代后期，我们耳鼻咽喉科和耳研所每天需诊治患者800人以上，但因只有5名医生出门诊，半天只能看250人左右，还有300多人挂不上号。这时，组织上让我抓门诊工作，我提出了“同类病集中分诊”的方法，将疑难病和病情简单的患者分开诊疗，医生人数虽没有增加但半天便能诊治患者450余人！那时，鼻炎患者最多，常规滴用麻黄素、萘甲唑啉很难达到长期治愈的效果，反而会引发药物性鼻炎。我想到了董怀一主任教我的传统针灸方法，针刺迎香、四白、印堂、上星、太阳等常用穴位治疗鼻炎，虽能起到较好的通气作用，但维持时间较短，且行针也很费时。当时正盛行“阿是穴”，我也想试着研发新的穴位，便找了几位志同道合的同事在自己身上试针，搞了个“治鼻1”穴，但因这个穴针刺时疼得要命，也没有效果，不久就放弃了。我又想到鼻腔的鼻丘部有较多的自主神经纤维分布，又搞了个“治鼻2”穴，用长针从鼻腔刺入，针刺这个穴虽然不太痛，但在留针过程中，清水涕顺着针柄没完没了地流，直到将针拔出，也没有满意的疗效。这时，我想到了蝶腭神经节，经过临床应用和疗效观察，针刺蝶腭神经节对各种鼻炎都有较为满意的疗效，因此定为“治鼻3”穴。经确认发现没有危险后，我才将其用于临床患者。

（二）蝶腭神经节位置与解剖的关系

1. 蝶腭神经节

蝶腭神经节属于三叉神经（第Ⅴ对脑神经）的第二支（上颌支），为感觉神经。此神经在通过翼突上颌凹时，向下发出2条蝶腭神经，在翼腭窝内又合并形成膨大的、结节状蝶腭神经节。此神经还含有岩大神经（来源于面神经）、岩深神经（颈内动脉交感丛），在蝶骨的翼管内合成为翼管神经（包含交感及副交感神经纤维），再由蝶腭神经节向前、向后及向下发出许多节后分支，分布到鼻、口及咽顶部位。

蝶腭神经节的主要分支如下：

（1）鼻后上外侧支：穿蝶腭孔到鼻腔，此支分布于上及中鼻甲；

（2）鼻后下外侧支：穿翼腭管壁分布在下鼻甲；

（3）鼻腭神经：分布于鼻中隔的下部前端；

（4）腭前、腭中及腭后神经：经翼腭管下降分布于软硬腭及扁桃体；

（5）咽神经：向后穿咽管分布于咽顶部。

2. 蝶腭神经节的位置

翼腭窝的内上方与蝶骨联合形成蝶腭孔，通向鼻腔。翼腭窝的下部则形成细小的翼腭管。翼腭裂的外侧面没有骨质包绕，其表面有粗厚的咀嚼肌群，由内而外的层次是翼内肌、翼外肌、颞肌和咀嚼肌（特别是肌腱附着处，对针刺形成一定的阻力）。

翼腭裂外，有颧骨弓和下颌骨升支冠突（旧称肌突）的遮盖，即使在带有下颌骨的头颅骨上，从侧面平视也不能窥见翼腭裂。只有将头颅骨微偏向一侧，并稍呈后仰位，方可从颧骨弓的下缘与冠突之间的缝隙中，窥见位于翼腭裂中偏上的翼腭窝。必要时，还需将冠突下移（即张口位），才能看清翼腭窝的全貌，这也是有的患者冠突过长过大，需张口冠突下移，方能进针的原因（见彩插李老手绘颅骨图），取穴时，颧骨弓的下缘与冠突间的缝隙，就是毫针刺向蝶腭神经节的最佳位置。

3. 相关血管分布

翼腭窝内除蝶腭神经节及其发出的分支外，还有腭上动脉发出的分支，以及翼腭窝静脉和在翼腭裂外侧散布成网的翼丛（静脉丛），但这些动、静脉的血管都较小，极少引起针刺时出血。

综上所述，蝶腭神经节小而位置深，局部解剖结构复杂，周围骨骼、肌肉等阻力重重，必须重视和熟悉其解剖位置，反复琢磨，才能熟练掌握针刺方向与深度，从骨缝中将细、软、长的毫针准确刺入，否则易进针不完全，针刺不中位置。

（三）针刺蝶腭神经节的作用机制分析

蝶腭神经节虽然主要源于三叉神经的第二支在翼腭膨大成球，属于感觉神经，但还有面神经（运动神经）和自主神经（不受人的意志支配）的交感、副交感神经。这些神经在蝶腭神经节内混合后，随节后纤维分布到鼻腔上、中、下鼻甲，鼻中隔和鼻咽腔等黏膜部位。交感神经有使血管收缩的功能，可使鼻黏膜及海绵体内血流量变小、鼻黏膜腺体的分泌减少；副交感神经则有扩张血管的作用，能使鼻腔海绵体内充血、腺体的分泌增加。既然蝶腭神经节分布有交感和副交感神经，必然具有两种神经所能起到的完全相反的作用。在正常情况下，它们的作用相互制约，随时调节，以适应外界冷热等变化的需要，维持两者之间的相对平衡。用中医理论来解释，也就是阴阳平衡的作用，阴阳可以互为消长，这与交感神经和副交感神经的功能完全吻合。

经过临床针刺治疗的观察，我认为蝶腭神经节是一个神经中间的枢纽站，通过神经介质，起到上传下达的作用，即将刺激上传到大脑神经中枢，发出的指令下达到末梢鼻腔。由于炎症等各种病因，使蝶腭神经节上传下达的功能被打乱，发生阴阳失衡，甚至长期失调，使鼻腔病变长期不能自愈。

鼻腔病变最多见的是血管充血，海绵体扩大，鼻黏膜因而肿胀，鼻甲肥大，鼻涕量多。因鼻甲与鼻中隔紧贴，故鼻通气受阻，进而导致鼻窦口黏膜肿胀、缩小，甚至闭锁。如有细菌感染、化脓，分泌物排泄不畅，鼻窦内长期积脓，即为鼻窦炎形成的原因。或由于人体差异，鼻腔局部对各种过敏原的反应轻重不一，但多表现为鼻体膨大，鼻黏膜呈苍白水肿，鼻痒、清水涕流不断。以上就是鼻炎、鼻窦炎或过敏性鼻炎等疾病鼻腔内不同的病理变化，病变可使副交感神经过于兴奋，而交感神经受到抑制，用中医理论解释就是“阴盛阳虚”。当然，病变也可引发鼻黏膜血管收缩、缺血，腺体缩小，鼻甲变细，分泌减少，鼻腔干燥结痂，出现萎缩性鼻炎的症状，也就是中医的“阳盛阴衰”，即交感神经处于强势，副交感神经处于弱势，阴阳失调。干燥性鼻炎症状较轻，或仅限于鼻前庭部，也属于“阴盛阳虚”。

不论阴盛阳虚或是阳盛阴衰，各种鼻部疾病均可以用针刺蝶腭神经节治疗，通过“唤醒”并使之恢复上传下达的作用，达到阴阳的再平衡，从而恢复鼻的正常功能，使各种鼻炎获得自愈。

通过针刺蝶腭神经节治疗鼻炎、鼻窦炎和过敏性鼻炎等鼻病的实践证明，针刺后即刻显示鼻甲缩小，鼻道变宽，继之分泌物减少，患者自觉通气好转及头痛等症状减轻或消失。说明刺激该神经节后其分布区域的交感神经在发生作用，即针刺对交感神经起效较快，可以“立竿见影”地出现鼻通气改善，流涕减少。对副交感神经所起的作用则稍慢，如针刺治疗萎缩性鼻炎，鼻甲的即时反应虽不明显，但几天后复查，可见鼻黏膜逐渐转红、湿润、光滑，结痂减少或脱落，患者亦感轻快舒适，说明是副交感神经的作用在逐渐加强。

临床还观察到，针刺一侧的蝶腭神经节，可同时引起对侧的鼻黏膜收缩，鼻甲缩小，有时甚至比同侧还明显。说明针刺后，除蝶腭神经节的节后纤维对同侧的鼻黏膜直接起作用外，同时也将刺激反射至中枢系统，由大脑再发出，传导至对侧的神经，起到使对侧鼻黏膜也立即收缩的作用。肥大性（或肥厚性）鼻炎与萎缩性鼻炎的病理变化完全相反，但针刺后也都是朝着正常方面转化，这一现象可以认为针刺蝶腭神经节具有唤起大脑神经系统，通过交感神经与副交感神经重建，对局部进行调整的作用，才能使病变不同的两类疾病针刺相同部位，都获得治疗效果。

据许多患者反映，多年不愈的宿疾，经过针刺蝶腭神经节数次就好了，历经几年甚至十几年都未再复发！这更证明交感与副交感神经在长期失调的情况下，针刺可唤醒中枢，恢复其对末梢再控制的能力，使两者继续维持平衡。还有过敏性鼻炎患者反映，一经针刺治愈后，能经得起地区和天气冷热的急剧变化，虽经暂时的感冒，也能迅速痊愈。这也可能是针刺后，中枢神经系统调整了全身功能，增加了局部的抵抗力，有待于今后进一步研究。

由此看来，虽然交感神经或副交感神经对针刺后引起的作用快慢不一，但其一旦恢复了原有的平衡，都会是持久的而非是暂时的，因而才能使各种不同的鼻炎达到满意的疗效。我在 1990 年以前，经过两年多的临床观察统计发现，慢性鼻炎的治愈率是 90%（那时慢性鼻炎患者较多），过敏性鼻炎的治愈率是 70.4%，慢性化脓性鼻窦炎的治愈率是 52.4%，之后同时加用中草药，治愈率更高。针刺治疗可以避免手术，减轻患者的痛苦。遗憾的是，由于单位调整我到耳科工作，再没有机会开展针刺蝶腭神经节治疗鼻炎的观察。退休后，我参加了北京市医务工作者退休协会，不能再动手术刀，才又重新开始针刺蝶腭神经节的临床应用。我曾在北京市东华门医院出诊，半天的最高门诊纪录是 120 人，到北京市百万庄中西医结合门诊部的一天门诊则高达 290 人。针刺蝶腭神经节治疗鼻炎不但快，而且疗效好。

（四）蝶腭神经节的定位与针刺方法

蝶腭神经节的位置是在头颅骨的深部约 55mm 的蝶腭神经节体上。蝶腭神经节很小，约相当于一粒干黄豆（3 ~ 4mm）大小，在鼻咽腔的两侧，左右各一，其位置较深，四周都有骨质包绕。

临床虽在面部进针，但须进针后不偏不倚地通过固定的狭窄骨间通道，直接刺向蝶腭神经节的所在位置。刺中该穴，患者会感觉面部发麻，或有放电样感觉，鼻通气可立即改善，只有这样才能取得较为满意、持久的疗效。刺中蝶腭神经节，是治疗鼻部病变成功的关键。

1. 医生与患者的体位

医生与患者均取坐位。患者宜侧坐位，其头部略高于医生或与医生等高，偏向另侧，稍后仰，保持头部固定不动，便于进针。医生坐在患者针刺侧的稍后方。

2. 定位

进针前要首先确定深部“蝶腭神经节”的位置，才能掌握好进针的方向。在面部，蝶腭神经节看不见、摸不着，该如何确定其位置?

我们已知从蝶腭神经节的表面到颧弓表面的长（深）度多数约为55cm，在人体颅骨上测量，从一侧外耳道口的中心，到同侧眼眶下缘下一横指的四白穴（眶下孔，三叉神经第二支从颅骨的出口处）画一条线，此线的中点就是蝶腭神经节露出翼腭窝无骨遮盖3～4mm的部位，在同侧面部从外耳道口中心到四白穴画一条平行线段。两条平行线段正好等长，内平行线的中点与外平行线的中点对应，依此确定了“蝶腭神经节”的深部位置。进针点一般都在外平行线中央点的后、下或外方（见彩插李老手绘颅图1、李老手绘颅底图2）。

要刺中深处的蝶腭神经节只需将针尖从外平行线的中点刺向内平行线，刺进约55mm，即应命中。

3. 选择进针点

在面部选取的位置仅是进针点，真正的穴位是位于翼腭窝内的蝶腭神经节。带有下颌骨的头颅骨从侧面和水平位都看不到翼腭窝的位置，仅从颧骨弓上方可以看到部分，故选择进针部位较难。

进针点取法：以右侧为例，医者以左手食指在颧颞结节的稍后方向上轻轻按压，可触摸到颧骨弓弯向前上方的最高点（即弓形切迹），左手食指指甲的宽度正好与弓形切迹的宽度差不多，只要将指尖对准并压满弓形切迹，并轻轻将该处皮肤向下按压约1～2mm，感觉到指甲尖离开颧骨弓下沿，才能露出进针的缝隙。应注意的是，这两条平行线都是虚拟的，不能画在患者脸上。

4. 选针

选择长度和软硬度适宜的不锈钢针，是关乎疗效的重要一环。总地来说，宜选取细而坚硬、稍有弹性，直径 0.35mm，针身长度 55mm 的一次性不锈钢毫针。

选针依据：

（1）长度：虽然人类的颅骨有大小、宽窄不同，男女也稍有差别，但一般成年人颅骨左右内径为 14～15cm，如果将颅骨中央的鼻咽腔（约 4cm）除外，从左颧弓到左侧蝶腭神经节表面、右颧弓到右侧蝶腭神经节表面的距离均应为 50mm 左右。55mm 毫针所余 5mm 中，2mm 为皮肤的厚度，3mm 为进入翼腭窝内蝶腭神经节的深度（达到刺激深度）。所以 55mm 的毫针适宜大多数患者，如遇面部骨骼确实较宽者，也可以选用 60mm 的毫针。查阅文献，有人采用 70mm 的毫针，针长易出事故；也有采用 40mm 的毫针，针短，达不到深度，起不到刺激神经节的作用，仅可用于 5～7 岁的小儿。

（2）粗细：选用直径 0.35mm，有一定硬度的毫针。针刺蝶腭神经节由外至内的组织层次依次是嚼肌、咬肌、外翼肌、内翼肌，有一定的硬度、稍粗的毫针在四层面肌中不易走偏，尤其进针时要经过嚼肌和咬肌的肌腱处，如患者过分张口、咬牙都会造成进针困难。

根据以上选针依据，选针时应注意以下几点：

（1）如毫针过长、过细，针体偏软，易在面肌组织内偏离方向而刺在骨壁上，且不易确定进针深度，也不便于随时调整方向，还可能经翼腭窝穿透蝶腭孔进入鼻咽侧壁，引起鼻出血不止，甚至针尖遇骨质转向上方，刺入眼眶、眼球后而发生意外。曾发生过眼眶血肿病例，即与医生用针过长有关。

（2）如针尖太尖、太细，易扭曲或刺到骨质后弯成钩，拔针时可能带出肌纤维。

（3）如毫针太短，针尖达不到蝶腭神经节深度，起不到刺激作用。

（4）如针尖太钝，则易滞针。

另有断针的情况，曾在 30 ~ 40 年前发生过。因以前没有 55mm 的毫针，我将 60mm 的针剪短、磨尖后使用，曾送给某军医一根，她用此针治疗了很多患者，弯曲后捋直了再用，结果有一次针断在面肌的深部，后经手术取出。

5. 消毒与进针

消毒：以 75% 酒精对进针点局部皮肤和手指消毒。如果是重复使用的毫针，须严格按照针具高压消毒规范消毒后使用。

进针：①以左手（压手）食指指尖紧按于弓形切迹的中心，再将局部皮肤下压 2mm（躲开颧弓下缘的骨质）。右手（刺手）拇、食指持针，将针从左手食指指尖中心（“弓形切迹”的中心）刺入皮肤。②待毫针刺入皮肤后，为更好确定和纠正进针方向，可将压手离开皮肤，若认为进针方向正确可以不离开，继续进针。③针刺方向正确时，针柄偏下，似飞机翅膀一样，针柄朝下向后偏斜。

进针要点：①进针方向要根据所触摸到的进针点与深部蝶腭神经节所在的位置来决定。由于个体差异和解剖的复杂性，一般来说，蝶腭神经节的位置多在所选进针点的内上方，且多偏前，依据平行线而定，每个人不都一样，少数在其内上方居中，深达 55mm 处。故针刺前，要预先估算好方向，才能朝着深处看不见的靶心，不偏不倚地将针刺入。进针时需从颧弓的下沿向内上方缓慢、平稳刺入，不要求快。②“三点一线”，非常重要！为更方便进针，在摆放好患者的头部位置、确定进针点后，从外平行线段的中心点进针，朝着内平行线段的中心刺去，保持“蝶腭神经节”、进针点、医生视线成一条直线，即“三点一线”，不要超过内、外平行线段的高度。这样进针，一次性成功率较高，也便于随时调整方向。

6. 调针

以 55mm 长度的毫针为例。从“弓形切迹”处触摸到的进针点，多数会偏离中心。

如果进针点低于外平行线段的中央下方，则只需将针斜向内上方逐渐抬高，对准内平行线段的中央，极易刺中穴位。根据个体差异，不论内、外平行线段的长短为多少，均以此类推，予以调整，但针尖最好不超过内、外平行线段的高度。

如果进针点在外平行线段的下方及后方，都偏离约 0.5cm，则要将针斜向前上方，边进针边抬高，把 0.5cm 的差距找回来，仍朝内平行线段的中央刺去。

如刺在颧骨弓下缘上，不必拔针，仅需将左手食指按压皮肤向下约 2mm 左右，即可避开颧骨弓，在其下缘刺入。

有的患者皮肤较为粗糙，或因过于紧张，面肌紧绷，或针尖过钝，极易滞针，甚至弯针走偏。在针尖刺入皮肤，超过颧弓下缘后，即可不再按压皮肤，腾出左手拇指、食指，用以固定针身，保持方向不变，右手不断捻转针柄，即可继续进针。

如果针尖仅进入皮下 1cm 左右即发现阻力较大，是患者咀嚼肌肌腱紧张所致，让患者适当张口放松，即可继续进针。

如针身刺入 1.5～2cm 碰到硬物，可能是下颌骨的冠突过宽，宜先将针向外拔出 1cm 左右，将针抽到嚼肌腱的范围之外，再让患者将口稍许张开，此时冠突向后下移位，让出通道，针身才能继续深入。如果不将针外拔而令其张口，不但拔针时阻力大、难以拔出，针也易弯曲。但也不宜让患者张口过大，否则肌肉拉直，亦不易进针。同时应嘱患者绝不能在针刺时突然闭嘴，以免压弯针身，严重损伤肌纤维。

如针身已穿过颧弓及冠突缝隙后，针尖又碰在了硬物上，此时，则要计算未进入的针身留在皮肤外面的长度（针柄不包括在内）：

（1）如针身留在体外 1～2cm 时，多是刺到上颌骨的侧后壁，针刺方向偏前，将针稍微拔出后，调整方向距离，朝后刺，即能进入翼腭窝。

（2）如针尖仍触到骨质，针身留在皮肤外的长度为0.5cm或不足1cm时，则是刺在外翼板上。将针稍微拔出，再向前刺即可。每次向前、向后调整方向，都不宜超过3mm，因为翼腭窝的前后径约为3mm，调整方向过大就会跳前、跳后，都刺在骨质上，反而刺不中，令患者痛苦，医生也会失去信心。

（3）如果针身全部刺入，患者毫无感觉，则要检查留在外面的针柄是否过度超前，如刺在外翼板的后面，应及时拔出。如果不是，可将针稍微抽出约1cm，向前或向后改变方向，一般不超过2mm宽度为宜，来回捻转提插两三下，仍无针感，也应迅即拔针，以不增加患者痛苦为原则，等待下次，不要急于求成。

（4）如果向后、向中、向前连调三次，距离都未超过3mm，均碰到骨质，留在皮面的针身都在1cm以内，这时要重新目测针尖高度是否超过了内、外平行线，刺在颅骨底部的蝶骨大翼上，导致位置偏高。

7. 出针

按毫针出针法，将针拔出。令患者用棉球压紧针孔2～3分钟，以免局部出血。

8. 疗程

每周针一次，每次针一侧即可。

注意：针刺蝶腭神经节应有定期性、连续性；若拖延时间过长，或断续治疗，停停扎扎，会逐渐丧失敏感性，效果不佳，甚至失效。

9. 针刺蝶腭神经节的疗效关键

根据文献报道，治疗中有每次针刺蝶腭神经节后留针15分钟以上者，有分多次提插捻转者，有一周多次治疗者，还有加用电针等。

经过15余万人次患者的治疗观察，我认为疗效关键在于一次性刺中蝶腭神经节，刺中后反应强烈，疗效高，较任何其他附加治疗都好。我们应尽可能减少患者的痛苦，如果没有刺中蝶腭神经节，即便使用电针或其他附加治疗也起不到什么作用。一般性鼻炎者不用留针，效果明显。

（五）关于蝶腭神经节的一针多治

我自 1968 年开始用蝶腭神经节治疗各种鼻炎，在临床有很多意外发现，现总结如下。

1. 上颌窦黏膜下囊肿： 2 例上颌窦黏膜下囊肿（1 例为单侧，1 例为双侧，均有 X 光片），针后 X 光片复查囊肿消失。

2. 面瘫： 1 例过敏性鼻炎患者针刺后，多年不愈的不完全性面瘫一并痊愈。后又治疗 3 例急性完全性面瘫，其中 1 例治疗较早，1 针治愈；2 例就诊较晚，经多次针刺后，仍遗有同侧额纹未完全恢复。面瘫者就诊时间越早，则见效越快，病程超过 3 个月以上者，费时较长。

3. 突发性耳聋、突发性耳鸣： 有突发性耳聋、突发性耳鸣者，经针刺后，恢复听力，耳鸣消失的病例。对早期突发性耳聋及突发性耳鸣者，可配合中草药治疗。

4. 近视： 100 多例患者来信告知，针刺蝶腭神经节治愈鼻炎的同时，其近视（视力 0.3 或 0.4）亦有所改善，无须再戴眼镜。

5. 哮喘： 哮喘发作者有症状减轻或痊愈的病例，最好同时配合中草药治疗。

6. 分泌性中耳炎： 既往对分泌性中耳炎没有很好的治疗方法，临床发现针刺蝶腭神经节可使咽鼓管黏膜收缩，管腔变宽，液体可立即排出，听力恢复。急性期可立见功效，也适用于慢性化脓性中耳炎，有加快干耳的作用。

7. 流泪： 对鼻泪管黏膜炎性增厚不通的流泪有效。

8. 失嗅： 对炎症引起的嗅沟堵塞导致的失嗅有效，特别是鼻甲肥大属于阻塞性者，效果最快，立竿见影。

9. 胃溃疡：有1例患者反馈，针刺蝶腭神经节不仅治愈过敏性鼻炎，其患有12年的胃溃疡也好了。其后陆续有人反映对溃疡病有效，可能均是自主神经功能紊乱引起的胃溃疡，因此有治疗效果。

10. 三叉神经痛：针刺蝶腭神经节对三叉神经痛也有立竿见影的效果，如有病灶则必须彻底治疗。

11. 视物模糊：1例患萎缩性鼻炎的老太太，一直由其儿子陪护就医。针刺几次后不需陪护，自行就诊。自述以前视物模糊，现在可以看清处方笺上最小的字。考虑是否与黄斑水肿有关，遗憾的是没有查眼底，只有录音。建议治疗中要注意观察针刺前后眼底血管的变化。

12. 面肌痉挛：仅治疗1例病程为9年的患者，加用柿蒂、威灵仙，1个月内未发作。

13. 干眼症：同仁医院针灸科的杨威主任首先采用。本人仅治疗1例，立见功效，仅针一次，当即眼泪大量流出。

14. 痛经：与自主神经功能紊乱有关者，有数例反映针刺蝶腭神经节有效。

15. 较严重的鼻腔出血：有1例9岁儿童患者，出血一周不止，进针立停，一周不再流血。

以上病例是我在针刺“蝶腭神经节”治疗鼻病中的意外发现，因病例太少不能做结论，有待年轻一代医生去观察、研究、总结。

特别说明：针灸科医生要学习并注意各种病症与肿瘤的鉴别，避免出现误诊误治，延误患者诊疗。

（六）注意事项

1. 如果针刺中蝶腭神经节，不但针感明显，留在外面的针柄应朝后向下，很像喷气飞机的翅膀。

2. 对第一次就诊的患者，最好先讲明针刺的感受及可能发生的意外。如麻胀、放电感，或针后有短暂的咬合不适，极少数出现面颊部小血肿，均能自行消退，免生疑虑。要求患者进针后，绝不能龇牙咧嘴，剧烈摇摆头部。

3. 小儿针刺，年龄应不低于7岁，并要由家人帮助固定头部。多数患儿在针尖刺入皮肤后，一般多不再哭闹，但也不宜来回乱扎乱刺。若掌握不好，或患儿极不合作，都不要勉强行之。

4. 一旦毫针刺入过深，不将针身拔出一定的长度，再刺时仍会刺在原来位置上。拔出太多，偏差又会过大。最好先在头颅模型上练习，取得经验，经多次实践后，才能获得较好的疗效。

5. 有时针刺未达到一定的深度，或刺在骨质上，患者会出现牙齿的麻感，可能是刺中后上齿槽神经，应予以纠正。下次再针刺时尤应注意，否则远期效果不理想。

6. 如遇针刺后鼻衄，多因针身过长，穿透蝶腭孔，损伤鼻咽侧壁黏膜血管所致。一般能自行停止，必要时也可冷敷头颈部。

7. 进针后，要密切观察患者的神色，注意晕针，以免跌倒受伤。对空腹或过于紧张的患者，最好不扎针，还有癫痫的患者要慎用。

8. 季节性过敏性鼻炎应在发作期治疗，才能见长期疗效。

9. 个人经验，宜先针左侧，后针右侧。左侧较顺手，较易命中，让患者信心大增，有利合作。

10. 有的患者颧骨高耸，有的患者面部平坦，其蝶腭神经节的位置会有不同程度的变异。同时，要根据患者年龄、胖瘦和不同人种的头颅形状进行全面考虑，对进针后的感觉及其方向、深度等有差异者，应记录于医疗手册，以便下次治疗参考。

（七）讨论

针刺蝶腭神经节以调整交感神经与副交感神经功能的平衡来治疗阴阳失衡，在理论上与中医是相通、一致的。在治疗鼻病方面，可以说已见成效，既简单易行，又发挥了一针多治的功能，起到事半功倍的效果。采用中西结合治疗，才能获得如此较快、较新的突破。

以我本人的不完全统计，针刺蝶腭神经节治疗慢性化脓性鼻窦炎的治愈率仅为52.4%，但加用中草药控制化脓病菌，疗效可进一步提高。同样，针刺蝶腭神经节与中草药共用治疗支气管，也可增强疗效。

蝶腭神经节是中枢与局部承上启下的重要联系枢纽之一，除可针刺治疗各种鼻炎外，临床可以治疗的病种还有很多，有待进一步去发掘、发现更多方面的治疗作用与临床应用价值。

医者仁术

心悟集

不打无准备的仗

耳鼻咽喉科的疾病，多数以手术治疗为主。由于它地处咽喉要冲并接近颅脑神经中枢，所有手术都要十分细微、认真，毫厘之差都会影响治疗效果。有些手术，必须在显微手术镜或放大显示屏下完成，因此要求医生应具有高度负责的精神。

医生看病和作战一样，要多动脑筋，知己知彼，才能克敌制胜。特别是难度大的手术，一定要术前做好充分的准备，包括阅读有关书本知识，做到术前练兵，尽可能想到术中会遇到的困难与意外，并思考如何去应变。手术器械，术者要亲自挑选，手术时才能做到心中有数，万无一失，百战百胜。

一、第一次做左颌骨摘除术

记得还是20世纪50年代中期，那时同仁医院还未与北京耳鼻咽喉医院合并。同仁医院的耳科很小，1954年才从外科分离出来，最多时才有5名医生，仅有20个病床。当时我刚被提升为主治医生，一切都要独立操作，就遇到一例晚期的左侧上颌窦恶性肿瘤（鳞癌）。患者姓肖，左眼球已向上向外明显突出，X线图像证明骨质有破坏，且肿瘤已侵入左筛窦。第一次遇到如此严重的恶性肿瘤患者，我毫无经验，又乏人指导，治疗没有把握。是知难而退，还是迎难而上呢？为了同仁医院耳鼻咽喉科医疗技术的发展，作为主治医生的我责无旁贷，必须接下这位患者。更何况，遇到疑难重症的患者就向外推，这如何谈得上全心全意为人民服务？

经历了思想斗争，仔细分析利弊后，我下定决心收下患者。为了把手术做成功，我按照手术步骤与要求，一连解剖了几个头颅，直到把局部解剖关系弄得一清二楚。为了保证能把肿瘤完整取出，我反复设计手术方案，并决定和眼科医生合作。因为此处与眼球密切相关，所以当时这种上颌骨摘除术在国内开展得还不多。手术那天，副院长兼眼科主任张晓楼闻讯，带着正在医院培训班学习的近 40 位进修医生来观摩。我毫无思想准备，所以非常紧张，但一想到挽救患者的生命，把肿瘤完整地切除才是最重要的，就立即又镇定下来，面对众多观摩者也就泰然处之了。

由于我术前做了充分的准备，又全身心地投入到手术中，每一个步骤都完成得很顺利。虽然这次手术从早到晚做了近八小时，深感疲惫，但最终能将肿瘤完整切除下来，我感到无比欣慰。这名患者是在 62 岁做的手术，术后进行了牙齿修复整容，又生活了十七个年头才离世。对于第一次做这样高难度手术的我来说，能取得如此好的疗效，实属不易。现在回过头来想想当时承受的各种压力，也是不少的，但有了这次打胜仗的经验，我认为只要术前做好充分的准备，就能够攻无不克。这也为我今后开展手术，增添了信心。

二、罕见的额窦鳞癌手术

1958 年脑外科从同仁医院搬出，与耳鼻咽喉医院合并。经历了上次那场难度较大的手术，同仁医院耳鼻咽喉科立即壮大起来，与眼科同成为市重点科室。那时科里拥有 120 张床位，日会诊量达到 500 人上下。患者来自全国各地，且疑难重症颇多，有些病例甚至国外文献中都没有或较少报道。如巨大如儿头的额窦黏膜囊肿，一侧的多发性额、筛、上颌窦、蝶窦单发独立囊肿，大如鹅卵的额筛窦骨瘤、额窦骨巨细胞瘤，双侧的巨大乳突先天性胆脂瘤等等，我们都曾遇到过。这些病例我们都写成了论文，可惜当时还没有相关的耳鼻咽喉科杂志出版，故都未曾发表。本着前面所说的诊疗原则，无论病情多么危险、变化多么复杂，我一定做到诊断明确、对症治疗。如果需要手术，我必先做到术前积极准备，不出差错，术后总结经验教训。我还会根据每个患者病变部位、病理性质、波及范围大小的不同，去设计最佳治疗方案。有时候还会向不同的人请教，尽可能减少对患者不必要的损害。

还有一个病例，患者贾某，女，头痛，左眼向外下方突出，患的是极为罕见的原发于额窦的恶性肿瘤（鳞状上皮细胞癌），入院前发现 X 光原片上已有骨质破坏。为防止癌细胞转移，术前未做活体，术后病理组织检查证实为鳞癌。当时这种病国内尚无报道，能在国外杂志中查到报道的仅有 102 例。这 102 例都采用了手术加放疗，但只有 5 人存活时间达到 5 年，其余多在 3～6 个月内死亡，说明国际上对额窦鳞癌治疗的方法和预后极不乐观。为了使这次手术能彻底清除肿瘤，减少复发，我们对每一个治疗细节都做了充分的研究与准备，术前不做穿刺或切开取活体就是其中之一，因为这会造成较高的癌细胞转移可能。果然不出所料，术中发现肿瘤不但侵及左筛窦、左眼眶上部，同时也侵及右额窦，破坏了左额窦的内外板，硬脑膜受波及的范围达 3 厘米 ×4 厘米，这与术前 X 光片显示完全吻合。我们术前决定采取经额部中央稍偏右，从鼻背上行至颅顶，再横向左颞侧到达左耳前，长达 20 余厘米的切口。这样将皮片鼓膜从额顶骨上分离开来至隆起的肿瘤周边际，细心切割，仅保留皮肤皮下组织不得暴露肿瘤。然后将皮瓣下翻，在肿瘤外周凿开颅骨，像脑外科一样用长条沾湿棉片保护正常组织，避免肿瘤外露时癌细胞接触软组织而被无意中移植。虽然这样能将切割下的肿瘤尽可能完整取出，但不能将残留在硬脑膜上的癌组织同时取下，好在肿瘤并未穿透硬脑膜。为防止癌细胞扩散，先用电凝固器烧匀脑膜表面隆起的癌组织，使其炭化固定，沿距离受侵的硬脑膜四周 1 厘米处切下这段脑膜后，见脑组织并未受损至此。再取大腿外侧肌膜约 7 厘米 ×8 厘米大小，来修补缺损的硬脑膜。这一次我保留了同侧的眼球，但放疗后患者左眼逐渐失明。之后贾某又生活了十四年，到了 70 多岁才去世，可以说我们的治疗是成功的。

坏事变成好事，不可能变成可能

鼻子发臭原因很多，除了萎缩性鼻炎（也称臭鼻症）之外，多见于小儿鼻内异物。由于小儿顽皮，常常将小黄豆粒、纸团、橘子皮之类的东西塞入鼻腔内，时间一久，有机物发生腐烂，刺激鼻黏膜充血，分泌物增加，就容易导致微生物的生长繁殖，使黏膜逐渐糜烂化脓、出血，从而奇臭无比。这时耳鼻咽喉科医生用鼻镜将流鼻涕的鼻子轻轻撑开并将脓血吸去，很容易就会发现鼻腔内存在与周围颜色不一致的异物，只要将这一异物取出或钩出，局部涂以消炎油膏或药液，不日即可痊愈，臭味立即消失。虽然这种现象发生在成年人身上极不可能，但我就曾遇到一例30多岁的患者，就诊时鼻子奇臭无比已经三个多月了，检查鼻腔未发现有异物存在，也未患有萎缩性鼻炎。鼻腔宽宽的，仅左鼻黏膜显得比右侧稍微红一些。前后鼻镜都查了，也不像发生了肿瘤，患者坚决否认有异物放入鼻腔的病史。我凭着自己的直觉认为是有异物，可异物跑到哪里去了呢？

患者的诉求，就是要治病，自觉或他觉闻到臭味，简直无法与别人相处。但仅从门诊主诉中，又得不到半点启示。

就是凭着这点点的直觉——不是异物就是肿瘤，可千万不能从我这里漏诊呀！我仔细地搜索鼻腔黏膜，不论是鼻顶、中鼻道还是下鼻道，一遍又一遍，查了又查，最后终于发现在左下鼻道的后内上部露出一颗芝麻大的小黄白点，吸不出来，也挟不动，但触感已证明它是软的，可动的。它不是坏死组织，那就肯定是异物。患者仍旧说不出原委，到此时我也只好多上些局部麻醉药和血管收缩剂，耐心地用能固定的小钳子，夹着那个小黄白点不放，艰难地、费力地、一点一点地向外拖，掉了再夹、再揪……终于把那东西揪到了左下鼻道前端，仔细一看竟是塞在上颌窦内纱条露头的一端。再问患者，患者仍说不清，只说自己没放。我问是不是以前做过手术。经过提醒患者才想起，三个月之前曾从口腔向鼻窦内做了手术，他还反问这与手术有什么关系？

于是我肯定患者在三个月之前做了经口腔的左上颌窦柯氏手术，亦称上颌窦根治手术。手术方法是将同侧上唇向外上翻起，在上齿龈上方皱褶处切开，直至骨面。然后将同侧上颌骨（窦）前壁外面的软组织及骨膜向上剥离开，就在此处向内用骨凿凿一约2厘米 ×3厘米大小的洞孔作为视窗，并切开除去窦内前壁黏膜，检查窦内化脓情况及有无息肉、囊肿、黏膜过分粗糙或溃烂。如果仅是简单的上颌窦炎，一般不打开筛窦，根据窦内黏膜病变情况，剥除或保留上颌窦黏膜，但必须将通向下鼻道处的内壁骨质凿除，将该处的下鼻道黏膜前、上、后三面沿所开的骨孔缘切开，作为将来上颌窦的引流口，上颌窦将不再易积存分泌物，感染化脓，因此引流窗口是上颌窦根治手术能否成功的关键。窗口做得尽可能的大，最好是上下径达到2厘米以上，前后径在3厘米以上，黏膜瓣才能自动倒覆在上颌窦内。为了使黏膜瓣能紧密接触窦腔内骨面，便于愈合后形成永久性的人工引流通道，并防止窦内渗血及感染，一般用一根或多根长的碘仿纱条压实窦腔，但其纱条的一端必须明显经引流窗暴露在下鼻道内，以便一周后能将压迫纱条全部取出。也可用适合窦腔大小的橡皮气囊压迫，但放置时间尽可能不超过一周到十天。

如果医生经验不足，引流窗骨孔做得不够大，黏膜瓣上下径不足2厘米，极易因肿胀而复位与原切口重新愈合，或纱条取出过早，将导致黏膜带动复位。只要引流孔做得不成功，手术就会失败，特别是将窗内黏膜全部刮除的病例，由于窦内渗血、机化（结缔组织化），分泌物排不出来更易再次感染，手术就等于白做。

这个患者当时应是引流窗开得不够大，导致留在下鼻道的纱条露头极小，仅是芝麻大的小黄点，如不注意，很难发现。那位为其做手术的医生，不能不知道纱条留在窦内的后果，但当时医生可能找不到纱条的露头，也不愿及时告诉患者，我认为是一个责任事故。患者自然想不到鼻窦内留有异物，还认为手术做得不错，所以主诉中鼻子发臭就没有想到与手术有关。直到我将尺来长的纱条抽出来，患者才想到从口里做过手术，好在用的是碘仿纱条，抗感染能力强，虽然埋藏了有三个月，却并未引发组织坏死，真是万幸。我仔细检查后判断，鼻窦内黏膜已再生，纱条刚拔出时黏膜可能还粗糙不平，一周后黏膜应已平整光洁。引流窗周边黏膜均已愈合，虽然是小一些，但不可能再缩小或闭合。总的来说，手术医生不主动抽出纱条，隐瞒错误，听之任之，是缺乏医德，且长此以往，后果难以设想。但经我取出纱条后，手术又是成功的，还比想象的预后要好，坏事又变成了好事。这个病例证明，在今天消炎抗菌药物能绝对控制感染的情况下，上颌窦根治手术后，窦内的压迫物取出时间可以适当延长，更有利于引流窗的形成和窦内黏膜上皮的生长。

后来我参加医疗队去农村，从上述事例得到新的启发，为大量开展乳突根治手术创造了有利条件，变不可能为可能。

我两次参加医疗队去农村，一次是 1964 年，去北京近郊的门头沟与贫下中农相结合，接受再教育；另一次是 1976 年，我主动报名参加支延医疗队去安塞区，为落后的农村医疗送医送药，想方设法尽可能地去解决农村医疗上的难题。

化脓性中耳炎是农村最多见、最危险的疾病之一，主要得病原因是喂奶时，婴儿体位不当，头位与身体在一条线上，液体食物很容易流入中耳或因咳呛经鼻腔后面的咽鼓管进入中耳而发生中耳感染化脓。因得不到及时有效的治疗，发生急性化脓性中耳炎，脓液无法排出，便腐蚀纤薄的鼓膜，造成鼓膜穿孔，甚至破坏中耳传音的小听骨，听力随之下降。因鼓膜穿孔，外耳道的皮肤可经穿孔侵入中耳后上方的乳突腔气房内，又因表皮不断地脱落逐渐堆积而形成胆脂瘤，瘤体慢慢增大，时间一久，向颅内穿破，即可发生化脓性脑膜炎或脑脓肿而危及生命，危害甚大。

一旦确诊为胆脂瘤，唯一治疗的方法就是尽早在耳后将乳突外壁骨质凿开，施行乳突根治术，将胆脂瘤全部清除干净，再从大腿内侧或腹部取一块大小合适的皮肤，移植在除净了胆脂瘤的乳突腔骨面上，再用消毒的小纱条压实，约两周的时间植皮才能愈合。如果不植皮，就需要每天来换药，上皮愈合的时间则更长。由于农村住地分散，患者每天换药，来回至少十数里地，植皮者更是行动不便，何况农民每天还要下地劳动，所以以上两种方法，农民多数不能接受。

为了能让周围的上皮顺利向乳突内生长，在凿开的乳突伤腔内将消毒后的包糖果的玻璃纸平敷在伤腔内，再用抗生素或碘仿纱条压实，像植皮一样。中间无须换药，只要根据乳突伤腔的大小面积，估计伤腔内的上皮自然生长和全部愈合的时间，即可将压迫纱条、玻璃纸全部取出，根据经验通常需要两个月左右。在后来的实践中发现玻璃纸又厚又硬，不易放平整，又改用柔软光滑的塑料薄膜。这样自然生长的上皮光洁，不易再形成胆脂瘤，且无须清理脱屑，不影响农活，农民多能接受，从而打破了在农村不能普遍开展乳突根治术的思维定式。

胆脂瘤病变是藏在头部的一颗定时炸弹，应尽早发现，尽早治疗。患有胆脂瘤的患者，鼓膜和听骨链也都会有不同程度的损伤，造成听力下降，而乳突根治术又是一种破坏性的手术，术后听力更受影响。因此我在安塞地区，利用塑料薄膜大量开展乳突根治术，同时在条件十分简陋、没有手术显微镜的情况下，靠平时苦练基本功克服困难，尽可能地为根治术后的患者做更难、更细致、更复杂的听力重建术，努力为患者提高听力。

日闯三关，抢救了三条小生命

元旦前一天的清晨，时钟正指在七点三刻，同仁医院耳鼻咽喉科的诊室里同时抱来了两位严重呼吸困难的小患者，都奄奄一息，处于生命极度垂危状态，家属都要求医生先为自己的孩子医治，这时我正好赶到急诊来值班。

经急诊医生诊察，两位患儿都患了白喉。白喉是一种急性传染病（建国初期这种病例并不罕见），白色的伪膜把咽喉唯一通气的要道——声门快要完全堵塞了，患儿因肺内空气得不到交换，特别是氧气，正在费力地呼吸，且呼吸越来越急促，皮肤也越来越苍白和青紫，心跳渐渐变得无力。尤其是小的那个仅满一周岁的男孩，手脚也有点冰凉，不哭不闹，已成瘫痪状态。医生们意识到如果不紧急进行气管切开术，使患儿获得足够新鲜的氧气，就有可能立即丧命。相比之下，那个大一些的女孩，似乎病情稍显好点，大几岁耐受力应该稍好一点，当然也好不了多少。可是由于人手不够，分身乏术，又别无他法，手术只能一个一个地进行。

总之两位患儿都已进入危急状态，在这个时候必须有个决断，但谁也难以预知后果，责任总是要有人来承担的。因此医生们商量先手术，再做说服工作，然后立刻给大一些的女孩输氧，并派专人护理。把小的那个男孩马上送手术室，由我来主持，做气管切开。时间一秒一秒地逝去，手术要快速、要准确，真是争分夺秒。即使这样，那个在外面等待做气管切开以缓解呼吸困难的女孩，面色也突显苍白、青紫，眼皮直向上翻，看来也要不行了。就在这紧要关头，当天来接班的其他医生和护士正好也都赶到，立即投入战斗，为抢救第二个孩子开始进行紧张的准备工作。此时第一个孩子刚刚脱险，昨晚值班的医生和护士们忙了一夜，早就应该下班了，但此时此刻都顾不上休息，马上又投入到抢救第二个孩子的工作中。谁知刚将女孩放在手术台上，呼吸停止了，心跳也听不到了，可能是由于喉部被白膜完全遮盖住了，长时间的缺氧，突然一搬动导致的，小儿软软地瘫在那儿，真的是千钧一发。

再回过头来看小女孩的母亲，满脸都是泪痕，她焦急地在外面走过来走过去，显出无奈的表情。幸好她没有看到孩子被抬上手术台时的一幕，否则她一定会立刻失去理智，大哭大闹起来，徒增麻烦。她此刻多么希望自己的小女儿也能像第一个孩子一样抢救成功，继续活下来。因为他们全家就这么一个孩子，是他们一家人的希望，而且生她的时候，母亲年纪已经不小了。家属们的心情，医生们都能体会到，怎么能不千方百计地让她继续活下去呢？

头天晚上还发着烧的主治医生，这时却顾不得自己还头晕、身软乏力，接过气管镜飞快地、不假思索地把它送入气管内，用吸引器吸去了声门的伪膜，再把新鲜的氧气通过气管镜直接吹进肺里，护士同时也把强心剂直接注入心脏。在场的医护人员同心协作，轮流进行人工呼吸，这样分秒必争地持续了三四分钟，坚持就是胜利，终于患儿又自动、深长、缓慢、费力地重新开始有自主呼吸。不一会儿，患儿的脉搏也渐渐可以摸到了，这时全手术室的人才不约而同地轻轻松了一口长气。为保险起见，在气管镜下，给她也做了气管切开。终于大家紧张严肃的面孔上又露出了发自内心的喜悦笑容，为这重新获得宝贵生命的孩子而高兴。不过两个孩子的治疗还没有结束，还需继续注射白喉抗毒素。

就这样，在北京同仁医院耳鼻咽喉科，医生和护士们紧张忙碌地完成了早上的交接班，才有时间为那些等待已久的其他急诊患者细致专心地诊疗，耐心地照顾和解说，开始了1962年第一天的正常工作。

午后三时许，电话铃声急促地响了起来，原来是儿科要求急会诊。又是一个面色苍白、发紫的患儿在艰难地呼吸，通过病历，耳鼻咽喉科医生了解到这个孩子的病史：2岁，同时患有肺炎与喉炎，有高度的营养不良和严重的心力衰竭现象。由于心脏不好，些微的刺激都可能导致患儿突然死去，哪能经得起一次气管切开抢救手术呢？去会诊的医生踌躇了起来，但最终高度的责任心战胜了自我，考虑到如不及时做气管切开，孩子肯定等待不了多长时间就会一命呜呼，而只要闯过气管切开手术这一关，患儿就有了生机。因此与儿科医生紧急商量了抢救方案和步骤，生死关头，大家密切配合。虽然患儿心功能是那样衰弱，加上高度的呼吸困难，术中是险象环生，但最终医生快速顺利地完成了气管切开，从患儿伤口吸出了许多堵塞在气管内的脓痰后，又给他输入大量新鲜氧气，孩子的脸色最终又渐渐地红润了起来。

一天之内三次在极端危险的情况下用气管切开术挽救了三条小生命。最终三个孩子都一天天好转了起来，全都病愈出院，这是大家通力合作、全力以赴的胜利成果。

假牙的故事

一、气管内的假牙去哪里了

从山西太原转来了一位中老年患者，自诉误咽了自己的三颗假牙，到当地某大医院治疗，曾用气管镜检查过，但由于设备不全，又没有适当的异物钳子，因而未能取出，才转来北京。

同仁医院从1958年与北京耳鼻咽喉科医院合并后，就成为一所以眼、耳鼻咽喉科为重点的综合性大医院。耳鼻咽喉科也同眼科一样，增加到120张病床，重点科室自然要重点照顾，耳鼻咽喉科的设备也比以前齐备。医院还增设了耳鼻咽喉科研究所，由我国著名的耳科专家，也可以说是中国最早学习西医耳鼻咽喉科的鼻祖刘瑞华教授担任第一任所长。科主任徐教授也是全国有名的专家之一，曾受教于美国著名内窥镜学家C. Jackson门下，是我国最老一代的内窥镜学宗师，在他的领导下，国内外较新的用于气管食道方面的内窥镜和各类取异物的器械耳鼻咽喉科应有尽有，非常齐全，许多外地解决不了的疑难重症，特别是气管或食道异物，北方各省大部分都会转来我院。但是这个从山西转来的患者，来院后首先经X光透视检查，竟没有发现有异物存在于气管内，而患者的自觉症状也并不明显，就连咳嗽等最常有的表现都没有，肺部听诊也毫无异常，当时在场的一位主治医生认定气管内绝不可能存在假牙这么大的东西而毫无症状及体征。当然说没有的医生也是为患者好，因为不像现在用的已经是以玻璃光导纤维制成的小得多的软管，当时用的气管镜都是金属的硬管，放入气管时比较难受，如果没有假牙，又何必多此一举。这位医生想说服患者返回山西，不做检查，患者坚决不同意。

正在患者说绝对有，而医生说绝对无，相互争论不休的时候，我恰巧来到诊室，听到了他们的对话。我仔细思考了一下，患者有误咽假牙的经历，而且山西的大医院也发现了有假牙存在于气管内，患者好不容易千里迢迢赶来北京，认准了同仁医院，怎能看都不看，不做实地调查呢？我们若轻易放过，漏诊了就不好了，因此，我决定“宁可信其有，不可信其无”。就这样说服该主治医生，立即下气管镜直接检查一下气管内。

一切都准备就绪，主治医生轻车熟路把气管镜顺利地插入气管，他随即告诉我，左右两侧的总支气管内都看过了，确实没有发现有异物存在。要是像患者说的如此大的假牙，绝不可能掉入很深。我想假牙若不在气管内，会跑到哪里去呢？难道真的咽到肚子里了？但这又与山西某大医院发现的结果不符，他们的诊断明明是见到在气管内呀！“不亲自尝一尝，怎会知道梨子的滋味！”于是我接过气管镜，同样检查了两侧的总支气管，确实没有看到异物。怎会消失得无影无踪了呢？难道被患者咬断变小进入了较深的小支气管道内？

正在犹豫之时，我突然发觉右总支气管内下面的支气管开口排列有些异常。为什么三个支气管开口会成平行排列呢？正常应呈不整齐的“品”字形呀。这时我才突然想到每颗牙齿的大小，不也正好和小支气管开口的大小相差无几吗？由于那时用的都是老式黄铜做的气管镜，灯光微弱，不像现在光导纤维气管镜那么明亮发白光，导致光在假牙上变了颜色，与气管内黏膜颜色较为相似，显出深部三颗平整排列的假牙，正好与支气管下面的开口极为相似了。要是对下端支气管开口的解剖位置不够熟悉，稍一忽略，就误了大事。延误了患者的治疗，后果将是严重的，时间久了，分泌物增多会发炎化脓，同时也会影响同仁医院耳鼻咽喉科的声誉。为了求证是不是异物，我把气管镜继续向下送入。当碰触到下端时，手感告诉我，下面确实有硬的东西存在。我当即告诉主治医生，“您来试试，由您来取，接受这次经验教训吧。”当然一旦诊断明确了，异物找到了，取气管异物对同仁医院耳鼻咽喉科的每一位高年医生来说并不是件难事，他又接过我手中的气管镜，弄清了假牙卡住的方位，顺利地放入合适的气管钳子，并非常轻松地取出了假牙。患者没受多大的痛苦，也没发生任何并发症，仅在门诊观察了短暂的时间，就高高兴兴返回老家太原去了。回去的时候，患者非常感激，总算没有白来一趟。

后来我对这个病例的经验教训进行了总结：

（1）患者为什么会没有咳嗽和呼吸困难？假牙是形状不规则的东西，掉在一侧的支气管内，仍有较大的缝隙可以通气，这才使呼吸并不受阻。假牙不像圆形或卵圆形的异物，容易把一侧的肺完全堵塞，氧气不够用自然就会出现呼吸急促或呼吸困难。异物掉进气管的初期，应有剧烈的咳嗽，但也有敏感和不敏感的问题，也许塑料类制品本身的刺激性就小，只引起轻微的咳嗽，而患者没有注意，但医生认为只要异物进入气管都会发生剧烈的咳嗽。假如我们喝水呛了，也就是水进入到气管，都会咳嗽不止，何况是较大的固体异物呢，但别忘了什么事情都会有普遍性和特殊性。还有，一般来说异物进入气管的初期，应有剧烈的咳嗽，可如果异物在气管中时间久了，已经适应，或卡得很紧，纹丝不动，就可能毫无刺激表现。而患者来到北京已经是两三天后的事了，处于安静期。如果忽略了初期咳嗽，后期可以不咳嗽这点，那就犯了错误。有这么多的因素，如果不加思考，岂不成了主观主义或教条主义。

（2）为什么 X 光未显示出？这可能与操作医生的经验或时间有关。一般来说，假牙多带有金属钩，才能较好地固定在原有的牙床上和原有的牙齿之间。而偏偏这位患者的假牙，是纯塑料制品，没有金属含量，因而在模糊不清的X光透视下当然发现不了。后来我还见到另一个患者，其巨大的牙托脱落后，正好卡在食道入口的下方，塑料制成部分是完全透明的，如果不是那长达六厘米的细金属丝显形，在X光照片下根本看不出牙托的形状。另外医生一般认为较大的气管异物多有呼吸道堵塞现象，多少会出现肺不张的表现。但这位患者却呼吸畅通，也是易于漏诊的原因之一。

（3）为什么在气管镜直接检查下，也不容易发现呢？假牙亦称义齿，一般人配戴义齿是根据口腔牙齿缺失的形状、大小及数量来补充修复的，所以因人而异。义齿有大有小，形状各不相同，单个的义齿以往多用金属或合金制成，由于颜色的深浅差异，自然容易辨认。这位患者的义齿是缺失的三颗上列前门齿，全部由牙科专用塑料制作而成，十分精美光洁。用塑料制成的义齿由两部分组成，假的牙齿部分是白色的，从外观上看与原有的牙齿颜色及形状大小绝无异样，可以乱真；另一部分则是假的牙龈，呈肉色或淡红色。这样义齿才能完全酷似真的牙齿固定在牙床上，发挥原有牙齿的作用。这颗义齿，掉入患者的总支气管下段，半斜着卡在那里，经当时昏暗发黄的气管镜灯光一照，由上往下远远窥视，三颗假的上门齿正好成三个圆圈状，其大小还真像被其遮盖在下面的三个支气管的开口。若不是下段支气管的开口呈不整齐“品”字形，与义齿呈平行排列有所不同，即使是一位有经验的专科医生，也会犯错误。所以医生对人体局部解剖要非常非常熟悉。只有熟悉了，才能掌握熟练的技巧。正常与异常有分毫之差，过目便能分辨。只有自己在平时工作中养成一种极为细微细致的洞察能力，在实际操作中遇到问题，才能快速准确地发现。因此工作中一点都不能粗心大意，多问几个为什么，是良好的习惯。

（4）装义齿者多为成年人，义齿分固定型及可取下来清洗型两种。虽然随黏性食物粘着脱落而误咽进入食道的例子颇多，但如此大的义齿被吸进气管则极为罕见。我作为专科医生，半个多世纪以来只遇到此一例，这也是让医生们难以相信义齿掉进气管，犯经验主义的错误的另一原因。

二、顺其自然

那是1960年发生的事情了。一位将军在北戴河休养期间，不慎将装有两颗牙齿的义齿咽入食道中。那是一颗长约3厘米，两端各带有两根向内弯曲的金属钩，像只小螃蟹一样的假牙，卡在食道内（估计是食道中段，也就是第二狭窄处）一动不动。将军无法吞咽，不能进食，年龄也不小了，当然十分令人担忧。军区极为重视，通知我们医院连夜派徐院长和我坐直升机赶赴北戴河抢救。与徐院长同行，我既可以学习他的特长，还可以尝尝坐直升机的滋味，又是第一次去闻名遐迩的旅游胜地，人人都非常向往的地方，我心里暗自高兴。我把应带的医疗器械和能带的药品都准备好，就只等待出发了。

时值夏末秋初，坐直升机要经过唐山地区。正好在那天晚上，唐山地区雷电交加，大雨滂沱，为了我们的安全，有关方面决定让我们第二天一早改乘火车前往，并由将军的夫人亲自陪同。

北戴河距离北京不远，乘坐火车，一路风光可尽收眼底，对久居城市，整天上班下班，被日常事务缠身，忙忙碌碌的人来说，突然离开喧闹的城市，顿感空气新鲜。我就像换了个人，感觉浑身特别轻松。三人有说有笑，不知不觉已经来到了北戴河车站。早有吉普车在等候，下了火车换上汽车，一路飞驰。这也是我第一次见到一望无际蔚蓝色的大海，似与蓝天相接。绵延不断的黄色沙滩以及漂浮不定的白云海浪，远处绿林中点缀着白墙红瓦的小屋，风景如画，极是引人。我更觉胸襟开阔，精神焕发，真想车行驶的速度慢点，在路上流连的时间长点。但不一会儿就来到了终点——北戴河最大的一所疗养院，这里依山靠海，大得实在惊人。走廊宽约四米，据说长约十里，是日本人盖的，是其侵略中国的明证，虽别有一番风味，也令人深思。

当然，我们的主要任务首先是看望患者。他住的房间很大，但陈设非常朴素简单，在仅有的一张桌子上，特意为我们准备了一些当地产的水果。我们顾不上品尝这些特产，就先走进去了解病情。警卫员对我们说，从昨天夜里起，将军由躁动不安转为能安静入睡，醒来后已觉胸部无不适感，但一直未敢进食，也不愿意多说话，这是由于他过度紧张及疲劳所致。根据徐院长多年的经验判断，假牙应早已从食道第二狭窄处自行滑脱进入胃部了。如此一般已无危险，估计假牙也未明显损伤食道壁，否则金属钩穿破食道，假牙被固定，就不可能下滑移动。疗养院虽大，但那时的设备尚十分简陋，连台可移动式的轻便 X 光机器都没有，无法随时监视假牙向下移动的速度和下滑的部位。假牙进入胃部后如无特殊意外，几天之内应可从肠道排出。简便的办法是让警卫员同志准备一专用便盆，每次便后，用清水稀释排出的粪便并留意观察检查有无假牙排出。这样就避免了移动患者去做 X 光检查，徒增患者痛苦的情况。根据徐院长的经验，患者可以从少量进流食，逐步到半流食，最后改用普通饮食，并适量给些消炎药、抗生素之类的药物。就这样，我们留在北戴河继续观察患者的情况。果然不出所料，大约在来后的第三天，假牙就顺利地随粪便排了出来。大家都非常高兴，皆大欢喜，专门为我们备了一桌盛大的螃蟹宴，还有酒。其实我是个乡下佬，除了猪肉、牛肉常吃，什么天上飞的、水里游的，从小就不吃。但这次除了螃蟹之外，其他什么菜都没有，别无选择。端上来的螃蟹又大又肥，足有斤把来重，我以后多次到北戴河、秦皇岛，再也没有遇到过这么大的螃蟹了。犹豫之间，大家都劝我尝尝鲜。我只得慢慢依样画葫芦，在专人的指导下尝试，吃来果然鲜美，从此之后也就对鱼虾之类的海鲜都解禁了。

这次我们有机会顺便浏览了一下北戴河的全貌，当时也正是桃子、苹果等水果成熟的时候，碰巧是个丰收年。树上都果实累累，连串的果实一直垂到地面。据管理人员说，有的一棵树能产下千把斤，此情此景我能不相信他的话吗？我们是京城来的客人，尝到的都是最好的品种，还吃到一种名叫猕猴李的黄色小果子，味道真好，可惜以后再也未见到了。北戴河真的是人间仙境，世外桃源，夏日避暑的好地方。

三、巧取与豪夺

“巧取豪夺”是我国的一句成语，书中解释，巧取即是骗取，豪夺则是用强力夺取，也就是欺诈或抢夺财物的意思，我这里借用“巧取豪夺”来比喻做手术取异物时手术者采取的方式。手术者利用自己的经验、智慧，以细腻轻巧的方式巧取与以暴力粗糙强取的效果是截然不同的。人命关天，做医生切忌后者。

故事发生在40多年前，1962年我刚升任科副主任不久。一天下午，来了一位上半口假牙咽入食道的患者，年龄在五十岁开外，无法咽下食物，也不能喝水，痛苦万分，这么大的义齿被咽入食道，一般也是不多见的。当天是一位主治医生值班，这天发生的食道或气管异物原则上都应由他来取出。他按自己的意愿选好了应用的器械，在咽喉下咽部黏膜表面喷好了局部麻醉剂后（在那个年代，取异物甚至做扁桃体摘除，我们很少用全麻，认为局麻比较安全），在助手们的配合下，顺利地将一把较大而扁平的食道内窥镜放入内腔，发现义齿正卡在了食道中段，也就是食道第二狭窄区。食道共有三个狭窄区，第一狭窄区位于食道入口处，因环咽肌经常保持收缩状态所致，食道异物最易嵌入此处，食管镜操作不当，也最易在此处损伤管壁，造成纵隔感染。食道的第三狭窄区是在食道穿过横隔膜与胃相连的贲门部。至于这里出现的第二狭窄区，正好位于左支气管的后方，主动脉弓和胸主动脉的右侧，食道因受其压迫而形成狭窄。因此这三个狭窄区都是最危险的区域，如果异物伤及主动脉，就可能立即造成大出血，危及生命，连抢救都来不及而死亡。

正在他动手要取异物之际，门诊医生告诉我某某医生正在准备取一较大假牙的食道异物。我知道他平时动作比较粗糙，仅凭着自己敢想敢干，不达目的又不肯罢休，听了确实很不放心，于是急忙来到抢救室。这时他正在用一把粗大的鸭嘴钳子夹住假牙不放，一直往外扯。钳子夹住假牙往上拉出约有一寸多（食道是软管由平滑肌构成，极富弹性），虽然钳子的头部有 2.5 厘米长，像剪刀一样能开能合，其咬合面有横行的沟纹，宽约 0.5 厘米左右，咬合力很强。但由于假牙上的金属钩嵌入食道壁，塑料部位又光滑，如不松开嵌在食道壁上的金属钩，钳子夹得再紧，夹在牙托的塑料部位上也还会滑脱，而且有撕破食道的危险。他这样反复夹住向外连拧带揪四五次都被弹回去，假牙就是揪不出来。我想假牙的金属钩子一定嵌入食道壁上很深，虽然将假牙向上揪出 4～5 厘米，但仍能弹回去，所以假牙实际上在原处一动不动。如果不事先去松解嵌入的金属钩子，假牙自然不会离开原位，如此仅凭自己满腔热情，用蛮力来回强取，食道迟早会破裂，甚至伤及主动脉，危险就大了，一定会造成严重的医疗责任事故。我立即请他让开给我瞧瞧，果不出所料，部分金属钩子已没入食道壁内，且鸭嘴钳较大，遮住部分视野，因此我告诉他：“您必须设法将钩子从食道壁上完全退出来，使假牙活动，才能取出来。”可是他只能退出靠外的两个钩子，里面的钩子嵌入很深，而且受假牙本身的遮挡，反复地取出，又反复地自动嵌入，假牙仍无法移动。其实在那时，对于如此巨大的不规则形状的，除了带有四个金属钩子，薄的塑料部分如同刀片一般的食道异物，我自己以前也从未遇到过，毫无经验可谈，自然也不敢轻易动它，否则只会徒增患者痛苦，甚至发生意外。何况我院有全国第一流的食道气管异物专家，我又何必去冒这个险呢？患者也需要休息，为患者考虑，我只好与手术医生商量，停止操作，另请高明。就这样决定收患者住院，先给予抗生素和静脉输液维持营养，保证不发炎，观察一天，等明天徐院长来了后再做决定，是为上策。

第二天一早上班，等徐院长来了后我把情况详细向他做了汇报，他立即做了取异物的准备，还是用科里那根内径最大的扁平食道镜，但却选了一把Jackson式的纤细长柄四爪小钳子，管径粗细与小圆珠笔芯差不多，其外径最大不超过3毫米。我当时想这么大的异物，用这么细的钳子去取，如何能夹得住，扯得动呢？而且四爪钳的四个爪子其尖端与针一样尖细，上下排列，各两个夹在塑料上也容易打滑呀。说时迟那时快，他早已将食道镜顺利插入食道，随即把四爪钳送入。当时还没有电视摄像设备，其他人无法看到他在食道内窥镜下是如何操作的，其中奥妙只有根据手术者的表情和一举一动来自己体会了。但见他把钳子轻轻送入又轻轻扯扯，似乎又换了个方向，重复了几下，在旁看的人很多，大家静悄悄的，一声不吭，怕分散他的注意力。突然见他夹住不放，钳子向外扯动，看来已夹住了牙托，接着像舞龙灯一样把钳子拐到左又拐到右，左左右右一点一点小心翼翼地往外送，大约1 ~ 2分钟后，又将食道镜轻轻送入，似乎是把假牙的上半部分拿入食道镜内，用食道镜护住靠外的两个金属钩子和牙托的锐利部分，以免在继续往外揪时，假牙在食道入口处（即第一狭窄处）脱落或划伤或再被金属钩子钩住。从下食道镜到顺利地将假牙取出，前后用时也就十来分钟，动作的轻松与轻巧，一气呵成，似乎毫不费力。我认为徐院长取食道气管异物的经验与熟练程度，无论学术理论还是实践方面在当时国内已达到最高境界，非一般耳鼻咽喉科知名专家能与之比拟。通过这两次取假牙操作的前后对比，真可谓是豪夺不如巧取。取异物是一门大学问，关系到患者的生死，也蕴含着过人的智慧和高明的技术，绝不能蛮干。

后来我才明白，他选择纤细的四爪钳，目的是利用爪与爪间的间距，把牙托的钩子夹在间隔之间，并用钳子顶端的平面去推嵌入食道壁的钩子，使其从食道壁上退出来。钳子钳柄都小，不遮挡视野自然看得清楚，操作起来也方便容易，只要一头的钩子退出来，另一头再扯扯送送就更易从食道壁上脱钩了。

通过这次观摩，学习了不少知识，学无止境，还得多动脑筋。有些事老师不一定面面俱到都说得很清楚，还得靠自己去体会去琢磨，仍旧是师父领进门，修行靠个人。总之，不懂就是不懂，不懂就要学，在治病救人方面，更不能蛮干。

王付金与俎喜奎的故事

王付金与俎喜奎都是男性青年，出生农村，相隔十余年，来医院就医时，都为18岁，患的都是先天性鼻咽部纤维血管瘤。虽然是一种良性肿瘤，但发生在人的头颅正中央，位于颅底部蝶鞍的下面，是从颅底骨与骨之间的狭窄缝隙中生长出来的，仍有一定的危险性。纤维血管瘤由人体结构中纤维组织和丰富的血管网构成，不但质地坚硬，而且特别容易出血。这两位患者的鼻咽部肿瘤，是我做医生六十余年以来见到发生在鼻咽腔的最大的良性肿瘤，用鸭蛋来形容还只小不大，而且它们都是椭圆形的，有5～6厘米。周围又都是重要器官，离大脑很近，已把鼻咽部四周压得结结实实的，就连骨壁也被压得向外周膨大，所以两位患者的眼睛都显得有些向前、向外突出，说话很不利落，咕咕噜噜的。检查口腔见整个软腭与腭骨成球形向下膨出，与舌面紧贴，呼吸很吃力，连进食都很困难，鼻子早已失去通气功能。

王付金身体较胖，因视力不佳，于1963年来我院眼科就诊，发现有鼻塞、鼻出血等表现，说话不清，转来耳鼻咽喉科。X光片可见鼻咽部密度呈圆球形增高，周围骨质均向外膨大扩张，根据病史进行局部检查，并经活体组织病理检查，证实为纤维血管瘤。

这样一个生长在颅体中央、巨大的、既坚硬又特别容易引起大出血的瘤体，要用手术完全把它切除下来，困难有多大可想而知。我一点经验都没有，徐院长主动提出亲自指导我，可见徐院长看到如此巨大的鼻咽部纤维血管瘤也是十分惊讶和重视的。

已经知道手术易出血、摘除困难大，所以我们预备了两套方案：一是手术切除方案，二是万一手术做不下来，就停止手术，改用放射治疗的方法。因为深度X光对于纤维血管瘤还是有一定治疗效果的，而且文献记载，此类肿瘤到一定年龄会自行停止生长。

手术当天患者被早早送进了手术室，在手术台上取平躺垂头卧位，全麻插管给氧，低血压麻醉，尽量防止血液进入气管，以保证呼吸通畅，并准备了大量血源以备不时之需。插管虽然影响手术视野，有碍手术操作，但还是应以保证手术安全为主。

用开口器将患者上下牙齿撑开，圆形肿物基本已占领整个上腭，上腭骨质大部分被吸收，仅一层薄薄的软腭遮盖在瘤体上。我们沿着上牙床内侧做U形切口，将软腭瓣向后翻起，下面即是瘤体组织。瘤体表面光滑圆整，呈深红色，显露在视野下，触之质硬，一动不动，无法找到根部，只好采取一点一片的方法割取。谁知一刀切下去，就血流如注，似泉水涌出，只好用肾上腺棉片压迫止血。间断式进行片状层层割取，按如此速度，停停摘摘，何时才能够将如此巨大的肿瘤全部摘除干净？何况取得越深，出血也越多，手术进行还不到半小时，就已失血上千毫升。

出血太多，用电灼术也难以奏效。血液掩盖了手术视野，实在无法继续进行，术间商量，因难度太大，只好立刻关闭手术，改用第二套治疗方案，准备采用深度X光放射治疗了。这么大的肿瘤，能使其缩小到什么程度或能否停止生长，无从参考。

于是手术到此为止，在伤腔内填入大量凡士林纱条压迫止血。可是每次换药，更换凡士林压迫纱条时，粘得都非常紧密，引发大量出血，直到一个多月后，创面才完全愈合。患者出院前已为他联系好放疗地点，之后患者没有回来复查，失去联系，不知情况如何。总之，这次手术摘除是以失败而告终了。

王付金的手术失败之后的十多年，也遇到一些早期的、较小的鼻咽部纤维血管瘤，渗血虽多但尚能控制，只要将瘤体根部尽快剥离下来，出血自然减少。不过由于它们大多是从较深的骨缝中生长出来的，很难做到彻底切除干净，所以极易复发，这是较难解决的问题。

到了1974年，俎喜奎同样也是18岁，十分清瘦，和王付金一样，双眼向前突出，上腭呈球状向下隆起，口齿不清，鼻子不通气，从鼻腔取活体病理检查证实为纤维血管瘤。有了王付金手术的经验，这次我单独主刀为他手术，就先采取双侧外颈动脉阻断术，用两根小小的橡皮管将动脉提起，然后将止血钳夹在橡皮管上后，再放回原来位置，而不是采取结扎的方法。手术如能顺利完成，只要取出钳子和橡皮管，外颈动脉仍可放开，手术后并不会影响头面部的血流流向和供氧。

手术仍采用平卧垂头式全麻插管，以保证呼吸道的畅通与安全。这俎喜奎的鼻咽纤维血管瘤比王付金的还要大。我仍沿上齿槽内侧做U形切口，切开黏膜后，将黏膜瓣从分离开的硬腭骨上向后翻起，发现瘤体颜色已转淡红，说明双侧外颈动脉已阻断成功，起到了减少血流的效果。就这样一边切除，待瘤体缩小，可以少许移动时，立即将圈套器从瘤体四周插入，放至肿瘤根部收紧钢丝圈，瘤体被整体切除下来。由外向里将周边正常组织撑开，渗血明显减少，视野没有过多渗血的干扰，至此手术完成不足一小时。由于瘤体根部的骨缝早被肿瘤撑开，所以在残存瘤体渗血处，均用电灼器烧灼一遍，也就不再渗血了。再仔细检查颅底，骨质光洁，瘤体清除干净，并无脑脊液漏，只是鼻中隔骨后部缺损，鼻咽腔明显向四周扩大，手术算是胜利完成。此时再转向，将颈部两侧切口先打开，取出阻断用的钳子和橡皮管，使外颈动脉复流，随即缝合颈部切口，然后回过来检查放开颈部动脉后鼻咽腔创面，确定并无明显射血或渗血，立刻用长凡士林碘仿纱条填充伤腔，断端由一侧鼻腔引出以防术后再出血，缝合上腭切口，手术即告结束。

这次手术过程中出血量不足300毫升，由于出血少，不必费较多的时间去止血，视野清晰，故而速度快，安全有保证，摘除瘤体非常彻底，比起为王付金手术时那种手忙脚乱，心中没底，不知强了多少倍。

一周后，从伤腔抽出全部压迫止血纱条，也再未出血，切口拆线后，不久患者俎喜奎出院。

俎喜奎在术后十多年曾来复查过一次，汪若峰医生（他曾参加过手术，所以对俎喜奎很关心）告诉我，俎喜奎已经当上了民兵连长，面部突眼已复原，说话很清晰，小伙子身体健壮，一表人才，检查也未再见有复发。

有时我真有这种想法，小的鼻咽部纤维血管瘤术后容易复发，就是因为瘤体的根部仍存在于狭窄的骨缝中，无法清除干净的缘故。肿瘤长大了，把骨间隙撑开变宽，反而容易摘除彻底。这也许是不经一事、不长一智吧，但真要做起来，这也许很不实际。

肖宝山与贾孔书的故事

北京市耳鼻咽喉专科医院尚未与同仁医院合并之前，我已是主治医生多年了。虽然在院党委的支持下，我已独自开展了小儿气管切开术和气管异物取出的工作，并且都获得了成功，但我并不满足于只做当时耳鼻咽喉科的常规手术，如扁桃体摘除手术、上颌窦根治术、鼻中隔矫正术和当时难度较高的乳突根治术等，而是想开展更多耳鼻咽喉科的手术。在上海第二军医大学附属医院工作时，钱士良主任指导郎敦素主治医生第一次做乳突根治术，我是旁观者，在凿除乳突骨外壁时，钱主任对郎医生说，“锤子不要用力过重，以免骨质陷落，患者发生”，加重语气说一句英语“Sudden die”（意思是突然死亡），我至今仍牢牢地记在心中。来北京工作至退休，我曾是同仁医院耳科主任、耳研所副所长，仅听力提高的手术就做了不下3000例，乳突根治术更不计其数，因为做得多了，熟练了，速度自然越做越快，也从未发生意外。给美国耳科专家罗森演示针麻乳突根治术时，每例用时仅48分钟，共演示了两例。这有我方法上的改进，一般最快也多在两小时左右，当然仍比不上罗森做镫骨撼动术的速度，这种手术是全身最细微的手术之一，像修表一样，需要在显微镜下完成，但效果不算理想，容易再固定，也可以再撼动。在美国，患耳硬化症的患者极多，据罗森自己说，来华访问之前他已做此种手术一万八千例之多。后来Shea改良了对耳硬化手术的方法，且做得更多更快，达四万例。所以现在的外科医生都以做手术达上万例为荣。闲话少说，言归正传。

李老与罗森等美国耳科专家座谈

有一天，戴士铭院长兼外科主任帮牙科主任曹硕中在手术室为一名涉及一侧上齿槽的癌症患者做部分上颌骨摘除，这本来也是耳鼻咽喉科的手术之一。我相信戴院长过去也并没有做过这种手术，只因外科基础雄厚，经验丰富敢于打保票，而曹主任也只是一名地地道道的牙科医生，从未听说他上过手术台做手术。我认为这是他俩的第一次合作，也将是最后的一次。好在这一恶性肿瘤仅局限于上颌骨底部，而上齿槽骨位置偏低，并未侵及鼻腔和眼底，因此手术并不十分复杂，只需将一侧上齿槽和上颌骨的部分前壁、外侧壁取出，手术易于完成，效果也较好。我站在一旁，从始至终看得一清二楚，对此手术有了深刻印象，也有所启发，从这一天开始，我就有了新的想法。

事情总是有前因后果的，我们科虽小，只有 20 张床位，但确有责任去开展这类涉及耳鼻咽喉科的各种大小手术和治疗手段。事在人为，要做到这一点，还是常念在嘴边的那句老话——不打无准备之仗。为患者负责，一定要一战成功，要时时做好备战工作，这样一旦机会来了，才不会留任何笑柄和遗憾。

于是我先从书本上寻找经验，阅读有关书籍和文献。可那时由于西方国家的禁运，许多医药类杂志都得不到更新，图书馆内的藏书和国内可供参考的资料记录又很少。此时丁尔遹已在美国工作多年，于 1954 年千方百计打听到我在北京同仁医院工作及地址，就每年为我订购一套 Archives of oto-Rhino-Laryngology 以及耳鼻咽喉科的书籍，从美国按时寄来北京，这让我有了优先了解国外近期耳鼻咽喉科最新发展及动态的机会。

当然，任何疑难复杂手术的开展，最好是要有经验丰富又熟悉此类手术的老师直接指导，因为“医生的对象是人，生命第一，不同儿戏，来不得半点差错”，这也是衡量一个医生道德水平的最低要求，我永远牢牢记得在上海第二军医大学附属医院做住院医生时，钱士良主任对我说过的这句话。

我曾通过当时的科主任邀请一位有名的耳鼻咽喉科专家来我院做一例喉癌涉及食道前壁（但仍在颈段并未进入胸腔，有 X 光片为证）的手术。专家对喉癌摘除术应是轻车熟路，手术由我当助手。但可能是由于他术前思想准备不足，竟然从癌瘤中央切断。另一位在场观看的胸外科专家立刻发出嘲笑声，留下一句“我看您如何收场，我看您如何收场”之后，竟扬长而去，最终这台手术草草收场。后来我想，如果他俩能放下架子，相互合作，一起完成这台手术，相信手术能够成功。当然这个手术结果是很不好的，让我终生难忘，每每想到此事，总令我非常难受。我之所以要收治这个患者，是因为我从一本旧书《The tumor of the head and neck》（《头颈部肿瘤》）上翻阅到一篇关于喉癌波及食道上段的切除方法的文章。手术清除肿瘤并不难，所以请专家来示教，从道义上和理论上讲，选择的这一病例，手术全切都应该是没有问题的，结果却是如此的不理想，我深感内疚。当时我只是一名助手，事已至此，又能说什么呢？这只能是一次沉痛的经验教训。在我的一生中，喉癌侵及食道上段的病例实属少见，仅遇到此例而已。

通过以上的一些事例证明，要想掌握各种高精尖的手术技巧，除了掌握书本知识，还得要靠自己去实践再实践，但实践绝不能拿活着的患者做实验。这又让我想起了在上海总医院外科实习时，每个月在上海外科学会做报告的题目，连续三个月全都由我们医院的外科教授及医生包揽了，不仅内容非常新颖，而且全是难之又难的新课题，如主动脉弓的动脉瘤切除术等等。他们为什么敢于冒险去做这些最危险且难度极高的手术？原因只有一个，那是因为抗日战争刚结束，他们先到上海去接收了一座五百张床位的医院。这座医院的停尸房里存有大量的尸体，无人过问。而当时的门诊量和住院量却较少，这就有大量的时间和资源，可供他们去做人体解剖。经过无数次的尸解练习，自然而然能非常熟练地掌握人体各器官之间的相互联系以及重要神经与血管的走向。他们也可以随心所欲地按照自己的设计去开创新的手术，为外科的发展写下新的篇章。这种机会确实难遇，但也因此可见解剖学一课，对所有需要动刀的医生来说是多么重要。之所以说机会难得，那是因为按照中国古老的习俗，人死后要全尸装殓入土，大办丧事，如何能让他人随意将尸体弄得支离破碎！否则其后人也会被认为大逆不道，要受到蔑视，甚至受到谴责，为人所不齿。因此中国人对尸体解剖非常抵触，家属都会抗拒甚至免谈，这对我国外科学甚至对整个医学的进步都有极大的影响，而国外则正好与此相反。

话再说回来，我想要学习的书本上的知识都已经了解了，只差实践来实现我的梦想。因此我必须亲自参与尸体解剖，积累经验。好在 20 世纪 50 年代，同仁医院病理室内存放的尸体不少，特别是小孩的尸体，多数交由我们医院来处理。除了病理科被允许对死者做例行的病理尸检之外，其他科室包括我院外科在内，那时还没听说有别的医生对尸体解剖感兴趣，以后几十年的情况，我就不知道了。

从那时起，每当我值班的时候，晚上就会独自来到走廊长达五十多米的地下室。所有的基础科室都设在那里，下班后各科室空无一人，整个地下室寂静无声，阴森森的，病理室就设在地下室的尽头，每次走到这里总会让人不寒而栗，毛骨悚然，更何况是在夜深人静的夜里。我第一次深夜进病理室，也免不了有些胆怯，就找了位值班的男性住院医生同往，来壮一壮自己的胆量。可是不到半小时，他就被科里的急诊护士打电话叫走了，无奈之下，我也就只能一个人留了下来，继续尸体解剖。这第一个晚上我一直面对尸体的头面部，做到深夜两点才结束。

有了第一次的经历与锻炼，胆量自然就大了起来，也终于敢独来独往了，可以一直练到我自己认为熟练或满意为止。从此每逢需要，我都会与病理室负责人商量好，为我准备好尸体，预留门钥匙。之后我就会一个人深夜来病理室，熟悉局部解剖。

另一个促使我要开展本科应做的多种疑难手术的原因，就是我的一种信念，一定要把我们科办好。同仁医院小小的耳鼻咽喉科与当时作为北京市重点的眼科、神经外科都在头面部，虽然密切相关，但科室之间大小极不对称，仅神经外科的会诊每天就不下十余例，眼科查病灶、查眼球突出的原因也不少。那时会诊的事尽由我一人负责，会诊的结果多数涉及耳鼻咽喉的疾病。而当时科里的主任比较保守，认为多一事不如少一事，能推的尽量向外推，这不符合我的期望和个性。那时还没有主任医师这一级别，作为科里唯一的一位主治医生，我觉得不管暂时有多大困难，我有责任为我们科去开创未来。科室虽不大，但要打开现存局面，配得上重点科室的名号，必须跟得上形势的发展，要敢于创新，广泛开展本科业务，以减少患者许多不必要的转诊环节与繁杂手续。我虽有这种心愿，但没有上级领导的支持也是不行的。好在当时前后两任院党委书记侯玉初同志和李仰岳同志，经过多次对我的实际考验，对我信任有加，并为我排除万难，大力支持我在业务开展上不断有所突破。

而肖宝山与贾孔书两位患者正是这个时期来我院就诊的患者，均患有鼻窦的恶性肿瘤——鳞状上皮细胞癌，简称鳞癌。这里先谈肖宝山。

一天，由眼科转来一个农村来的60多岁的男性病例，名叫肖宝山。左眼球向上、向外上方明显突出，左鼻腔中可见有紫红色肉芽样组织充满，给我第一印象肯定是左上颌窦腔内发生了恶性肿瘤，而且范围较大。经X光照片证实，左侧上颌窦内密度明显增高，左眼眶底部鼻腔侧壁骨质线条都已受到破坏而部分消失，左侧筛窦部分亦被波及，诊断为肿瘤无误，只是性质待定。幸好颈部淋巴结尚未受到侵及肿大，肿瘤仅限于局部，没有转移，特别是窦前壁和外侧壁骨质尚完好无损，手术时可以保留面部皮肤的完整。此时是选择手术摘除的最佳时机，效果也肯定不错，我当然不愿错过这次由我来开展新手术的机会。

但是我们科里以前从未做过这么疑难复杂的大手术，而当时的科主任肯定不会支持我。我们科里除了常规手术，但凡想开展稍有风险的新手术，很难通过他这一关。

前面已经谈到，我自己是万事俱备，只欠东风了。好不容易第一次遇到这样合适的病例，机遇实在难得，怎肯轻易放过。医生的责任就是治病救人，必须在诊疗工作中不断获取知识与经验，才能更好地为患者排忧解难。何况我对这位患者的病情反复观察研究，对肿瘤的大小范围、破坏程度等已是了解得一清二楚，早已心中有数，很有把握可以全部摘除成功。

对于肿瘤的性质，多数医生喜欢先上颌穿刺，做活体病理检查。但对恶性肿瘤来说，有人认为上颌窦穿刺活检会带来30%左右的转移率，甚至更高。我认为，既然如此，那又何必多此一举，给患者带来不必要的复发和转移的风险呢，等肿瘤全部摘取下来再取样作病理检查也不迟。何况对肿瘤性质的了解，属于科研或统计范围，而摘除成功，尽可能减少复发率、转移率，延长患者生命才是主要的。所以我所做的耳鼻咽喉科恶性肿瘤病例，从来就不做术前穿刺活体病理检查，除非是瘤体特别外露的病例。

既然我胸有成竹，又已是主治医师，有权自主决定治疗方案，只要手术一举成功，科主任也无可指责。为了避免不必要的麻烦，当即与转来会诊的眼科郑邦和主治医师商定，我俩一起来做这次手术。我与郑邦和医生曾多次合作，早已互相信任，因此虽然这次手术偏大，都从未遇到过，但也一拍即合。患者仍住在眼科病房，特邀我参与手术，共同合作，由他来摘除受损的眼球（这方面他是轻车熟路），我则来做复杂的左侧上颌骨全摘术。这样不牵涉外科，也就无须通过我科主任同意，一切责任全由我与郑邦和医生来承担。事情就这样决定了，当然这也是没办法的办法。

手术的前一天，我再一次从书本上复习了一下手术步骤，并去手术室亲自挑选称手的各项应用器械和必需的药品，一切安排妥当，做到心中有数，我才放心，这也是从我做住院医生的那天起便养成的习惯。

第二天早上八点之前，我与郑邦和医生都提前来到手术室，助手们则更早将患者安放到了手术台上，头面部也已消毒好，并都已各就各位。我们俩赶紧洗手消毒，换上手术服，戴上手套。由于必须先由我来做上颌骨摘除术，所以我是手术者，郑医生则担任第一助手。为了减少术中出血，让视野清晰，我采取左侧外颈动脉结扎术（这也是第一次做此手术，后来都改用暂时阻断术，只要术腔止血得当，主要手术完成后将阻断处压迫物松开，就可继续恢复头面部的血流）。因为我对头颈部的解剖已经很熟悉，所以寻找外颈动脉并不难，很快就完成了结扎术。

在摘取左侧上颌骨时，我仍采取当时常用的局部麻醉术，仅用 2% 的普鲁卡因液 2 毫升注入鼻子下面的皮下正中部位，以阻断由对侧分布来的感觉神经。然后再将 3 毫升的麻醉液，用较长较粗的针头从口腔刺入黏膜，沿凿槽拐弯向左上颌骨的后上，将药液全部注入左蝶腭神经节的外侧，稍等几分钟，待麻醉液逐渐渗透到蝶腭神经节，即可达到浸润麻醉的目的，使左侧面颊完全失去知觉。这种麻醉方法，过去我常用于上颌窦炎的根治手术，既安全又可靠，效果极佳，而今则大多采用全身麻醉术，患者完全失去知觉，不但要有人监护，费钱费时，术中还无法与患者沟通。这时，就等待从嘴唇正中沿左鼻外侧至左眉弓深达骨面做皮肤切口。颜面部的皮肤切口比人体其他部位的切口要求要高得多，切开的皮肤两边必须成直角，愈合后的疤痕才不易被发现。

就在我要动刀为肖宝山做皮肤切口时，万万没有想到，历来平静宽阔的手术室突然喧闹了起来，挤满了人。原来是我院眼科正在举办外地医师进修班，副院长兼眼科主任张晓楼闻讯带着 40 位学员来参观手术。事前并未通知我们，我的情绪怎能不受到影响，何况我是第一次做这么大的鼻科手术。有说的也有问的，要不是张院长及时下令让大家安静下来，还不知会发生什么样的意外。好在我还能自我克制紧张的心情，为了手术的成功，我不能有任何一点点的差错。我很快就镇定下来，又恢复到旁若无人的心态，依照自己事前拟定的术前设计方案，按部就班地去完成手术步骤。

由于先做了外颈动脉的结扎，这么大的头部外科手术，出血总量还不到 200 毫升，视野非常清晰，因此我的动作并不为出血而忙乱。面对众多的参观者，我还能有问有答，我应做的部分完成后，就交由郑邦和医生去摘除眼球。在这方面，他们做得多，动作自然非常熟练。我则趁此时刻，从患者一侧大腿内侧，用取皮器取下一块与术腔大小相同的皮肤，待受侵的眼球摘除下来，我立即将割取下的皮片，移植敷满到整个术腔。腔内用碘仿纱条填充，然后把外翻的面部皮肤复回原位，加以缝合，用消毒纱布覆盖，包裹绷带，至此手术顺利完成，用时约六小时。时间稍微长了一些，但那毕竟是我第一次做这么大的手术。虽然是局部麻醉，只注射了共约 5 毫升的麻药，但自始至终患者没有喊叫一声“痛”。而我自己由这次手术获得了很多经验，为以后再做这类手术奠定了基础，创造了条件。在此后我转到耳科之前，共做各类鼻窦恶性肿瘤手术约 7 例，没有听说有复发，而肖宝山术后又生活了 17 年。

术后第七天拆线，伤口一期愈合，不到一个月的时间，由我院口腔科为患者安装上了假牙托，患者的面部又重新膨隆了起来，也能照常从口腔进食了。只是那时我国的义眼工艺尚不发达，无从配制，即使能够进口，也不能右眼是黑眼珠，而左眼却是蓝眼珠吧。

后来我做的上颌窦恶性肿瘤包括一位名叫李连德的晚期鳞癌患者，不但手术切除了右侧上颌骨和右眼球，也切除了右侧大面积面部皮肤。为了便于观察有无复发，我请示上级留他住院三年，并且全部免费，直到“文革”开始才出院，最遗憾的是没有给他脸部缺损做皮肤整形。

由此我想到另外一件事。许多年前，有位 20 岁左右，皮肤十分白嫩、年轻貌美的姑娘，因左鼻不通气两年多来院检查，发现在左鼻腔内长了个像紫葡萄一样的血管瘤，充满左鼻腔，左鼻外侧也显得有些微微隆起，X 光片可见额筛窦内密度稍高。一般血管瘤多来源于鼻腔上部，根蒂的大小和部位无法预知。当时还没有 CT 显影，即使有，手术也应从左眼眶内侧即鼻侧皮肤切口至眉弓内侧，将下面骨质钻一小孔至鼻腔顶部，找到血管瘤根部，予以结扎或电灼，才能防止大出血和复发。但姑娘怕毁容，坚决不肯。我们只能告之以利弊，最后经家属说服，姑娘终于哭着同意了做手术。手术非常顺利，出血很少，很快就找到了血管瘤的根端，予以电灼，再用眼科的细针细线，将切开的皮肤对准缝合，拆线后患者出院。

有一天，我站在食堂门前，突然有位漂亮的中年妇女走到我跟前，叫了我一声，问我：“李主任，您还记得我吗？”我愣住了。她接着说：“我是二十年前鼻子里长了个血管瘤，哭着不肯做手术的女孩，您再看看我现在怎样？”我当即用手摸了摸伤口处，皮肤愈合得很好，软软的，根本就看不到任何痕迹。

她接着说：“我的儿媳肩膀上长了一颗半厘米大的黑痣，到北京一所有名的大医院门诊去做切除术。护士长提醒那位手术医生‘女同志热天要露肩的’，他却在切除黑痣时做了约5厘米长的切口，并用粗大的三角弯针去缝合。护士长再次提醒他，他却推诿说他眼神不好。几个月之后，肩膀上的黑痣是没有了，但疤痕隆起，像一条长长的蜈蚣，有头有尾也有脚地趴在肩膀上，算是他个人的杰作吧！”

上面说的小故事，不是说我做得怎么好，而是说明要做一名医生，就应有医生的责任心。作为一名外科医生，不论大小手术，既然面对的是患者，就应全心全意、真心地为找你的患者服务。不论大病小病，都要细微、耐心对待，如果认为自己真的眼神不好，连配眼镜都纠正不过来，就应改做其他的职业。在医生的工作中，确实来不得半点粗心大意，虽然一条小小的“蜈蚣”趴在肩膀上算不了什么，但毕竟是留在患者心中挥之不去、令人恶心的“杰作”。

下面再说说贾孔书的故事，那是距肖宝山手术十多年后发生的事情了。

贾孔书是一位60多岁的老太太，来就诊时也是左眼突出。与肖宝山不同的是，她是向外向下移位，视力很差，同样都由眼科转来找我会诊。

表面上看，贾孔书左额部皮肤稍为隆起，用手指轻轻触摸感知深部有一定的硬度，局部皮肤已不能随手移动而活动。经X光检查，证明左额窦内密度明显较右侧高，且周围界限模糊不清。从侧位像看，内外骨壁均有线条破坏缺失，已确定左额窦恶性肿瘤无误，范围较广，并已侵入颅内，但尚未侵及脑组织。

当时，神经外科已迁出同仁医院，而北京市耳鼻咽喉专科医院与同仁医院合并已多时。科内人员大增，阵容强大，病床猛增至原来的6倍，门诊人数也不断上升，因此各式各样的病例、疑难杂症屡见不鲜。拿气管异物为例，什么笔帽、假牙、曲别针、扣子及各种豆类、瓜子和花生，还有其他奇形怪状的异物，数不胜数，记得有一次我值夜班，竟取出小儿气管异物达13例之多，但额窦的恶性肿瘤是非常之少见的。当时我找到国外的文献，收集到全世界共一百余例额窦恶性肿瘤，多数为鳞状上皮细胞癌。通过手术及放射治疗，能活到五年的也就约1/4，其他都在治疗后不久死亡，所以治疗效果很不理想。而额窦及筛窦的良性肿瘤，如囊肿或骨瘤，特别是囊肿，在同仁医院是最多见的。仅在1954年至1958年，我个人就遇到40余例之多，都是不痛不痒，只因眼球逐渐突出，而转来耳鼻咽喉科会诊的。由我做的手术最多，超过30例。遇到最大的额窦囊肿像个小儿头，向前突出，并使左眼向下移位，遮住了半边脸，留有X光照片为证。最大的骨瘤比鸡蛋还大，超过200克，是难得一见的标本。取出来后，我把它放在诊室展览，没想到不久后就被人偷走了，真是感到可惜。如今医学发展迅猛，各种检查手段日益先进齐全，治疗方法多种多样。社会福利制度完善，交通四通八达，快捷方便，大多数患者都能及早就医，所以已很难发现像前面所提到的大囊肿和大骨瘤了。

一般常见骨瘤伴有囊肿，骨瘤多生长在筛窦区，压迫额窦细长的排泄管道，使其发生堵塞，额窦内正常的分泌物排不出来，日积月累，额窦内充满液体，不断向周围膨胀，以致窦壁越来越薄，最后压迫眼球突出向下，使前壁破裂，如不早期发现及时治疗，就会逐渐形成小儿头大的囊肿。总之，不论是额窦或筛窦，由于它们的开口都很小，一旦因炎症、外伤或其他原因堵塞了，都容易导致各个鼻旁窦发生囊肿。我也曾看到一例发生在左侧各自形成单独的上颌窦、额窦、筛窦和蝶窦的囊肿病例。窦腔虽然膨大，但并不相互融合，当时所照的X光片还真显示不出来，只在手术时才逐一发现，更是罕见极了。这可能是因为患者来诊早、发现早、手术早，才没有成为一大囊肿，影响患者的外貌和日常生活。以上这些良性肿瘤的手术病例，都为我后来做恶性肿瘤手术增长了见识，提升了经验，打下了良好的成功治愈的基础。

当进行神经外科开颅手术时，我经常参看曾经会诊过的有关病例，包括一些颅内肿物或脓肿的处理，也就逐渐学会了修补颅底脑脊液鼻漏和脑脊液耳漏的方法，对与神外有关的这些部分的解剖结构，也早已弄得非常清楚了。我过去的一些经历，在分工过细的今天，对很多耳鼻咽喉科医生来说是很难得的。

所以遇上贾孔书这样千载难逢的病例，我怎能轻易放过，让其转院或转给神外科？何况即使是神经外科，也不可能单独完成，肿瘤毕竟主要发生在鼻旁窦，感染是最怕发生的难题。另外，相关文献上记录的那些额窦恶性肿瘤手术也都是由耳鼻咽喉科医生来完成的，虽然他们的手术效果不佳，可我对于贾孔书的病情是经过反复思考，拿着她的 X 光片，研究再研究后，才下定决心收她住院的。

那时我已是科里的副主任，有权处理科里的业务事宜。但在患者收住院以后，为了慎重起见，我还是找老朋友、老同事，当时已任友谊医院神经外科主任的宋遵武医生商谈，共同设计了手术方案。如果手术中遇到困难，还要请他前来协助，他满口应允，因此我对这次手术的成功更加有把握。

一般耳鼻咽喉科每周六有一次大查房，因为是重要科室，有 30 多位医生参加，声势浩大，由当时任副院长兼科主任的徐教授主持。最初由于“慢性化脓性中耳炎保守疗法”的研究课题，我们之间的意见有分歧，他对我一直颇有微词。这次关于贾孔书的手术，我经过多次深思熟虑和讨论权衡，为了避免在查房时出现意见相左，更为了患者的切身利益，我采取了先入为主的策略，打算先斩后奏了再说。在收贾孔书住院之前，早就把该做的各项检查全部做齐了，一切准备就绪，就等最后用事实来说话。

对于这次难度极高的手术，国内还没有发表过相关的文章，国外也是失败者多，无可借鉴。如何做皮肤切口，避免手术刀与肿瘤接触？如何防止癌细胞扩散，防止术后感染，使其能获得一期愈合，存活率高？更重要的是癌组织已侵入颅内，一旦在切除大面积硬脑膜时，让癌细胞随血液混入脑脊液内在颅腔与脊髓腔循环，患者肯定是死路一条，医生也将束手无策，但这种情况又很容易出现。国外文献中，二百余例中能生存超过五年的，也就两人而已，也许这就是手术成功与失败的关键。另外硬脑膜大面积切除后，最容易发生的就是脑脊液长期外溢，如何来修补缺失的硬脑膜等这些与神外有关的问题，在贾孔书入院之前，我也早就与宋遵武主任商量了对策。这次手术能否保留眼球，是我与患者最担心的，也都与眼科进行了一系列的讨论，使我心中更加有数，不至于临阵磨枪。

凭着自己的学识和经验，所有问题都考虑到了。为了手术能顺利进行且不受任何干扰，我选在周六之前进行手术，等手术之后再进行学术性讨论，这并不违背任何医学规则和道德，作为科里分管业务的副主任，我也有权这样做。主要是对患者有利，我也相信自己的实力，绝不是蛮干瞎干，是合情合理的。唯一比较特殊的是，这是一个罕见的病例，也是我们科从未遇到过的病例。但是我看脑外科的手术最多，术前又先找脑外科主任商量过。我反复权衡以往的案例及利弊，如邀徐教授上手术台帮忙，反而可能打乱手术思路及计划，才这样做决定的。

但不知是谁，将手术的消息传给了徐教授，他一进手术室的门，就大声训斥：“你怎么把刀切到了头顶上，为什么不请脑外科的医生来帮忙？”我立马向徐老做了一些必要的解释，在徐老的坚持下，最终还是把宋遵武主任请来了。但宋主任坚持不上手术台，说这是典型的耳鼻咽喉科手术，有关脑外科的一小部分我们已经商讨过了对策，徐教授也只好亲自接待他，两人交谈得不错，反而很少来干预手术。

于是我也就不再受到干扰，一心一意，全身心投入到手术进程中，这一幕只当是一个小小的插曲。

我把保留额部的皮片做得非常成功，癌肿毫无外露，被包裹在正常组织内，十分完好，距离四周正常组织有 2 ~ 3 厘米，这就保持了原有额窦前部皮肤的完整，为术后放回原处创造了良好的条件。同时避免了头顶部皮片下移，为之后皮片下移处重新植皮省去了许多不必要的环节和时间。这时，手术也未直接发现左眼球受到额窦癌的侵袭、破坏，只是受到肿物的轻微间接挤压，稍许下移，为了避免发生大错，我重复仔细检查，以免漏诊，这也是手术时非常必要的，结果是眼眶上的骨板完好无损，并无癌组织直接接触，这我才放心了。当然也为患者高兴，左眼球完全可以保留下来，这对患者是多么重要，也符合手术者的心愿。

既如此，手术也就简单多了，我将头顶向下剥开到左眼眶上的大块皮片，一直翻向左面部，整个创面就都暴露无遗，因额窦癌肿的四周都完整地被健康组织所包裹，界限十分清楚，癌肿丝毫无外露，于是我看准在癌肿外周 3 ~ 4 毫米处，围绕癌肿四周做了一个圆形切口，深达健康骨面，再将不健康的骨质咬除，由于进入癌肿的血管部分已先用电灼器烧断，此时并无丝毫出血的干扰，视野十分清楚，癌肿虽呈饼状，中间厚周边薄很不匀称，但大部分被卡在原额窦的部位，已经松动，用半干半湿棉片包住周边，再用两只钳子夹住两侧，轻轻向上一提，就完整地把癌肿提取了出来，四周并无残留，仅发现在深部的硬脑膜上留有 3 ~ 4 厘米较大面积呈紫红色颗粒状的癌细胞组织附着，但并无脑脊液漏出，说明癌肿并未穿透硬脑膜侵入颅内，患者的生命就大有希望，于是我继续耐心按步骤、按计划把手术做下去。

我先不去动硬脑膜上的癌组织，而是用半干半湿棉片先覆盖起来，扩大周围视野，将额窦四周不整齐、不健康的组织一律清除掉，便可见硬脑膜的面积扩大，至直径约 6 厘米左右，才揭去覆盖在硬脑膜上的棉片，并立即用电灼器将硬脑膜上残留的癌组织颗粒全部灼烧一遍，待其炭化变硬后，紫红色残留在白色硬脑膜上的癌组织大部分立即失去活性，被固定在原处，不易脱落，也正好与硬脑膜形成黑白分明的分界。我仍旧怕有肉眼看不见的癌细胞，为保险起见，我在手术腔内用2.5%碘酊涂擦一遍（我的经验告诉我2.5%的碘酊不但可立即杀灭各种细菌，还能立即杀死小颗粒癌细胞，且并不影响人体正常细胞的生长），1.5 ~ 2分钟后再强力将其冲洗掉，用纱布擦去水分，然后在被灼烧的癌组织四周约1厘米处，将正常的硬脑膜围绕烧焦的癌组织作环形切开，并将其取出来，这时立即检查一下脑脊液是否完全清亮透明，有无异物掉入，所幸一切正常，可及时将颅腔予以封闭。

接着将早已准备好的从大腿外侧取下来的大块肌膜连续缝合，修补在因切除癌细胞而缺损的硬脑膜处，修补完毕一定检查有无脑脊液漏出，如有一定要重新修复，没有脑脊液就大功告成。立即又将剥开的皮肤复位予以缝合，外加绷带固定，手术完成送患者回病房休养。

患者出院后每年都按时来复查。至1975年，距离手术已十二年有余，患者左眼失明，可能与术后多次放疗有关，但并无额窦鳞癌复发，又过了三年，患者才因其他疾病去世，术后一共存活了十五年。

第一次赴外地出诊——包头之行

大约是在1960年10月，一天我们医院办公室突然接到来自包头方面的急电，要求耳鼻咽喉科急速派人去会诊，说是包头某工厂有位工人鼻部手术后大出血不止，虽经多方抢救，包括全市有关专家会诊，做了同侧外颈动脉结扎术，仍不能阻止鼻部术后继续出血，每天都要靠输血来维持患者的生命。同侧外颈动脉结扎术是阻止头面部大出血最后的一招，也是最好、最有效的头面部止血方法，以此来阻断出血源，说明当地的医疗技术水平并不低。我所了解到的信息，也只有这么多。

根据来电分析，情况十分紧急，我科党支部受院党委指示，派我赴包头前去支援。党支部通知我立即准备出发，并说已买好当天下午的火车票，时间紧迫，令我火速前往。那时尚无飞包头的客机，离上车时间已不多，临行前是回不了家了。好在那时我为了能静心自学，也经常断断续续住医院，牙膏、牙刷、毛巾、换洗衣物等日常用品，在医院都备有一份。实在来不及回家说清情况，我便用电话通知家人，自己即将奉命赴外省出差，以免家人惦记。至于应带什么其他医疗器械及药品，因是第一次离京出诊，离开自己熟悉的医疗环境，没有经验，其复杂性难以预料，又是一人单独行为，拿不动，也照顾不过来，因此，行李越轻便，越简单越好。最后考虑到内蒙古包头是我国较大的一座工业城市，除了众多医院还有医学院，况且能做外颈动脉结扎术，医疗水平已经很高了，应该不缺乏我所需要的医疗器械及药品。所以，我决定干脆就带一面自己已用习惯了的，戴在头上的耳鼻咽喉科医生常用来检查患者的反光额镜。其他的等到了包头后，再根据患者情况随机应变吧！

自上海来同仁医院后，将近10年还从未离开过北京市区。如今坐上滚滚奔赴包头的列车，车轮与铁轨撞击发出的有节奏的叮咣声，替代了城市里杂乱无章的喧闹声，这不禁使我想起从上海初来北京时的情景。那时的我身患轻度肺结核，在家乡休养了半年，毫无进展，有点儿走投无路的感觉。而1951年，未婚妻已在北京工作，当时北京市卫生局的行政科科长向她建议让我也来北京疗养。当时同样也是一个人搭上列车北行，心中无数思绪，浮想联翩，没想到结核病好了，我竟被留在了北京工作。

原来同仁医院小小的耳鼻咽喉科没有病床，只看半天门诊。1952年我参加工作时，科里才三个人，算我有两位医生，一个助理护士。半年后到1953年，我的结核病已全部钙化痊愈，并结了婚，有了家庭。我科才开始借用外科床位开展耳鼻咽喉科常见病的一些最基本的手术。

1954年，600张床位的大楼落成后，耳鼻咽喉科才有了自己的20张病床，科里的医护人员也相应的增加。同仁医院新楼落成后，眼科和神经外科都成为重点科室。神经外科在我国可以说是刚刚起步，得到国家各级领导的重视，还请来了当时著名的苏联专家轮流来指导业务。由于耳鼻咽喉科与眼科、神经外科的关系十分密切，这两个科室的会诊任务众多，都落在了我这个小科的主治医生头上。工作是忙一点，但我获得的知识和经验却更加广泛丰富。其实在全国范围来说，这里的耳鼻咽喉科独一无二，是个人学术提高最理想、机遇最多的地方。

耳鼻咽喉科跟以上两个重点科室关系如此密切，规模却又如此不相称、不匹配。而且随着与以上两科的业务往来越来越多，我认为耳鼻咽喉科也不能满足于现状，更不能甘心落后，跟不上形势的发展与需要。所以我暗下决心，要扩大耳鼻咽喉科的业务范围，别人能做的，我们要能做，别人不能做的，只要在我科业务范围之内，我们创造条件也要去开展。但有一点，没有充分的准备和绝对的把握，我绝不会轻举妄动。以上这些话成了我的座右铭，我经常挂在嘴边，时时记在心上，提醒自己说到做到。

那时眼科的黄主精医生，毕业于上海医学院，也是一位好钻研、喜欢创新的人。他与我协商，共同研究开发经由筛窦区来扩大鼻泪管的手术等等，遗憾的是他过早离世了。

1956 年我还与眼科郑邦和医生合作，在无人指导下，共同做了第一例眼及上颌骨恶性肿瘤全摘除术，患者术后竟生活了 17 年之久。

受神经外科的启发与影响就更多了，我经常参看该科与我科有关的手术，询查会诊与协商后的结果等，这些对我后来开展各种病例治疗都有深刻的影响。如脑脊液耳漏、脑脊液鼻漏、腐蚀性面瘫、面神经瘤，经鼻腔蝶窦及颅内鞍上囊肿穿刺，额筛窦恶性肿瘤波及颅内的复杂处理，以及防止看不见的癌细胞向脑脊液内扩散，我都有自己独特的设计方案和处理方法，也都获得了准确的判断和突出的疗效。甚至当时有一个病例，连苏联专家都出现了误诊，而我诊断为小脑脓肿，最后从尸检证实了我的判断是正确的。

那时，为了创造条件开展工作，我不断钻研、刻苦学习，一直独自住在医院最初分配给我养病的一间单独的、不足六平方米的小屋内。这间小屋两边都是狭长的过道，室内比较阴暗，仅能放下一张单人床、一张小桌和一张小凳。我曾一度怀疑这间小屋，就是医院最早的停尸房，但我并不害怕。1953 年结婚后，我平时仅在周六和周日回家住，一直等到女儿满六岁时，我才离开这间阴暗的小屋。

新楼落成后，因为我仍常住医院，也就经常代替他人夜间值班。妻子是在第六医院工作，也有上夜班的时候，遇到这种无人在家照料孩子的情况，我就把女儿接来与我同住。如夜里有急诊手术，就只好将她带到手术室，放在接送患者的平板车上睡觉，并请护士代为照料。也只有住在医院的这段时间，我才有机会不受干扰，能一个人去病理室做解剖，现在一切都成为过去式了。

新手术开展前，我多数是先做尸解。如果没有事先准备好，没有绝对的把握，我是不会随意冒险去做的，特别是较大而又危险的手术。尽管我的行为都是以治病救人为指导，但在医院合并后，却也因此招来了我的业务领导及某些同行对我的不理解。我的论文难以发表，我想报个成果，却不被认同，在科里就难以通过，而被扼杀于“摇篮”之中……

当然，我并非一意孤行，我也知道科里有难处。当时的科主任对我还不错，一般常规手术都是他教会我的。他也不是不想开展新的医疗业务，只是作为领导，必须考虑安全，不能发生事故，我完全理解。既然得不到他的允许，我就直接去请示当时的院党委书记以及后来的书记兼院长，他们听了我的意见和建议后，都是一致支持我的，因为他们了解我平时工作认真、谨慎。有了他们的支持，我也才有信心、有勇气、有决心排除一切干扰，敢于去创新。

1958 年神经外科迁出，北京市耳鼻咽喉专科医院与同仁医院合并后，科里也增加到 120 张病床，与眼科同为市重点科室。科里有四大金刚、四小金刚、八大员之说，人才济济，党员众多，而我当时还不是党员。我也认为这次外出会诊的任务很艰巨，关系我们同仁医院的声誉。为什么党委会亲自指派我前去？说明党委对我了解较深，相信我能够胜任并不辱使命地完成任务。

在飞奔的车上，我回忆了不少往事，再看看同车的人群全都是生面孔。这一路上，有的人聚在一起玩扑克，有的人下棋，还有的三五成群高谈阔论，个别人则东倒西歪、昏昏欲睡，气氛十分沉闷。因为救人如救火，走得急迫，医院也只能给我购上一张坐票，也才遇上如此情景，有时间去回忆往事。我个性较孤僻，不愿加入大伙的行列，且到达包头后，有可能遇上想都想不到的麻烦，更无法静下心来休息。但是坐车久了，车内烟雾弥漫、令人窒息，加上车轮滚滚，有节奏的叮咣声，仍不免催人欲睡。这时，我突然想到可以打开身旁的车窗，果然阵阵凉风袭来，立刻感到空气变得清新，精神为之一振。凭窗远眺，顿觉视野格外开阔，心旷神怡，景色如画，尽收眼底。村落、稻田以及起伏的山冈，飞驰飘逝，时光仿佛也随着火车一起在赛跑。

过了京郊与河北地界，就进入了内蒙古自治区，立刻就显得地广人稀，土地沙化、草木稀疏，铁路两旁树木早已转黄，沿途布满落叶，空气也显得十分干燥，这时太阳西下，已进入黄昏时刻，秋风吹过，凉气逼人。所幸行前人们都说，包头气温较北京冷，因此带上了冬装，我立即披上。

向窗外看得过久了，不免有些头晕。入夜，天空慢慢地黑了下来，只好又将车窗关上，这时“叮咣、叮咣”，单调的车轮声不断袭来，喧闹的车厢已经安静了不少，同车的人多数已加入东倒西歪的行列。在车厢昏暗的灯光下，一想到这次外出的任务，我怎么也睡不着，不久就又陷入沉思。由于情况不明，任务十分复杂，独自一人，连个能一起商量的同伴也没有。医院领导信任我，是因为我平时在院里各种疑难杂症见得多，遇到困难，总能迎刃而解。而如今全包头市的耳鼻咽喉科专家都参加了会诊，已做了外颈动脉结扎术都止不了血，我还能有什么新招呢？我们科现在虽然是医院的重点科室，水平也不过一般而已。思前想后，肩上的担子确实不轻，真可谓是一次非常冒险的历程，压力不小，哪里还有心情看山观景啊。摆在眼前的仍旧是未知数，一片空白、渺茫，一点儿信心都没有了。回去怎么交差呢？我又胡思乱想了一阵。

车刚过南口，列车长突然走了过来，要我跟随他向后车厢走去。车厢过道上全是人，也堆满了随身带的行李。那时车次少，间隔时间长，沿途停靠站多，没有高速列车，当然没现在这么方便快捷。

列车长在前面开道，费了半个多小时，才走到最后一节车厢。原来这里是列车员休息的地方，安静舒适，他们把仅剩的一张下铺换上洁白的新床单让给了我。大部分的列车员因为要按时交接班，早已入睡，只有少数几位还在交头接耳、窃窃私语。

列车长非常抱歉地对我说：“实在是找不到一张卧铺位，只好请您在这里休息了。”这时我才意识到，医院也是想让我能在车上有个安静舒适、可休息的地方。由于任务急切，实在买不到卧铺票，才托列车长帮忙想想办法，可购买卧铺票的人，中途一直无人下车，列车长最后只好把我带到这里来休息，对我已是格外照顾了。当时我真是万分感激列车长对我的安排和照顾，立即予以谢过。就在这时，旁边一位穿军装的女同志，是个军医，知道我是同行，顿时感到非常亲切，就低声互相交谈了起来。我们聊得非常投机，原来她是随人民解放军进藏工作，目睹了许多有关西藏的故事。如今，时间过去几十年了，我已记不了许多。这位女军医行程比我更远，还要返回海拉尔探亲，这次从西南边疆回来很不容易，也是受照顾的一员。如今回忆起来，几十年过去了，很可惜早已忘了她姓甚名谁。

时间过得飞快，不知不觉间已经到了晚上 10 点钟，列车正点到达包头火车站。看到已有该工厂的工作人员高举“李新吾”的牌子，在人生地不熟的包头市，我焦急的心情立刻就平静了下来，感到十分亲切。我与来接站的人碰上头，坐上厂里的吉普车，不一会儿就被送到了该工厂的医院，那时已经是夜里 11 点多钟了。我顾不上旅途的疲劳与饥渴，更顾不上医院精心为我准备的晚餐，立即要求先去看望患者。医院耳鼻咽喉科主任亲自陪同我来到了出血患者的病榻前，并给我详细介绍病情与经过。

原来是位慢性鼻炎患者，下鼻甲高度肥厚，长期以来严重鼻堵塞，特别是到了夜里睡后鼾声大作，不但影响自身呼吸，也影响周围人入睡。因此，于两个月前做了双下甲部分切除术，术后情况一直平稳，通气明显改善，不久就出院了。但两三周之后，开始有少量出血，且越来越厉害，流血不止，不得不再次住院。经局部用药冷敷、鼻腔用油纱条压迫堵塞等一些方法治疗，仍不见好转，流血量反而日见增多，只得每日靠输血来补充血量。后经包头市各医院专家紧急会诊，一致决定做了同侧外颈动脉结扎术，出血才停止。出院后大约又过了两周，患者去浴室洗了个热水澡，当即又开始大量出血不止，经及时抢救，目前除了继续用油纱条堵塞压迫鼻腔，每日还得输血，眼下是刚刚输完了 200 毫升新鲜血液，出血停止患者才得以安静入睡。因为连外颈动脉都已经结扎了，面对每日如此大量的出血，他们已别无他法。

听完主任的病情介绍后，我立即低头仔细观察了一下躺在病床上正在熟睡的患者鼻子里堵塞的凡士林油纱条的情况，塞得并不太紧，仔细听听尚可通气，说明仍留有空隙。此外，患者情绪紧张不安，十分烦躁，血压也偏高，并无其他血液病指征，也不发烧，年龄在四十岁左右。得到了这第一手资料，我大大地松了一口气，对这位患者的治疗立即有了主见。正在这时，因我的动作过大，触动了患者，患者醒了，也证明他睡眠并不深。当他得知我是专程从北京赶来为他诊疗的医生时，立刻紧紧地握住了我的手：“一定要救救我，一定也能救我，你千万不要走，也不能走啊！”看来患者把希望全都寄托在我身上了，我又能说什么呢。我只能肯定地安慰他：“我不走，你放心好了，不把你的病治好，我是不回北京的，这次是为你而来包头的，你放心吧！”

回过头来，我立即对该院耳鼻咽喉科主任说：“堵塞的油纱条暂不撤掉，从现在起，每天给他鼻子里滴 1% 的麻黄素盐水液及眼用氯霉素液，按一日三次点滴。”我接着说，“患者鼻腔内纱条堵塞得并不紧，尚留有空隙，你看不是还可以通气吗！药液肯定是可以点得进去的。两种药液一起使用不但能收缩局部血管，还可消炎、消肿，说不定能达到局部止血的作用。另外，现在就给他打一支哌替啶，让患者的紧张情绪变得松弛一些，可能使血压下降，先让他安安静静、舒舒服服睡上一个好觉，其他就都等明天再说吧！”我看得出在场的人都不以为然，又安慰了患者几句，就和主任一同离开了病房，此时已是深夜 1 点钟了。

第二天一早，我们就来到了病房，护士报告：“患者睡得特别香，一夜平安无事，一点儿血也没出。”这肯定是哌替啶和我的到来起了作用，患者紧张的情绪完全放松了，血压也下来了。我又说了几句安慰患者的话，让患者放心，确认如他仍有一点点儿出血，我都不会走。这一夜没有出血，患者减轻了顾虑和烦躁不安的紧张情绪，信心大增，加上哌替啶的作用，所以睡得如此舒坦，这是自出血以来从未有过的。我们来到病房时，也都不忍心叫醒他，只好让当班护士待他醒来告诉他我已经看过他了，因为看他睡得香，不便打扰他，才暂时离开了。等到了上午 10 点多钟，病房护士打来电话说：“患者刚刚醒，量了血压，在正常范围内。”这话对我很重要，已经达到我来包头会诊的初步目的——稳定患者的情绪，让血压回到正常。于是我和该院耳鼻咽喉科主任又来到病房，患者见到我的第一句话，仍旧是要求我千万别走，我也仍反复安慰他：“你不完全痊愈，我绝不离开！”这一天鼻腔压迫纱条继续保留（以往认为 24 小时应取出或交换），仍每日三次滴鼻药液，但不再打哌替啶或用其他镇静剂及安眠药等。密切观察，患者没有出血，也未输血、输液，这一天过得很平静。夜里患者仍睡得很踏实，远远超过 8 小时，更说明这些日子以来因反复出血不止，昼夜紧张劳累，思想负担大，把患者自己折腾得疲惫到了极点。自我来后的一天多时间里，一点儿血都没出，所以患者可以安心睡觉。

到了我来包头的第三天，患者鼻子的通气比前一天更好，已无半点出血的迹象，看来根本没有输血、输液的必要了。为了尽可能减少对患者的精神负担和身体刺激，停止了原有的所有给药和打针，也开始让患者起身坐会儿，但不要动作过猛。因为已经有两天没有再出血了，患者更加合作，言听计从。我便连滴鼻的药液也都一并给停了，这一夜，患者还是睡得很好，也未有出血，大家的信心也大增。

第四天早上，我估计鼻腔的创面肯定已缩小，出血的血管已经封闭，便决定将堵塞的油纱条分次、缓慢地全部小心抽出，仍没有出血。患者顿感头脑轻快舒适，但鼻子一点儿都不塞油纱条，不滴药，在场的人似乎都有些担心。我仔细用反光镜和鼻镜从前到后检查了鼻中隔和下鼻甲的黏膜，虽仍有少许糜烂面，但未找到可疑的出血点。于是我决定留在病房守候，随时观察了解病情的变化，准备好应急措施，这一天又平稳渡过。至此，我的任务完成了一半，大家也都放心多了，余下的就是等待时间的考验。

第五天也平静地过去了，允许患者在床上做些活动，没有用任何药物，也没有出血，皆大欢喜，但患者就是不让我走，我也不敢轻易就离开，以免前功尽弃。但也暗自好笑，每天除照例早晚观察患者外，余下的时间厂里和医院待我如上宾，总是给我安排外出参观其他工厂、景点，或到市区、市郊观光，比起在北京繁忙的诊疗工作，在包头突然变得轻松，还真很不适应。

我来包头时，正遇上“三年困难时期”，全国粮食减产，民众生活困难极大。原定的粮油供应计划都有所减缩，而鸡鸭鱼肉则一般很难吃到，就连鸡蛋也都见不到。自来包头后，不但住得好、吃得好，每日三餐都有鸡蛋、酱牛肉、豆制品，甚至还有牛奶等高级营养品，又有专车接送，这样安静舒适的条件和环境，可见工厂和医院是拿出当地当时能办到的最高规格来尽力安排我在包头的生活。对我个人来说，实在是求之不得，但又觉得受之有愧。我是这样想的，如果我非要当面推辞，也许会被认为我还不满足，有点儿假惺惺的。好在我来包头的任务，眼见即将完成，比原先估计和想象的要简单多了，不像来之前那么心中无数，毫无把握。我在包头继续观察患者到第十天，患者鼻腔黏膜的糜烂面已基本愈合，不再流一滴血，我的任务已基本完成。虽然工厂、医院和患者恳切地挽留我，但我没有理由还赖在包头不走，于是在一连串的亲切、热烈握手中，告别了大家，踏上了返京的旅程，顺利完成了医院交给我的第一次离京赴外地会诊的任务。

这次包头之行，收获颇多，我也从中认识了一些包头的同行们，为日后来内蒙古做学术交流密切了关系，打下了基础。

气管切开术

气管切开术是一种紧急救命的手术，适应证非常广泛，不论是内科、外科、麻醉科还是小儿科医生，都应该掌握这种手术。在危急关头，对于某些突然发生呼吸困难导致缺氧而窒息的患者，气管切开术确实有起死回生的效果。但也往往就是此时，是患者生死攸关的时刻，即使医生有熟练的气管切开术技巧，也可能在手术过程中的几分钟甚至几秒钟之内，手术刀还没来得及接触到皮肤，患者就因缺氧到了极限，一命呜呼。又或许患者气管内痰液很多，十分黏稠，虽然将气管切开了，但还来不及全部吸出就憋死了。据说，有一次一位专家为一位领导做预防性气管切开术，这一小小的手术对他来说应是非常简单的，但对于一位上级领导这一刀下去，责任重大，所以下刀之前不免战战兢兢，持刀的手不听使唤，抖动不已。在旁的助手一再提醒他要镇定，这才按正常方式完成了手术。所以气管切开术虽是个小小的手术，但确实风险很大，令术者胆战心惊。也可见这把小小的刀子，足有千斤之重，医生没有点胆量，没有舍己救人、敢于冒险的精神，在一些危急时刻是无法完成手术的。

其他各科医生虽然在书本上读过，但没有实践经验，常常无法应对这些突发呼吸困难的患者，束手无策，来不及甚至想不起去找耳鼻咽喉科医生，只能眼睁睁地看着患者死去。我作为耳鼻咽喉专科医生，自然会联想到我国基层医院的许多耳鼻咽喉科医生也没有看到过这种手术怎样做，叫他们如何敢实践？特别是在分工越来越细的今天，即使在全世界最著名、设备最完善的医院，除了急诊科医生能掌握此种急救手术外，其他科医生遇到突发事件，又有几人能掌握气管切开的急救方法呢，又有几人能敢于冒险做紧急气管切开呢！

第一次做气管切开术

前文提到，气管切开术是各科医生都应掌握的一种救命手术，国外的教科书上早已介绍了手术的方法、适应证等。这种手术有日式和美式之分，日式气管切口的位置偏高，容易造成拔管困难，我国现已少采用，而美式切口则稍低，但切口过低也可能发生纵隔气肿、气胸甚至伤及大血管，引发大出血，术者不能不注意。总之，任何手术都有一定的危险性，掌握得好，大多能逢凶化吉，救人一命，患者医生皆大欢喜，未尝不是一件幸事。

20 世纪 50 年代初，国内尚没有一本完整的、像样的、自己原创的耳鼻咽喉科教科书。1949 年以前，由于对耳鼻咽喉科不够重视，各医学院校耳鼻咽喉科教学课程有限，安排临床实习时间也极短。那时耳鼻咽喉科临床最常做的手术也就只有扁桃体摘除术、鼻息肉鼻甲部分切除术、鼻中隔矫正术、上颌窦根治术，最大的手术莫过于乳突根治术了，也只有主治医师以上的医生才有资格做，真是十分小心谨慎。我记得，在上海做第二年住院医生时，当时科里的主任是刚从美国留学回来的，他亲自带一位主治医生做乳突根治术，我当时在旁听到主任说了这样一句话，“锤子不要用力过重，以免骨质陷落，患者发生 Sudden die”，意思是突然死亡。我来北京后不久，徐教授就带我做了一次乳突根治术，以后就不用再上台亲自指导我了。20 世纪 60 年代中期，我被分配到耳科，从此与耳朵有关的疾病结缘，遇到的事情多数与耳科有关。在 1978 年我去耳研所之前，共做乳突根治手术 2500 多例，包括耳源性脑脓肿、脑膜炎以及由耳部侵及颅内的肿瘤，没有遇到一例因手术发生死亡的病例。

继续说回气管切开术。万事开头难，书读再多，局部解剖记得再清楚，手术步骤背得再烂熟，如果没人指导，气管切开的手术方法虽然十分简易，我也不敢冒险，在患者病情紧急的情况下去做这种从未做过的救命手术。何况当时的同仁医院还小，大楼尚未建成，连个停尸房都没有，想找个家属弃而不要的小儿尸体来练习都没有条件。即使有这样的机会，毕竟活生生的人与死去的人不一样，书中谈到的那些手术并发症，如果遇到了也实在令人生畏。

但我首先是个耳鼻咽喉科医生呀，现在还没有遇见过紧急到需要我做气管切开的病例，时间一久，总有一天会遇到严重的急性喉梗阻患者，特别是小儿，那时我只能是束手无策。像后来我院有位医生，夜间独自值班时第一次遇到了小儿喉梗阻的患者，毫无办法，只能守在小患者的身旁暗自流泪。好在后来经过激素等治疗，小患者的喉水肿消退，呼吸困难逐渐缓解了。但我不愿消极等待，要积极主动治病救人！因此在困难到来之前，我必须争取尽早掌握气管切开术。

做气管切开术应具备一定的特征，什么情况该做，什么情况不该做，是有严格规定的。为了防患于未然，我在日常门诊工作中留意寻找一位完全符合适应证、需要做气管切开、既安全又不危急的成年男性喉部疾病患者。功夫不负有心人，机会终于来了。

那是一位三十多岁的男子，身患喉狼疮，多年不愈，非常苦恼，检查发现喉部溃疡与疤痕同时存在，面积较广，声带也受到了波及，分泌物多，不时感到吸气困难，痰也不易咳出来。如果喉部不能得到有效的休息，此病将难以痊愈，唯一让喉部休息的办法就是先做气管切开术，呼吸不再经由喉部而是直接由喉头下面的气管切口来进行，只要将切口处暂时堵住，照旧能够讲话，表达自己的意图，同时还可从切口抽吸气管内的分泌物，完全符合气管切开的适应证。经过讲清道理、做说服工作，患者与家属最终同意了，于是把患者预约到周三晚上七点钟以后来做手术。因为那时北京市耳鼻咽喉专科医院尚未成立，徐教授只每周三下午来科里会诊一次，如有手术就约定在当天晚上指导。到了那天晚上，外科的全体医生们早早来到手术室观摩，就连外科的戴士铭院长也来了，都想学习这种实用的救命手术是如何操作的。

一切准备就绪，我主刀，崔译群主任自愿担当助手，徐教授在台下指导。按常规备皮、消毒，敷好手术巾，拿起手术刀刚要接触皮肤，崔主任立刻叫我往上切。我感到不对，犹豫了一下，觉得与我所看的外文书上讲的不一致。徐教授是留美的专家，一级教授，大家都尊重他，他立即要我往下切，崔主任也就没意见了。因为患者是成年男性，气管内径较粗，又非急性病患者，局部解剖标志清晰，将皮肤在颈部正中作直切口后，按照颈部两侧在中间吻合的白线往下分离，出血很少，很快就找到了气管。把甲状腺中央的峡部往上推推，成年人的气管比较硬，用尖刀在第四环的下方从中央轻轻伸入，然后将刀刃往上挑，就绝不会损伤气管后面没有软骨遮盖的食管了（因气管环呈马蹄形，小儿气管内径小更要注意）。将第四环切断后，稍微向两边分离开气管表面的前筋膜，以防在放入气管套管将皮肤缝合后呼气时，空气受压，顺着气管表面筋膜下进入纵隔而发生气肿。然后将切开的气管两侧各按半圆形切除部分软骨环，使气管切口成圆形或半圆形。再将大小合适的银制气管套管伸入气管内，拔出管先检查伤口有无出血（必须止血，以免后出血）。此患者创面清洁，很少出血，先缝合套管上下被分离的肌肉（不宜过紧），再缝合皮肤切口，在套管下面垫上一块纱布，将套管两侧用带子打结固定好，松紧适度，手术就如此轻松、简单、快速、层次分明地顺利完成了，一点也不感到紧张和危险。在旁观摩的外科医生们都说：“这个手术太容易了，以前总是不敢做，以后我们也要开展。”但是如果真的遇到急诊喉梗阻病例，恐怕就不那么简单容易了。当然外科也不太可能遇到这样的病例，因为这种情况多发生在儿科。此后胸外科不但做气管切开术，同时也开展了气管镜检查工作，分担了耳鼻咽喉科的一部分工作。

通过做第一例气管切开术，我由书本知识走向了实践，增强了我独立做此手术的信心和胆识。为我以后在难度大、危险多的情况下做此手术打下了坚实的基础，让我增强了勇气，敢于面对现实，迎接此后一次次新的挑战。

第二次做气管切开术

那是一个乍暖还寒的日子，距离我完成第一次气管切开术大约有半年多时间。那天不是星期三，我独自在科里值班。在医院吃完晚餐，我正在休息，突然来了一个三岁的患儿，呼吸急促，吸气时有喘鸣声，面色苍白，口唇及指甲均显现发青发紫，四凹体征明显（即胸骨上窝、锁骨上窝、肋间窝及上腹部在吸气时向内凹陷），肯定已达到三度以上的呼吸困难了。根据家属所述病情，首先可以排除异物、破伤风、白喉（那时小儿患白喉极为常见，其治疗方法也各不相同）等疾病。这个患儿发病快，根据其所出现的症状及体征推断是急性喉炎，喉水肿得厉害，当时严重缺氧，已经危在旦夕，最好的急救办法就是尽快做气管切开术。但是在这样突如其来的情况下，我对小儿的气管切开经验不足，思想上更是准备不足，一点把握都没有。虽然之前完成了一例安全的预防性气管切开术，但那是个成年人，而且有上级医师在场指导与帮助，现在遇到的这个是只有三岁的小儿，情况就完全不同了。小儿的气管本来就又短又细又软，气管切开的难度显然要大大超过成年人，加上目前呼吸困难已经达到三度，吸气时气管的前后壁可能相互贴在一起，更是难上加难。可想而知，在手术过程中，只要对气管稍稍加压就有可能造成呼吸骤停，继而心脏停搏，这是作为医生最不愿见到的情况，不但小儿救不过来，反而会加速其死亡。尽管必须在术前把各种危险和术后的意外事件都要向家属交代清楚，征得家属的同意，并让家长签字，但是患者如果真的死在了手术台上，对一个治病救人的医生来说根本无法接受。再说即使家属没有任何意见，但在医院内部，了解情况的人还好，不了解情况的人众说纷纭，让人百口莫辩，才令人生畏，更何况可能还会影响医院的名声。

总之，手术的结果是好是坏不得而知，从个人良心上、从职业道义上，都很难决定是做还是不做这个手术。我脑子里也曾飞快地闪过这样一个念头，就是把小儿转往另一家医院。但是往哪里转？即使转院对患儿也有好处，但病情已如此危急，时间就是生命，一分一秒都不等人。那时还没有急救车、出租车，崇文门到东单只有有轨电车，公共汽车都很少，附近的医院都隐蔽在小胡同中，主要得靠人力来背负，患儿经过如此折腾，很有可能会死在转院的途中，在这样的情况下还让患者转院，是有点推脱责任了。可是留在院里自己来做手术，人员条件、技术设备都很差，我一点把握也没有，这样做要有多大的勇气、要冒多大的风险！我当时的心情实在两难，简直复杂到了极点。

看到小儿奄奄一息，家属焦急不安、来来回回不断地走动，我回过头来再掂量掂量自己究竟有多大的能量，毕竟过去曾有过一次气管切开的经验。就这样，那一丝想推诿责任的念头立刻烟消云散了。我当机立断，决定迎难而上，去冒一冒这个险。决心既然下了，就立即让手术室准备，并请了一位刚来院不久的外科住院医生当助手，那夜他也是单独值班。约在七点钟左右，一切都已准备就绪，将小儿搬到手术台上继续强迫给氧。我们的手已消毒好，戴上消毒手套，敷好手术巾，穿上手术衣，我和那位外科住院医生就这样带着不安的心情上了手术台。为了减少出血，我还是用了点局麻，将皮肤沿中线轻轻作直切口，尽量避免压迫气管，然后从白线剪开并分离两侧颈前肌膜及肌肉，放入拉钩。我和外科医生各持一把拉钩分别向两侧拉开皮肤及颈前肌肉以便暴露出气管，好在患儿出血极少，视野清晰，但这并不是一种好征兆，是心力衰竭的表现。我加快速度，始终保持从中线进入，但就是找不到气管。这时发现，患儿呼吸越来越弱，血色更紫，也不活动挣扎。我一看形势不妙，真是心急如焚，平时不管天气多热，我都很少出汗，当时豆大的汗珠立刻从额头上冒了出来，掉落在消毒巾上。我嘴里虽没说，但心里一直嘀咕着“完了，完了”。好在我的脑子还清楚，没有乱了方寸。我想了又想，气管应该就在下面呀，怎么连食管也没有看见（食管在气管的后面），跑到哪里去了呢？怎么后面露出了硬硬的，像是颈椎骨呢？我立即想到是不是气管和食道都被拉钩拉到一边去了，赶紧让外科医生把拉钩松一松。他这一松手，果不出所料，气管从他那一边弹回到了中线，一颗一颗的气管环像珍珠一样珍贵地显露在眼前。我顾不上再寻找什么甲状腺峡部等这样一些标志，管它是第三环还是第四环，从见到的最低一环的上面、环与环之间插入刀尖，往上一挑，小儿的气管又薄又软，不费吹灰之力，气管环就从中间裂开了。我临时用止血钳尖端分开两边切断的管壁，使小儿呼吸时空气立即改道由此进出，并插入电吸引器管抽吸分泌物，好在分泌的痰不多。又改从切口给氧，并在胸部加以人工呼吸器。患儿的自主呼吸很快恢复了，心脏也尚未停跳，这时放入适合的金属套管，呼吸频率逐渐正常，面色慢慢转红润，口唇也不再青紫，手术总算成功了，这个小儿获得了重生。术后住院观察，给予抗生素、激素类等药物治疗，未发生术后并发症。没几天，小儿的喉炎治愈了，喉水肿消退了，很快又顺利拔管，家属高高兴兴带着孩子离开了医院。至此，压在我心里的一块沉重的石头才落地。

回想当时手术中遇到的险象，越想越是后怕，真有不寒而栗之感。但也是通过这次惊险到了极点的抢救，提高了我的技术和勇气，取得了不少宝贵的经验和教训，更重要的是提高了我作为人民医生“一切都要为了患者”的认识。在以后我所遇到的几十例各式各样的气管切开术中，有本院的也有外院的，有成年人也有小儿，有侧卧位也有半坐位，来得及就去手术室，那里条件设备都好些，消毒也比较完善，来不及就在病床边，甚至顾不上消毒，找护士在床的另一边拉拉钩就行了。

1954 年以前，医院病房大楼还未建成，我总是带上一个消毒好的气管切开包单枪匹马去完成任务，在气管切开术方面再也未遇到过如此紧张惊险的场面。

1954 年大楼建成后，科里分配来了几位刚毕业的青年医生。自 1952 年来院的最初六年里，除了周六和周日，我基本上是住在医院的一间小房子里，所以夜间遇到急诊难题时，我完全可以起来帮助他们。一段时间以后，他们单独值班时也都能一个人去做气管切开术了。

1958 年与北京市耳鼻咽喉专科医院合并后，科里的医生人数大大增加，夜间医生值班有主治医生、住院医生和实习医生或进修医生，门诊设有固定抢救室。遇到小儿呼吸困难需要做气管切开术时，常多达五人在场，有抱头的、有管理手术器械的、有手术第一助手，还有巡视的护士，或由手术者按常规从喉插入气管镜从镜内供氧、吸痰，首先就缓解了呼吸困难，保证了呼吸道的畅通，气管也始终能保持在正中位。气管镜或由另一高年医生来插放观察，或由手术者插放好气管镜后再交给其他医生看管，然后就可以放心大胆、平平安安地进行气管切开术，这样当然是万无一失，参加人员也都不会紧张。从此以后，在同仁医院耳鼻咽喉科一人做气管切开术便成为历史了。

有关气管切开的故事

关于气管切开术，我再举一个例子。1999 年 12 月，我突发严重的大面积心肌梗死合并左心衰，住在心内科监护病房抢救。这件事发生在医生让我绝对卧床、24 小时给氧、静脉输液、心脏严密监护下的第 5 天。监护室很大，住满了八个轻重不一的心肌梗死患者，其中有个患者年纪比我稍小，患有严重的鼾症，每到夜间熟睡后总是鼾声大作，有时甚至声如雷鸣。

那天晚上已经过了 12 点钟，这个打鼾的患者突然间鼾声停止。护士立刻停止其他工作，跑去他的床边，摇动他的身体不断叫他的名字，想叫醒他，但叫了多声毫无反应，把我也从梦中惊醒了，最终确认患者死亡。

我认为对于一个老年心功能不全的患者来说，在护士叫他第一声的时候，呼吸骤停已经到了严重缺氧的程度，此时是以秒计算的生死时刻，尤其有心脏病又患有鼾症的老年患者，即使 24 小时给氧，由于喉部肌肉的松弛，仰卧时舌头会向咽部后缩，正好阻塞了呼吸道，氧气根本输不进去，甚至用呼吸机强迫给氧也不行。有一个抢救的办法就是，在心脏还未停止跳动之时及时做紧急气管切开术。这个方法也许能救活此种病例，但是连我都还没有亲自做过。另一个方法是发现患者鼾声停止，立即把患者的嘴撬开，最好是有时间放入开口器（来不及就不用），用舌钳子夹住舌头的前 1/3 向外扯，如果缺氧时间还不算久，时间来得及，呼吸通路恢复了，再从口腔或鼻腔给氧，加以人工呼吸，也许能救活患者，以上两种方法都可以在鼾声停止的第一时间争取试一试。后来麻醉科有用粗管针头直接刺进气管输氧的办法，但我认为，像这样严重的鼾症患者不一定能奏效。不过在紧急情况下，只要时间来得及，都不妨试一试，总比只在床旁叫喊要好，因为患者肯定是叫不醒的，只能是耽误时间。可是现在医院的医生都过分相信人工呼吸，一般很少准备开口器、舌钳子之类的抢救器械了，连压舌板都是用木头做的一次性的薄片，患者的嘴如何撬得开呢？所以用我们以往老的办法有时还能起作用，而且气管切开及用舌钳子来抢救的方法，最好是医院的医生和护士人人都能掌握，也都要有勇气应用到临床实践中去——多会一点办法总比不会要好。我在这里，只是作为个人的一点建议，如果当时我不是一个正在被抢救的严重的心肌梗死患者，身体虚弱乏力，只要时间来得及我会敢于去冒险的。

我觉得对于有严重心脏病，同时又有严重鼾症的患者来说，最好的办法还是预先做正规的气管切开，这样完全可以避免因严重缺氧而呼吸骤停，甚至连紧急气管切开都来不及就憋死的情况。因为鼾症不是一时一刻所得的病症，时间都已较长，常有憋了很长时间又缓过气来的情况，可对于一个严重的心脏病患者来说就不同了，从鼾声如雷到鼾声停止，缺氧可能已经到了极限，不但呼吸停止，心脏可能也已停跳，这时就一切都晚了，所以要采取预防措施。但是做预防性气管切开，应得到患者和家属的同意，提前做好说服工作非常重要。

下乡支农

初次下乡支农的收获与意义

一、如何解决在农村开展乳突根治手术的问题

大约在 1963 年，抗美援朝战争结束后不久，为防止帝国主义突然发动侵略战争，我们不得不提前作好预防战争的准备。那时北京各大医院都设有备战点，我们同仁医院的备战点设在门头沟区妙峰山下的陇驾庄。那里离北京市区并不远，且四面环山，山清水秀，还有一条水清见底的小溪，流向南边后进入一条小河。小河的对岸有铁路和公路，小河上渡船往来，交通十分方便。

陇驾庄的居民生活水平其实与市内相差无几，而且我觉得这里村落环绕、空气清新、草木葱葱，虽然房舍陈旧一些，但干净利落，是适宜居住的好地方。一般农忙时节，男人们基本上都去地里劳作，而女人们则留在家里操持家务，我将这里当作是农家乐一样美好的地方。

这次被派往陇驾庄去设点还有一个重要任务，就是知识分子要访贫问苦，为当地老百姓开展医疗服务。所以第一批派去的人都是各科室的科主任级和高年医生，由外科专家戴士铭院长亲自带队，而我也是第一批派去门头沟的医生之一。其实，那时候动刀子的医生离开了医院的条件和设备就无法正常

工作，可说一事无成。而我院中医科的老主任陆石如和针灸科的老主任董怀一，他们俩都年过六十，却是每天都忙个不停。因为农村人认老理儿，一般都更相信中医，因此他们俩非常受欢迎。

在那里，队员们除了男女分开居住，基本上是按时起床，同吃同工作。我们因地制宜分成好几个诊室，正好我与陆老和董老分配在同一间房、同一个诊室应诊，相处了九个月的时间，这使我对中医学的认识获益良多。除陆老和董老之外，队员们轮流做饭。会做饭的与没有下过厨房的都有，可谓众口难调，而且大锅菜与大锅饭本来就没有什么好吃的，当时还有一项严格的规定就是不许去买肉食，加上大家又都没有经验，按说并不丰盛，但我仍觉得自己做饭做菜也是当时一乐。我经常给大家做的是我们家乡的一道菜，将茄子切成 1.5 厘米厚的圆盘状，一面用刀划成许多小方格，放到锅里稍微焙干再捞出来，在锅里放少许油，烧热后再将焙成半干的茄片放入锅中，加入盐再搅拌盛在碗里，就成了我们湖南浏阳乡下的一道佳肴。既省油，又好吃，大家都很喜欢。

在陇驾庄，我的工作就是看一般的耳鼻咽喉科的小毛病，最多能做些扁桃体摘除手术和简单的乳突根治手术。但是乳突根治手术在农村开展不灵，这是由于农民住地分散，交通不便，每天还要去田里干活。当时乳突根治手术后，要从大腿或下腹部取皮植入乳突腔，这样一来，下地干活及步行时取皮区就会疼痛难忍；不植皮吧，就要定时来换药，花的时间就更长了，住得远的则更不方便。那时候，因为喂奶方式不当或伤风感冒，导致儿时就患上化脓性中耳炎的患者特别多，尤其是在农村。又因中耳与乳突蜂窝样骨腔相通，中耳化脓，乳突腔也必然发炎，再者鼓膜穿孔在上鼓室处，外耳道的上皮就会沿着这个新的通路向乳突内生长。人体皮肤上皮受到新陈代谢的影响，会不断地新生和脱落，实际上就是脱落下来的上皮，这些脱落的上皮细胞越集越大，医学上称之为“胆脂瘤”。瘤体内又潜藏了许多病菌，一旦向颅腔内破溃、扩散，病菌进入颅内，发炎、化脓，必死无疑！要解决乳突根治手术在农村开展不灵的问题，光靠说服是不行的，必须首先解决植皮、换药的难题，却又无先例可循……这实在是太难了，但不解决这些问题，耳鼻咽喉科医生到农村来干什么呢？游山玩水吗？这实在是久藏在我心里的一块“心病”。

有一天傍晚，我走在陇驾庄的小路上，发现路边的草丛里有闪光，走近一看，竟是一张小小的被丢弃的包糖果的玻璃纸片。我突然来了灵感——何不将玻璃纸片消毒后，先敷设在凿除乳突蜂房的骨面上或除尽胆脂瘤的创面上作为隔离带，再在玻璃纸外面填充碘仿纱条，这样岂不是可让耳道的皮肤顺着玻璃纸向乳突内生长，因为没有黏膜分泌物的刺激，新生的上皮细胞也就不容易脱离。经过实践检验，两个月内取出乳突内所有填充物，上皮已全部生长愈合了。后来证明，患者术后基本不用来换药，既省去了患者长途跋涉之苦，也免去了从患者腿上或腹部取皮后影响下地劳作等问题。经历这么简单的一次改良，农民们就都愿意来接受手术了。回到城里以后，我又发现塑料薄膜比玻璃纸更柔软、更服帖，更适用于乳突腔，因此又改用塑料薄膜，为后来参加支延医疗队的工作打下了坚实的基础。

医疗要普及，并非想当然、一厢情愿就解决了。我的亲身体会是，一定要将想要解决的问题，时时刻刻记在脑子里，才能由一个问题联想着去解决另一个问题。还要根据当地实际民情思考，去农村不是游山玩水，而是体验生活，是为了我能为他们做一点贡献来的，主动解决问题才不枉我来农村一次！

二、重听天籁

1964 年，北京周边的农村大部分还十分贫困，国家反复派医务人员去巡回医疗很有必要，这里有一个很好的例子来说明。

一天，陇驾庄医疗点来了一位七十多岁的老人，从小就没离开过家，他自述已五十多年没有听到外面的声音了……我一检查，发现他双耳道内塞满了潮湿、已成黑褐色的耵聍，民间俗称“耳屎”。一般来说，老百姓都爱用特制的小勺子深入耳道内，自行将其掏出，掏的时候又痒又舒服，但也可能在不知不觉间将外耳道挖破，或将鼓膜捅破，这也是造成外耳道炎、中耳炎的原因之一。外耳道堆积耵聍多了，当然最好是找医生来处理，但现在的医生因门诊量多，没有时间给患者挖耳屎，常常是开一瓶能溶解耵聍的药水，待其从硬块溶化后，再用盐水将其冲洗干净。有时一次也不一定能见效，医生常会埋怨患者来得太晚，堆积越多越费时间。

如今我正好在农村，有的是时间。我们中国人的耳道大约是3厘米长，1厘米宽，中间稍微有点弯曲。这位老人的耵聍已将耳道扩充大了，估计鼓膜不被冲破也会移位。耵聍外观也很特殊，像极小的沙粒被泡在油脂中一样，等挖到耳道中段，耵聍已经溶合成块了，用耵聍勺很难将其挖出，花了一个多小时才看见严重向内凹陷的鼓膜。旁边正好有个小孩子在哭闹，而老人听到哭声，高兴地用双手拍着膝盖说：“五十多年没听到声音了，现在听见了，听见了！”尽管老人说已有点变音。当然我也很高兴，从来没有遇到过耳道被耳屎堵塞半个世纪的患者。接下来我又将他右耳的耵聍挖了出来，右边的鼓膜只是轻微内陷，听力受影响较小。老人家千感谢万感谢，不花一分钱，在城里哪有这样的好机会，医生又哪有如此多的耐心？在城里按说两个小时的门诊，已经要看十多个患者了。当然这是不可能相提并论的，此一时彼一时也。

三、逢凶化吉

还有一件十分可笑也十分可怕的事，关系到生命安危——高级知识分子也有不懂的知识。陇驾庄农忙时节的生活规律是，男人一早起来，吃过早饭就下地，带点干粮，中午一般不回家，就在地里凑合一顿。

本来我们五个男同志睡一张炕，我睡在最中间，炕头的下方中央有一个洞，是烧炭火的地方。戴院长睡在靠内墙的一边，我和戴院长之间是麻醉师。为了照顾陆老和董老，为他们各自搭了张门板，支上两张板凳，一个靠近房门边，一个靠近墙角炕边，更为两位老人多铺了一床被褥，希望能够让他们睡得较好一点。那天，刚好医院把我和麻醉师都叫回北京去了。当天天气很热，蓝天白云、阳光四射，正值夏季中午，戴院长突发奇想，想试一试燃炕的温度，但又怕煤气中毒，就把所有门窗全部打开，内外空气可以随时流通，想当然地以为一定不会煤气中毒，所以留在这间屋里的老中青三代人，毫无顾虑地睡午觉。突然间睡在墙边的陆老发现有些异味！他很警惕，马上爬起来向门边跑，可还未跨过门槛就倒在了地上，动弹不得！董老睡在门边，听到声音，看到陆老倒在自己床边，知道不妙，赶紧爬起来就往门外跑，刚出门也倒下了。也是命不该绝，正好有一个留在家里的妇女出来晾晒衣服，发现了董老，董老示意她叫人进门救人。她立即找来了七八个留家的妇女，进门一看，戴院长仅穿了条白短裤，体重200多斤，平躺着呼呼大睡，毫无知觉。几个妇女抬脚的抬脚，扯手的扯手，好不容易把戴院长拖到炕边，再增加上抬腰及抬屁股的，硬是把200多斤体重的戴院长拖到了室外，另外两个年轻的也都被全部拖了出来。一场事故就此烟消云散了！室内所有的人都活着，也没留下什么后遗症，真是万幸。是留村的妇女们挽救了他们的生命，应该重重感谢，这也是值得所有人永远铭记的一次经验教训。而我是万幸者，如果我在，本应该中毒最深，因为煤气直冲我的头顶，吸入量应最大，不死也会成为植物人，真是死里逃生啊……

后来据老乡们说这事发生很正常——这个房子内的炕已有八九年没有睡人了，因此无人清扫，炕道内堆积了不少的垃圾，而且大热天烧煤炭，炕内湿气大，煤气不能从正常烟道排出，必然反流。一般知识分子哪懂得这些书本上没有的知识，自然就注意不到这些有关生死存亡的事了。就算是把窗户和门全部都打开了，可是一方面那天又没有风，天气燥热，容易熟睡，另一方面房子也没有后窗户，有风也吹不进来。再者煤气比空气密度大，除非有几个电风扇一直向外吹，否则还是会有危险，但农村哪来这么多的电风扇呢？ 60多年前的事了，没发生意外就是万幸。

四、因陋就简

我在陇驾庄及涧沟做了一些耳鼻咽喉科的基本手术，也想尽办法开展乳突根治手术。

有一天，戴院长突然通知我，说妙峰山涧沟地区有一个不满九岁的小孩，经常扁桃体炎发作，我院常驻涧沟的内科主任翟树职认为现在趁着没发炎的时候，将扁桃体早点摘除为宜。

妙峰山高1300米，涧沟也有800米之高，当地气压低，缺乏必要的手术设备，如电吸引器和氧化罐等。当地可能还没有电，有电也不会接，照明可以用高倍手电，但万一遇到术时、术后大出血怎么办？我还真有点为难。当时在场的主任麻醉师王晓痴，拍着自己的胸膛向我保证，一切由他负责。我一直相信他的麻醉技术，也就毫无理由不去手术。于是大家一致决定，第二天一早上路去涧沟。

我们一行四人，戴院长、王晓痴、护士长和我，由护士长负责带齐一切能带的手术器械，轻装上阵。第二天早起，从陇驾庄到涧沟，行程约四十里，全都是羊肠小道，中间要经过樱桃沟，一个小小的依山傍水的美丽村庄，一尘不染，称得上是人间仙境。我们稍事休息，无暇游览又继续赶路。一路爬坡，约在中午时分到达了涧沟。因为不是急诊，所以在翟主任居住的那户民家吃过午饭并稍做休整，之后大家便一同去看患儿。

涧沟在两座山峰之间，房屋都比较破旧，街道狭小，室内阴暗潮湿，窗户又细又小，外面又有高大的树木遮挡，光线根本照不进来。只好用手电筒检查了一下小儿口腔，发现双侧扁桃体确实较大，已相互接近，腺管口尚有黄白色小点可见。因为经常发炎，应是手术摘除适宜对象。于是就决定在第二天上午实施全麻摘除扁桃体手术，并嘱咐了患儿明早不能吃早餐等一切全麻手术应交代的事宜。

第二天一早，我们吃过早餐，准备好一切所能用的并早已消毒好的手术器械，让患儿躺在炕上，把头伸出炕外，取垂头卧式。这比在医院里做手术别扭多了，因为电灯、手电都不够亮，只好在屋外用多面大镜子传递阳光，反射到我所戴的额镜上，我再把反射来的阳光照射到已将嘴张开的咽喉部，将两个扁桃体的边界看得清清楚楚。王晓痴主任全麻做得非常好，患儿呼吸、脉搏都很有规律。在这样的情况下也就 3～5 分钟，其两侧的扁桃体就都被摘除下来了。再等待观察了 3～5 分钟，患儿慢慢地苏醒了过来，伤口保持很少出血，脉搏、呼吸全都正常，于是我们将小儿恢复平躺位，直到伤口白膜全部长满了，我们才敢离开涧沟。

在守护期间，我与王晓痴都想着，既然来到了妙峰山脚下，为什么不顺便去看看闻名全国的古迹妙峰山。于是在离开涧沟的前一天，我们俩起得较早，吃过早饭就顺着山路往上爬。等爬到山顶最高处，却发现一无所有，真是令人失望。此时只看到不远处有一块篮球场大小的平地，表面铺盖着黄色的小块地砖，边缘部分并无砖墙护栏，王晓痴则已在边缘来回走动、若有所思。我也想去边缘看看，但我有恐高症，不敢走过去，只好用手向边缘爬去，等爬到尽头把脑袋伸出边缘向下一看，真是万丈深渊！

我已不想弄清楚下面有多深，只想赶快倒爬回来。离开边缘已经有好几尺了，我还浑身发软，站不起来。王晓痴呢，他却还在边缘上走动，在向我“示威”。其实都是先天遗传的因素，没有什么可以宣扬的，万一不小心掉下去，粉身碎骨，那才不值得呢！王晓痴当然并不是拿生命向我示威，他也在想这一片平台，是人工筑造起来的，为什么只有平台而没有庙宇呢？两个人只能扫兴而归。据说山顶上还有一个玫瑰园，当时正是花开的季节，但是我们已站在最高处，一眼望去，哪有玫瑰园呢？时已近午，饥肠辘辘，还是顺着来路往回走吧！这一趟算是白跑了。

几十年后，我九十岁时，儿子问我：“想不想重游妙峰山？那地方经常有庙会，游人如织……我开车陪你一起去。”我立即答应，去旧地重游我当然是愿意的。

在一个星期天的上午，我们早早就来到了妙峰山的入口，那里设有售票处，停车场面积不大，还种了几棵高20余米的松树，但树叶稀疏、枝干较细，估计是移栽的。往山顶上看，飞檐黑瓦黄墙，确实有一座庙宇式建筑。沿水泥阶梯而上，到了一个似曾相识的老地方，黄色地砖还在，只是大了不少，靠边的地方加了弯弯的半高围墙，这下我可以走到边缘去瞭望。庙不大，很快我就浏览了一遍。这庙到底是新建的，还是早有的？其实不难，找庙里的人一问，不就立刻告诉你了嘛。我就是这个脾气，与我关系不大的，不想去多了解，知道了怎么样，不知道又怎么样呢，对这座庙宇，让它始终留下一个谜吧。

回来时经过涧沟山上的马路，朝下看去，涧沟扩大了、变长了，修建了许多新式房屋。我很想下去看看涧沟，也想去陇驾庄。可已经过去六十年了，还能认识几个人呢！且时已过午，在入口处随便吃了一顿饭，就决定回城了。

五、眼耳鼻咽喉科医疗队巡回医疗

把时间再拨回到六十年前，从涧沟回到陇驾庄后，我照常工作，临近秋季，天渐渐冷下来。我提出组织一个眼耳鼻咽喉科医疗队去门头沟西部山区巡回医疗，领导同意了这个建议，但门头沟没有眼科人员，于是很快把派去大兴医疗队的眼科郑邦和主任调来门头沟。他来到门头沟后，我们立即组织了两个医疗队，由郑主任带一个队走北边，我带一个队走南边。每队由 3～5 人组成，自带行李铺盖，选的都是体健力壮的，可以自己挑。记得第一站两队都到了丁家庄。

丁家庄有一个传说。据说很久很久以前，有说是明朝，有说是清朝，有一位皇帝骑马到农村微服出巡，路经丁家庄，皇帝骑的马受到路人的惊吓，突然向东狂奔起来。一直奔跑到陇驾庄，终于有人上前把马的缰绳揪住，马才停止了狂奔。村民们怕皇帝惩罚，纷纷担着贵重东西去送礼，这个担着东西的地方就取名为“担礼”，那个使马受惊的地方则取名为“惊驾庄”，也许姓丁的人多，后又称为“丁家庄”，而那个把马拢住的地方，虽没听说有姓陇的，后来也把它改为陇驾庄了……时代变了，封建迷信的东西当然应该改过来，“担礼”就作为民间流传的一个亦真亦假、似是而非的传说了。丁家庄四面都是稻田，是比较富裕的地方。队员们也就分散在各家居住，开始各自体验农家生活。

第二站，我带队走斋堂。斋堂分东西两个大队，大队部把我分配在唯一一个电话室里，和管电话的老爷子居住在一个炕上。房间很小，炕也很小，有张小桌子放在炕中央，老爷子的饭由家里人按时送来，就在这张小桌上吃饭。小桌子也成了隔离带，我和老爷子各睡一边。窗前还有一张三屉桌、一把小凳子，桌子上放了一部电话机、一个小本子，还有一床薄被，就是老爷子的全部家当了。

到了晚上，我被安排在另一家吃过晚饭后，就回到电话室来休息睡觉。老爷子七十多岁，早已盖上被子躺下休息了。他不爱多说话，只要电话铃声一响，立刻爬起来，每次都一样，骂一声“他妈的～”，穿上单薄的衣服就往门外跑，倒是非常尽职尽责尽力的。在他穿衣服时，可以见到满身都是脓疱疮，肯定还有虱子，可惜我不是皮肤科医生，不然我一定会为他治疗。说实话我也很害怕感染脓疱疮，如果不亲身下来与贫下中农同吃同住同劳动，哪能体会到他们生活的艰辛。

第三站，我们队去了燕家台。一路上行人稀少，快要进村的时候，有一个村姑在路边一条小水沟里洗菜，水很清，深不过尺，但上游却有男人在向水沟里撒尿。到大队报到后，竟很巧地把我安排住在洗菜这位村姑的家里。到了吃午饭的时候，菜非常新鲜柔嫩，在城里可以说从未吃到过。忽然想起村姑洗菜是在下游，而那些男人们不间断地在上游撒尿，立即觉得反胃，又不好当面向主人说明，以后有机会再说吧。这也是当地最讲卫生的一家，家里收拾得干干净净，可说一尘不染。

燕家台人口不多，时间是富裕的，我们当然要家家走访。离燕家台不远处有一个风景秀丽的地方叫龙门涧，当地老乡一定要带我们去看看。

离村不远，就看到一座平顶山，像被刀劈一般的一分为二，中间就是劈开的沟，宽约十几米，进入涧内，水流弯弯曲曲，两边的山壁就像街道两旁整齐划一的楼房，高约二十余米。山顶和石缝中都生长着小灌木，涧内地面有的非常平整，有的高高低低。据说这条龙门涧直通灵山，长约二十七里，有一条清泉，在涧内形成大小水塘、水池、水沟，成为美丽的天然风景，真是美不胜收。我们只走了约六里，那时正值夏末秋初，在一个较深的水池中洗了一个凉水澡，那可真叫舒服呀。洗尽人间污泥浊水，也不枉此行。

第二天，我们离开了燕家台，奔向黄塔村，这里离百花山很近。百花山是个很有名的地区，想来百花山一定有百花盛开的时节。按说我们来得正是时候，可惜我们这次是来访贫问疾的，而不是游山玩水的。所以进村先找到大队长来安排我们几个人的食宿。我被安排住在一个大家庭，全家老小对我都十分亲近友好。虽然都是泥巴地，却也收拾得干干净净。当天我就在他家问长问短，黄塔村也不算大，很快了解到各家情况。哪家有什么病情，我们可以及时治疗，也可以到陇驾庄去治疗，并说明这是国家对大家的关怀。聊了不久，就到了吃午饭的时候。我们到农村巡回医疗，是绝对不允许有特殊待遇的，不能有高规格的接待，一句话，就是随遇而安，吃每家的家常便饭，这次门头沟西南方向之行，也吃了百家饭。医务人员真正体验到农村的真实生活了，怎能不同情他们，不全心全意地为他们服务呢？黄塔村之行，也让我体验最深。

黄塔村之行过后，我们来到了最后一站——灵山。这是北京最高的山，要进入灵山之际，远望只见满山遍野全被绿色植被覆盖，只沿着上山的道路一边才有树木遮天。我们几个人走走停停，说说笑笑。当引路人说这里还常有虎豹豺狼出入，我们立即紧张起来，恨不得立刻到达目的地。此处前不靠村，后不着店，何况我们手无缚鸡之力，又手无寸铁，即使是来一只狼，我们也斗不过，不如赶快赶到目的地。但是引路人话锋一转说，“话是这样说，可是谁也没有遇到有虎豹豺狼出来伤过人的事，只是一种传说而已……”他虽然这么说了，但我们还是担心害怕，一口气爬上了目的地天底下村。天底下村只是灵山上一处树木茂密的小山包，要爬一段坡，才能到达村头第一家，这里空气更新鲜，有的房屋木材已现出腐朽，我估计已超过了百年。房舍都是依山而建，庭院都不算大，家家户户收拾得干净利落，适宜于居住。我对这地方真有好感，居住人数不多，大家和睦相处，一家有事，多家帮忙。这里地少人稀，极少有慢性病患者发现，也很少有需要用药的患者。

之前我们觉得村民住在山坡上，可山坡上没有水源怎能适合居住？在龙门涧时听说从源头灵山有好几处泉水流下来，汇集成宽、深都达到一米的水渠，这种泉水来自地下深处，一定含多种矿物质，对人体健康有益，所以天底下村一定有这种矿泉水，否则来来回回下山挑水，那该有多困难。天底下村确也是个秀美的村庄。

我们的任务到天底下村为止，基本上已经结束。这次任务并不是只到几个大村小镇走形式，而是一家一家的走访。有的在村子十几里外，只住了一户人家，我们巡回医疗队也得去走访，否则就算没有完成任务。遇到要做全麻扁桃体手术及乳突根治术的患者，我们就及时约定麻醉师王晓痴，等他方便之时，一个人带着麻醉用品上路来帮助我们手术。他是最辛苦的一个，北路郑主任叫，他得一个人去，南面我们联系他，他又得立即赶来，而且都没有氧气、电吸引器等设备。乡下灯光昏暗，必须用多面镜子反射阳光到室内来增强照明，他在看不清手术视野的情况下凭借个人与他科医生多年合作的经验，早已摸索出了一套与各科合作的规律。他是我院顶尖的麻醉师，我是最佩服他的。

三个月的门头沟眼耳鼻咽喉科巡回医疗队西南行任务圆满完成，南北两队都回到陇驾庄，向戴院长做了汇报。不久整个医疗队的任务均告完成，我们第一批队伍就整队返回了北京。

参加支延医疗队

1975 年我作为北京同仁医院小分队的队长，参加了第七批首都支延医疗队，赴延安市安塞化子坪公社支援。我们的任务是：

①开展巡回医疗；

②培训当地赤脚医生（这是当时农村医生的代名词，并非打着赤脚的医生）；

③在公社管辖的各大队建立医疗站，实行合作医疗。

还有一个附加的任务是搞沼气试点，帮助当地居民解决烧火做饭的问题。这一任务非常艰巨！队员们谁都不会，是个大难题，也是最脏、最累的活，只能现学现做啦！这项任务一开始就交给时任小分队支书的领导，由他带领年轻队员们来完成。

延安是革命老区，大多数居民还得靠政府救济粮为生，且当时交通很不发达。安塞隶属于延安，是张思德牺牲的地方，毛主席的《为人民服务》就是为纪念张思德完全、彻底为人民服务的思想境界和革命精神而写的。《为人民服务》这篇文章对我影响很深，因此明知延安生活艰苦，却自愿和报名参加支延医疗队，体验当地的生活，锤炼自己、改造自己……

现在来谈谈我在延安时遇到的二三事。

1976 年拍摄于安塞

一、箱子里的秘密

从 20 世纪 70 年代开始，每年由北京派专人赴延安支援革命老区建设已成为中央人民政府委派给首都的一项非常重要的任务。作为支延的医疗队员，要到公社下面最基层的大队，与当地人民进行最广泛的接触。那时的城乡差距较大，医疗队员的一举一动影响自然也很大，因此，每批医疗队出发前，卫生部和市级领导都要到车站来送行，并叮嘱队员们要行为自律，做出榜样，真心真意地为革命老区人民做贡献。其中有两条规定我认为较为严厉，一是不能自带好吃的东西，二是不要买当地的鸡蛋、白糖和肉食。

我们安营扎寨的地点是黄土高原的安塞化子坪公社。安塞位于延安市的北边，与榆林地区连壤。该地干旱少雨、土地严重沙化，树木、树林稀见，到处是光山秃岭，十分贫瘠。特别是化子坪公社一带，庄稼稀稀疏疏，长不大也长不高，真有些像癞痢头一样。我们去时是夏季，田里土地大都龟裂。但那里的人民朴实、热情、好客，即使是县委书记和县长也都平易近人，作风简朴，对我们关怀备至。闲暇时，还邀请我们的队员下棋、喝酒，以葵瓜子招待，在当时这是很高规格的了，也因此我们都成了好朋友。

安塞地方不大，但风沙极大。北京的沙尘人尽皆知，与安塞相比却只是小巫见大巫。有几次我正在县里，突然刮起大风，飞沙走石，刹那间黄沙遮天蔽日而来，白天竟成了黑夜！而且能见度极低，屋里得点灯！戴上口罩，更觉得呼吸不畅、憋闷。有时这里也会大雨滂沱，顷刻间干涸的河沟就能变成波涛汹涌的急流，来势迅猛，很难预料！因河道宽阔平坦，比河边的崎岖小径要好走得多，故我们这些队员去大队巡回医疗时常穿行于河沟之中。当地老乡常提醒我们，要我们多加注意，别走河沟。"因河道十分弯曲，两边都是灌木丛林，即便大晴天，也看不到前面来水。如果上游下大雨，而你们正走在河沟内，就可能有被急流冲走的危险……"

延安市除了经济落后、人民生活水平较低外，还是"克山病"高发地区，克山病1935年首次暴发于黑龙江克山县，故名"克山病"，是一种以心肌病变为主的地方病。条件艰难、吃苦受累，这些都无所畏惧，可一讲到"克山病"大家都谈虎色变、毛骨悚然。别说有两条规定，即使没有任何规定，多数人也是服从组织分配的。有些人虽然嘴里不说，但心里也是害怕去了那里万一染上"克山病"怎么办？而且当时又没有特效的疗法。大家也清楚，如果营养不良，缺乏抵抗力，什么病都可能得。何况那里条件艰苦、任务繁重，需要夜以继日地工作，体力劳动比在北京的日常诊疗要重很多。谁能不担心，不犯点嘀咕呢？

即便是1964年同仁医院在门头沟陇驾庄设点，本院人员轮流下乡工作一年，也没有这里辛苦。那时相当于在门头沟办个小诊所，但仍和在城里本院一样，每天按时出门诊，做一般简单的手术。手术患者并不多，严重的患者仍转回北京。陇驾庄山清水秀，空气清新。闲暇时，还可到附近走走，游山玩水，领略乡村风情。陇驾庄的供销社，日常用品都可买到。在小诊所，除了老年人大家轮流做饭，一般都自告奋勇、各显身手。有时还能因事返城，打打牙祭来解馋，或带点糖果、熟食回陇驾庄时供大家一起品尝，只是不足为外人道也。这与在同仁医院工作有何区别呢？只是一个乡村，一个城市。那时正处在"文革"前夕，在乡村工作反而轻松，在本院诊疗每天忙忙碌碌不能说一点不累。

而现在要去的延安安塞比起北京近郊的门头沟陇驾庄，条件已是天壤之别！此处距北京有千里之遥，火车至西安行程约一天一夜，到了西安还得转乘汽车北上。安塞地处偏僻怎能比得上首都北京和其近郊的物资供应，生活条件及工作环境更是相差甚远。在前几批支延的队员中，也曾传言有个别人出现类似"克山病"的症状，不过当时很难鉴定确诊。但延安是革命圣地，是大家都向往的地方，能为革命老区的人民服务，多数人是不怕困难，不畏艰苦的，去延安锻炼自己，参与建设新的延安，还是众心所向的。

出发之前，每个参加支延的队员都发了一个大木箱，这个箱子真不算小，成了大家的百宝箱。除了装上被褥、衣物、书等各种日用品之外，统统尽可能多地装上了高糖、高蛋白之类的食品。因为大家对延安的"克山病"都有所顾忌，担心染上它，而"克山病"的病因当时大家并不清楚，或许与当地的水质及营养不良等因素有关。总会有去过的队员偷偷地告诉我们："别把带去的东西乱丢乱放！包糖果的包装纸也要原封带回……"这样一传十、十传百，很快传开。所以大家箱子里都会带点高糖、高蛋白之类的食品，但限于前面的两条规定，去延安之前及回北京之后，同一批队员，谁也没有对谁说起过，也没有人相互问起。可箱子再大，毕竟空间有限，又能装多少，吃多久呢？显而易见，要维持一年的时间，是远远不够的。相对来说，带了也是少得可怜，仅能解馋而已，谈不上营养，更谈不上用来对抗"克山病"！但是即便不能预防“克山病”，为了解馋，带上这些恐怕已是公开的秘密！后来我们才知道，安塞区并不是“克山病”的高发地区。安塞区卫生局的副局长是位女同志，她就患有“克山病”，但她仍旧到处奔忙，跑内跑外，还跟着我们下公社，只有在感到心慌无力时才休息一下。她确实为我们做出了榜样，我们都十分敬佩她！

其实，我们队员在公社时，队里没有专门的厨师，是在卫生院搭伙，卫生院做什么，我们就吃什么。卫生院的伙食虽然比不上北京单位里，但十天半月也会打一次牙祭，改善伙食，一切由卫生院管理员操办。县里的领导也时常来看望大家，带点蔬菜、水果之类的食品来慰问我们。我们自然不会，也不用单独去供销社购买白糖、鸡蛋与肉食。而我个人在县里培训进修医生时，则是在县医院搭伙，与进修医生同吃同住在医院，伙食较公社为佳，并不愁营养不够。因此由我舅兄为我精心准备的两斤糖果、两斤牛肉干、两斤湖南浏阳干豆豉，一直放在箱子里。牛肉干早已咬不动，干豆豉做菜时才能用，无法单独食用，只能原封带回，糖果也剩余不少，因多数的时间和学生们在一起，也很少有机会吃。也有不能自己起伙，只能吃百家饭的时候——由大队分配在老乡家吃饭。但时间也很短，大家轮流去，感到很新鲜，精神也振奋，觉得来延安巡回医疗，为革命老区出份力，是一次很难得的机会！

这一年的特殊生活，我们小分队的任务完成得不错，每个人都有收获，得到了公社人民和县级领导的赞誉！所以即将离开安塞之前，首先是公社卫生院宴请我们全体队员，然后县委书记和县长在县里亲自设宴欢送我们。大家在告别会上，饮酒话别，无所顾忌，尽欢而散。队员们得到了身心锻炼，人人都有所收获，也为延安人民做了力所能及的贡献！在延安这一年超负荷的忘我工作中，并没有一位队员的健康受到影响，更没有一位队员因水土不服或营养不良而患上“克山病”。箱子里的这点“秘密”根本没有派上用场！带点糖果事后看来也是毫无必要的，大多数是原封不动又带回去了。

支延医疗队任务完毕全队合影

二、踏上中医之路

每一批医疗队去到延安，都把培训当地的赤脚医生作为一项非常重要的任务。只有提高当地赤脚医生的医疗水平，才能健全公社各大队最基础的医疗网点，建立一支“永远不走”的医疗队伍，解决当地最简单、最急切、最需要的医疗问题。因此我们小分队在化子坪公社的前半年，将主要精力放在了办赤脚医生的培训班上。

培训班就办在化子坪公社，县里各级领导都十分重视，积极支持。各公社一下送来了 92 名赤脚医生，他们认为只要有些文化就行，因此把队里的会计、文书之类表现较好的骨干人员都选送了来。大家的文化水平多数为小学到初中，水平参差不齐，可以说毫无医学知识。面对如此文化水平的学生，怎样讲解真成了当时一大难题。学医谈何容易？虽然我们分派来的队员内、外、妇、儿、耳鼻咽喉各科都有，但年轻医生较多，还有五名是随队同来的实习大学生，都缺乏教学经验。更何况，农村条件差，缺医少药，缺乏经费，培训班时间又很短，只有半年。究竟讲什么？怎么讲？这可难为了我这个小分队长。如果完全照搬西医的一套，时间不允许，所学非所用，也达不到培训的效果，培训完回到工作岗位后，无法开展工作，便不可能推广，很不实际。经过再三考虑，我选择以当地常见病、多发病以及急诊抢救为重点，再补充简单的生理、病理、解剖知识，给他们打一打基础，就算是“师父领进门，学习靠个人”吧！课要讲得生动易懂，让大家感兴趣。所幸这些选送来的同志，学习都非常努力，效果非常好。

当地中草药资源丰富，随手可得，既省钱又实用，此外，不少人本身就懂得中草药治病的常识。根据以上情况，我们认为这里赤脚医生培训班的课程应以中医药教学为主。但我们的队员中却没有一个中医医生，由谁来讲中医药学呢？

也只有我作为耳鼻咽喉科专科医生，在 1972 年参加过医院自办的各科主任“中医培训学习班”。现在既然要讲中医课，任务自然而然也就只能落到我头上了。可我当时虽是脱产学习，时间却不足半年，临床实践也很少，连我自己都只是一知半解，能将中医课讲得通顺吗？如果当初来之前，能预见到这些问题就好了，如今真是赶鸭子上架。

此时也顾不了许多，只能硬着头皮上了。为了讲好课，我把中医课程尽量向后安排并加紧备课。好在我带了一本供西医学习中医用的《新编中医学概要》，还收集了一些中医验方和偏方。时间过得飞快，一眨眼就到了讲课的日子。由于怕当场出丑，所以我总是备课到深夜，反复复习自己整理的讲稿，第二天才敢去讲课。我用西医的理论结合中医的用药，来讲我自己理解的辨证施治。除了自己收集的一些适用偏方、验方，我还把书本上的有效药方自编成口诀分发给赤脚医生们，并告诉他们用药要根据情况进行加减的道理。

就这样，中医药的课程最终是讲完了，但他们是否真正理解并能够实际应用，二十多年过去了，我至今不得而知。后来曾有一次重返延安考察的机会，可惜当时我重病在身，无法前往。

在为赤脚医生授课的过程中，我无数遍地复习了中医药知识，加深了对其理论及用药的认知和理解。而且因为我讲中医药课的缘故，大家都以为我是一位中医郎中，除耳鼻咽喉科的患者外，其他各种与专科无关的患者也都介绍给我，我实在无法拒绝。很快，我从北京带来的各种药品（主要是西药）就被用完了，我也只好开出中药处方来治病。什么风湿病、精神病、头晕、头痛、气管炎、哮喘、感冒等等，大大小小的各种病症，只要找到我，我都用中草药来治疗，均得到了当地百姓的好评，也使我更加相信中医的疗效，增加了我对中草药的兴趣。

1972 年参加中医学习班后，我在临床中仍是以西医用药为主。如今在安塞化子坪公社，没有抗生素、消炎药，就连常用的金银花、连翘之类的中草药也没有，只能用当地土生土长的药材，常常未经炮制就用于临床治疗。事实证明单纯用中草药也能很快见效！有一位扁桃体周围脓疡的患者，来就诊时脓肿还较深，不便切开，万万没有料到，吃了我开的两服中草药后，脓肿居然奇迹般地自己消散了……通过在延安大胆应用中草药的临床治疗，我这才真正相信了中医治疗的神奇功效。

有了以上这段经历，我回北京后才敢大胆探索用中草药治疗耳鼻咽喉科疑难杂症。当然我是很小心谨慎地进行的，但只要我下了决心就一定会坚持。好在我们医院里设有中医科，不少有经验的老中医如陆石如、董怀一等，都是我们的老师。20 世纪 50 年代初期，我还接触到一位京城御医张友松，他对我有较深的影响，不懂的我可以随时向他请教。我根据自己西医的思路，从中医的整体观念出发，不但注重局部，也重视全身，遵照中医的用药方式，合理调整用药配伍，适当加减用药剂量，在保证对患者无害的前提下，集中优势兵力，以求获得新的治疗方案。经过一段时间的摸索和不断总结，效果明显，事实证明走中西医结合的道路是正确的，也确实解决了以前书本上难以解决的某些难题!

这里我只举一个例子。有一位中年妇女患了突发性神经性耳聋，她本已在有名的北京医院住院治疗，这是一家设备齐全、技术非常雄厚的医院，与我们医院近在咫尺。她住院时，左耳已全聋，一系列西医治疗突发性耳聋最有效的药物全都用过了，经一个多月的治疗，听力恢复还是毫无进展!

那位女患者非常着急，让她的儿女们半夜就到同仁医院来挂我的门诊号。我虽不是治疗突发性神经性耳聋的专家，但患者找到我、信任我，我就有责任给她想办法继续治疗。按西医的说法，突发性神经性耳聋的病因虽多，但不外乎与病毒、变态反应、过分紧张劳累、局部血管供血障碍等有关。依据我院治疗突发性神经性耳聋的经验，西医的所有方法她全用到了，一个多月的治疗毫无效果，那么听力恢复的希望确实十分渺茫了。于是我就按自己的思路完全改用中草药，给她活血化瘀及缓解血管痉挛，以苍耳子、紫苏、防风等药物抗过敏，并加以利尿。由于患者在发病前一周确有感冒史，所以我加大了抗病毒的中医有效用药，如贯众、板蓝根、鱼腥草等，其他西药均嘱其暂停使用。想不到一周后，患者听力到了 25 分贝，再用药一周，听力又提高了 25 分贝，三周后复查听力已恢复到正常实用范围以内！患者十分高兴，叫道:“我什么都听得见了！”真是意想不到的奇迹，完全出乎我的意料。我本想再给她开七天以营养为主的中药方，可患者再也没有来复查！估计她是彻底治愈了……

我想，此病例能有这么好的治疗效果，应当是得益于我参加过支延医疗队的原因吧。

三、办专业眼、耳鼻咽喉科医生进修班

在安塞的前半年，得益于县党委的支持，我们北京同仁医院支延小分队顺利主办了赤脚医生培训班。为了进一步健全该县各大队的合作医疗制度，我们把队员分散、深入到各合作医疗点，帮助和指导赤脚医生进行诊疗工作，并开展巡回医疗工作。去延安的医疗大队是由北京的四个医院组成，即同仁医院、积水潭医院、友谊医院和朝阳医院，四院各有特色，作为以眼、耳鼻咽喉专科为重点的同仁医院，地区领导和支延医疗大队还给我们小分队增加了一个新的任务——培养延安市各区县的眼、耳鼻咽喉科专业医生。所以，作为同仁医院小分队队长的我（耳鼻咽喉科医生）和队员孔令媛（眼科医生）后半年的任务就更加繁重艰巨——因为眼科及耳鼻咽喉科的治疗大多以手术方法为主，时间限制在三个月，比赤脚医生培训班更短。我准备多讲一点书本上没有的诊疗经验，并将重点放在手术示教和带他们做一些简单的手术上，让他们在回到工作岗位后可以应用，使他们有所收获、不虚此行。

由地区选派来的32位县医院医生，也并非全都是眼科或耳鼻咽喉科医生，有的是其他科医生，有的则是护士。我们无权挑选也无法拒绝，就这样把他们集中在安塞的县医院内，办起了条件最差、时间最短、学生专业不同的眼、耳鼻咽喉专科医生进修班。我和孔医生一般是上午讲课，下午门诊，晚上做手术，星期天也没有休息。眼科的手术很少，而耳鼻咽喉科的患者，如慢性扁桃腺炎（病灶型）、慢性中耳炎（胆脂瘤型）、慢性化脓性副鼻窦炎等常见病、多发病，实在太多太多！

既然来到这里是为了延安市的医疗卫生事业建设，为革命老区人民服务，就不能怕苦怕累。当时我已55岁，在安塞悄悄过的生日。那时我身强力壮，一天还能步行40～50里。我想既然领导信任我，把办班和医疗的任务交给

我们，我们就不能怕麻烦，要全心全意开展工作。何况延安市及安塞区的领导，都尽可能地为我们创造条件，特别关心我们的生活，还不时来看望我们，在这种艰苦情况下，确实令我们很感动！

在安塞区的这段时间，每天从早到晚，我为进修医生讲课、做手术示范，为患者门诊。一边讲一边做，除了吃饭和睡觉，所有工作常常是连在一起，一气呵成，很少有时间休息，真是忙得不亦乐乎。在那里没人在乎表扬，也没人计较报酬，生活很艰苦，这的确是靠一种信念在支撑着。就拿做手术来说，有时一个晚上要做三台手术，不能说不累吧！

进修班结束以后，我留在延安市的时间就只剩最后三个月了。北京支延医疗队是每年轮换的，第八批不久就要来接班了，我们得在最后的时间加紧工作。于是我和孔令媛医生又单独组织了一个眼、耳鼻咽喉科队。队员中包括我们小分队同来的一名眼科护士和一名耳科护士，还有一位延安市医院来进修的医生，她曾学过麻醉，一位延安市甘泉县医院的妇产科医生，也是这次进修班的学生。我们一共六人，除我外其他五人都是女同志，任务是下到其他公社去巡回医疗。公社与公社之间相隔都在十里之遥，多半是些崎岖山路，交通极为不便，完全靠步行。

公社卫生院环境和设备比县医院更差，我来公社不单单是看门诊患者，还要用手术解决问题，像鼓室成型这样的精细手术，我仍照做不误。但要把治愈的时间估计好，避免重复换药，影响我们下一站的行程。这些问题也好解决，各公社都有我们培训的赤脚医生，几十里的路程，必要时我也可来回走几趟。有的同行问：“没有显微镜，你能保证患者的听力肯定能提高吗？”我的回答是：“没有金刚钻，不揽瓷器活！”没有把握的事，我绝不会去做！就这样，我在延安的最后半年，总共做了大小手术共248例，其中耳科手术整整100例，还包括1例非耳鼻咽喉科范围的手术——剖宫产。

四、剖宫产

一天，我们眼、耳鼻咽喉科队来到了安塞区最边缘的镰刀湾公社，这里离华子坪公社 30 里，离延安市 120 里，是一个交通极不方便的地方！再往北就是榆林地界，据说三国时期的貂蝉就是出生在榆林，当地老乡风趣地说，那里是沙漠地带，什么都不出，就出美女！

我们去镰刀湾公社是吃过午饭后才动身的，女同志们走得慢，行李放在大车上摇摇晃晃，一路说说笑笑、走走歇歇，全身舒畅轻松，倒也十分开心，这可是城市里享受不到的乐趣。30 里的路程，直到傍晚时分，才赶到镰刀湾公社所在地。刚到那里，行李都来不及从大车上放下来，就有人急忙忙地跑来求救！原来是当地的一位妇女难产，已经有两天了！我和孔医生一个是眼科，一个是耳鼻咽喉科。眼科的手术最为精细，耳鼻咽喉科还能做一些比较大的手术，如喉摘除、上颌骨摘除之类，至于我参加剖宫产手术当助手是做实习医生时期的事，距当时已有 30 年了。毕竟我还没有单独做过这样的开腹手术，又没有手术学或图谱可供翻阅，仅靠记忆来了解一些手术的步骤，对我来说真的是遇上了大难题，大大的难题！

那时我们队的外科医生和妇产科医生都不在化子坪公社医疗点上，他们都已下到了较远的大队，距镰刀湾公社有 60 ~ 70 里的山路。那边没有电话，即使派人去通知，也是远水救不了近火，何况胎儿已死在母亲腹中两天了，早已听不到胎心的搏动。打电话从延安叫救护车来吧，山路崎岖，汽车要涉水过河多次，从安塞到镰刀湾这段路的路面高低不平且狭窄，这 120 里的山路，一路颠簸，产妇极易发生大出血，可能等不及送到延安，就因流血过多而半路死亡。我左思右想，真是为难，这可如何是好呢？好在延安市的两位进修医生中一位做过麻醉，一位有妇产科的经验，而镰刀湾卫生院虽没有妇产科医生，却有外科用的全套器械，但从来无人使用过。于是我们几个在一起商量，从挽救产妇生命的角度出发，向家属说明情况危急，征得他们的同意后，决定由我来承担这次就地手术的一切责任，当时也只有我这个分队长能做手术的最高决策者了。我们稍事休息，在吃晚饭时又重新研讨了一下行动方案以便建立信心，做到术前尽可能心中有数。饭后，由我分配任务，亲自主刀担任术者，由甘泉县医院的医生做助手，延安市医院的医生任麻醉师。

我们选了一间较为宽大的平房作为手术室，上面露瓦，下面是泥土地，打扫干净后搬来一张简陋的手术床，在坑洼不平的地面上洒上来苏水，算是消毒。再将一块大白床单浸湿后高悬在手术床的上空，以防屋顶上的灰尘掉落下来。在器械、敷料全部高压消毒后，先给产妇全麻，既没有喉管可插，也无氧气可供，实在是没有安全感，但我也只能完全信任这位并不了解的麻醉师，一切全靠她全神贯注、人工监视，以保证手术进行中的安全性。我和助手刷手、泡手，戴上橡皮手套，在产妇腹部按常规消毒后，四周敷盖上消毒巾。然后我与助手密切合作，从正中层层切开腹壁，止血，迅速进入腹腔，好在因妊娠膨大了的子宫就紧贴在腹壁下面，子宫已呈收缩状态，紧紧裹住死婴的身体，因此可以放心切开子宫，不用担心伤及婴儿。接着我们取出死胎并分离出胎盘！为了防止术后大出血，我和助手都分别仔细检查，确定绝对没有胎盘残留后才放心。这时才总算松了一口气，并立即给患者打了一针脑垂体后叶素。子宫在胎儿取出后很快缩小，我们立即缝合子宫切口，再分层缝合腹膜和腹壁，手术最终顺利地完成了。

说来也奇怪，这么大的手术，这样简陋的条件，没有任何抗生素、消炎药可供使用，该患者竟靠自身强健的体魄和顽强的抵抗力，没有发生感染化脓，没有发热，没有术后出血，七天就伤口愈合拆线。一条岌岌可危的生命，又从死亡线上胜利夺回来了，大家都很欣慰。

一个耳科医生，去做妇产科的剖腹取胎手术，是在特殊的条件下发生的一次冒险行为。能获得成功，是协作与互信的成果。假如结果相反，抚躬自问，不管会受到什么样严厉的批评和处分，也会让我遗憾一生……

五、在农村用最简单的手术方法摘取最危险的喉部肿物

有一次突然遇上一位特别严重的患者：他声带左侧稍上方发生乳头状纤维瘤，虽然是个良性肿物，但因为得不到及时有效的治疗，已增长到 1 厘米以上，且能上下活动。如果这样大小的肿瘤生长在别处，也不足为奇，但它却生长在咽喉要冲，可谓一夫当关，万夫莫敌之地。不仅声音受影响，而且已有明显的间断性呼吸困难，对生命构成威胁，因此对于这样的患者，已时不我待，应立即除去肿物。

对于喉部有肿物的患者，依据其体积大小及病理性质，如在城市可先做气管切开，保证患者呼吸通畅，再做喉裂开术，摘除喉部肿瘤，这是最安全的选择。但在安塞当地那么简陋的医疗条件下，却只能选择最简单，对患者来说也是最危险的方法——患者取坐位，一人操作，在咽喉黏膜局部麻醉后，只要患者不恶心了，自己用纱布块（防滑脱）揪住自己的舌头向外拉住，使咽喉腔变宽大，但绝不能松手。然后术者左手持一面带长把的直径约 2 厘米的喉反光镜放在咽的上方，挡住悬雍垂（俗称小舌头），再用戴在头上的额镜或电光反射到喉反光镜上，镜面斜向下，以照亮喉部，这样从此镜面上就可看清楚肿物所处位置。再用右手握住弯 90 度的咬钳，伸入喉腔即可从根部摘取肿物。术后伤口小，患者能正常活动，用不着住院护理及药物治疗。但镜中的图像完全是相反的，视野也受一定的限制，术者必须兼备技巧、速度与经验才能进行。一般只适合较小的良性肿物，如声带小结、声带息肉等，还可用来摘取咽喉部的异物。像如此大的喉纤维瘤，摘除后在取出时绝不能碰到周围组织，否则会脱落堵住声带，尤其是对这个已有呼吸困难的患者，没

有绝对把握，绝不宜采用此法，实际上我这是一次极端冒险的行动。

喉部纤维瘤质地较硬，分广基和带蒂两类。如果肿瘤是广基的，瘤体不能活动，体积也大，就只有采用别的方法——喉裂开术来进行摘除。假如肿瘤是带蒂的，就应该有一个细小的根，像水果一样，果实虽大，却有一个细长的把儿。这位患者，通过喉反光镜从上向喉腔看时，虽然蒂被瘤体遮住，看不到它的大小与长短，但仍可见到瘤体随呼吸上下轻微活动，所以我断定它肯定是有一个蒂存在的。

采用此法来治疗这位患者，无异于铤而走险！用常用的一句口头禅来形容，就是“明知山有虎，偏向虎山行”。纵然在北京采取此方案来治疗同样大小肿瘤的患者，危险也是随时存在的。但是在自己熟悉的医院，一切抢救设备齐全，人手也能各司其职，随叫随到，即使突发意外，也能及时化险为夷。而在安塞化子坪公社卫生院，绝无在北京那么好的条件，在这里要采用如此简单的方案去摘除声带上这么巨大的肿瘤，完全要靠术者的经验，要有绝对的把握，丝毫都不能错，否则会遗憾终生。武松敢打老虎，敢上山去冒险，是因为他有打虎的实力，否则也就只能被老虎咬伤咬死。而医生呢，虽不会因手术导致自己死亡，也会名誉扫地。尤其是在今天的法制社会里，即使你出发点是好的，如果患者在手术时窒息致死，也将有口难辩。选择这样的方式做手术，如果事与愿违，出现意外，确实是医生最不愿见到，也是最可怕的结局。我凭着自己的一腔热情和做耳鼻咽喉科医生 20 多年的经验，一切只从患者的切身利益考虑，居然就决定采用如此简单且最具危险的方案施行手术，简直是置自己于不顾了……

手术中我全神贯注，在反光镜下，用弯柄钳子迅速死死咬住了肿瘤的蒂部不松手。按照平时的习惯动作，用巧力将钳头顺势沿左声带上部边缘夹住肿瘤蒂部向前、向后挫动，并稍微向两侧旋转，将肿瘤与声带上部咽壁的蒂分离，用力又不宜过大，以防止将黏膜大片撕裂。然后再猛然上提，以迅雷不及掩耳的速度，将肿瘤连根带蒂从喉壁上揪下来。这些动作一气呵成，前后也就不超过一分钟的时间。但在取出过程中，又要小心避免钳头或已揪下的肿瘤碰撞到咽喉腔的四周，否则肿瘤就会从钳头上掉落下去。一般钳子夹住肿瘤时，只要钳子上提离开声门，患者就可立即呼吸，如果肿瘤从钳头上脱落下来，肯定会被吸入气管或卡在声门之间，顷刻间患者就会窒息而亡。当时我之所以敢做此手术，靠的就是平时训练有素。这样手术伤口极小，不会有大出血，患者呼吸立即畅通，声嘶很快恢复，伤口愈合快，谈不上发生感染的问题，只要声带肌肉不受伤，也不会残留任何后遗症。

在农村采用此手术方法，做这么大的咽喉部肿瘤，虽然是十分危险，但如我所愿，起到了立竿见影的效果，就这样我又闯过了一道险关，在如此简陋的条件下，为患者解决了随时有死亡危险的难题。

当然要使得这些摘除喉部肿瘤动作熟练、连贯、一气呵成，并非一日之功，需靠平时在反光镜下，以模拟的方式，经过数十、上百次的不断练习，可以先用取咽喉部异物的形式进行。只有达到炉火纯青的程度，才能应用到为患者手术的实践中来。实践中也应由小到大，先摘取声带小结或声带息肉。没有绝对的把握，在反光镜下摘取咽喉部较大肿瘤实不可取。

附：摘取喉部异物锻炼的绝招

徐教授有一个锻炼摘取喉部异物的绝招——示教瓶。

先准备好一个不透明的瓶子，如杏仁露铁罐或同等大小不透明的玻璃瓶。瓶口可大可小，瓶底部装满新的纱布，并让它高低起伏不平，撒入常见的异物，如大头针、豆粒、小石头、骨头、曲别针等等。然后，将两条胶布模仿声带张开时的样子贴在瓶口，用以缩小瓶口。

之后按常规操作，用喉反光镜照射瓶内要取出的异物，再用右手持弯 90 度的咬钳，伸入瓶底摘取所要取的异物，且不许带动纱布条，这已经够难的了。我则在此基础上，将纱布弄得高低不平，再撒入更小的芝麻粒，还将大头针正插或斜插在纱布条内，仅露出小点状针头。新纱布上有细毛，摘时不能带动纱布，就更增加了难度。只有这样反复练习千百次，才能上阵不乱，在取咽喉部异物时易如反掌。所以我在取声带小结或小息肉时，也练就了将两侧一次摘除的本领。

奇特的病例

心悟集

从颅内异物来源不明谈起

2006年6月13日，我看到中央电视台《法治在线》栏目播出一则官司，突感兴趣。事情发生在河南省，有一名患癫痫多年的患者在商丘某医院为找病原拍头颅X光片时，竟意外发现颅内左侧有一金属异物存在。当时认为是一颗螺丝，至于螺丝怎么会跑到颅内，患者一无所知。围绕螺丝的来源以及如何会进入颅腔，工作人员从患者的生活习惯、职业等多方面进行模拟分析，一一都被排除，全无所获。脑子里存在一颗螺丝形状的物质，显然是个不小的“谜”。但患者癫痫发作，完全可以肯定与此金属异物有绝对关系，因此医生决定为患者做开颅手术取出异物。由于异物存在颅内的时间实在太久远，周围长满了肉芽组织和疤痕结缔组织，被包裹得严严实实，与脑组织分离时遇到极大的困难，费了六个小时才被完整取了出来。手术是成功了，癫痫发作能否得到缓解或痊愈，还需要时间来考验，这些暂且不提。

但是，将从颅内取出来的异物周围包裹的肉芽组织和结缔组织剖开后，发现其内容物不是螺丝，竟是一颗子弹头，令在场的医生百思不得其解，患者也是说不清道不明，问题变得更加扑朔迷离。根据我与神经外科长期会诊的经验，金属异物存在于脑组织或其他器官内虽可被厚厚的结缔组织包裹，但金属的外形不可能被掩盖，且螺丝与子弹头在X光普通平片上的显影差别也十分明显，不会变形，应该可以及时鉴别。

我从电视中播出的那张 X 光片正面颅骨处已经注意到它与螺丝有很大的区别，但未见到侧位片，异物应是在左眼眶的后面尖端朝左下，底端在右下，以其长度及形状而论，推测它不是一颗手枪子弹，应是一颗步枪子弹，说明射程较远。当然我没有见到实物，只是妄加分析。

术后，经过大家的追问与引导，患者苦思冥想，最后终于回忆到多年前有过这样一段不寻常的经历。那时他还是个中学生，一天夜里从学校回家途中，突然倒在路上不省人事，后被学校发现，送往当地一所医院救治，昏迷了七天七夜，终于又苏醒了过来。25 年前当地一所不大不小的医院，设备一定很差，技术水平也不好说，可能因为没有能够了解导致患者晕倒原因的相关信息，且得不到送来人的旁证，又没有发现其他脑症状或神经方面的变化，就忽略了进一步去查找原因，没有做出相应的正确的诊断，也没有进一步的诊疗，患者就这样糊里糊涂地算是痊愈出院了，当然患者后来也没有因为癫痫发作而再去该院复查。

根据电视节目中一连串的叙述，患者再去找当时住过的医院问询，25 年过去了，该院早已改了名称建设一新，不但病案找不到，许多当事者都已离去，谈及此事已无人知晓，无从查考。但另有些人可以证明，现在这所改了名称的医院肯定就是癫痫发作患者 25 年前住过的那所医院。于是问题来了，患者把学校和医院一起都告上了法庭，要求赔偿各种损失费共计 50 万元。初审认为事情已过去 25 年，未予受理。患者继续向上级法院起诉，要求赔偿，这一次法院认定 25 年前该医院对患者住院七天七夜、人事不省没有检查出原因，引发患者长期癫痫发作，负有责任，因而判处该医院赔偿患者 27 万余元，但认定学校无任何责任，无须赔偿而结案。

以上所述，我能回忆起来的情况大致如此，因当时未笔录或录音，难免有差异。

无独有偶，经过以上这个《法治在线》案例的提示，我突然回想到在 20

世纪40年代后期，我还在上海做外科实习医生时也见证过这样一件离奇古怪的案例——异物来源不明、在人体内存留多年，但不是在颅内，而是在腹腔内。当时有一位30多岁的壮汉出现右下腹部疼痛，经当时住院总医师急诊检查，诊断为急性阑尾炎，准备立即开腹手术，切除阑尾。那时我在实习，只负责问病史、写病历、做化验和做手术时的拉钩。住院总医师切开肚皮后，从头到尾的手术过程中我的任务就是左手一只钩，右手一只钩，还不是自己把钩放进去，而是手术者根据他的需要把双钩放好位置后，我的双手把钩接过来向外拉开，并在此固定，不得有所松动，影响视野，所以我对手术过程看得一清二楚，记忆颇深。

这次手术结果与最初诊断不符，打开肚子一看，旁边的人都惊呆了，原来并非阑尾炎，而是一把小尖刀从盲肠区钻了出来，大部分裸露在腹腔。因为没有X光事先检查，任何人都没有预料到。等把周围和包裹的粘连组织向下一直分离到直肠，竟发现一把能折叠、并不锐利、已经有些生锈了的水果刀，其刀把用粗麻绳绑在一根从未用过的铅笔杆上，还沾满了半干涸的陈旧粪便，由于刀和铅笔杆绑在一起，其长度在20厘米以上。这位“不速之客”看来似乎是从腹部斜刺上来的，中间多处穿通肠壁。在场的人沉默了一会儿，复又议论纷纷，万分惊异，都未见过如此特殊的异物，多次贯穿肠子与肠子、腹膜与肠系膜，真是闻所未闻，见所未见。这么长的东西存在于腹腔已非一日，没有感染化脓，没有影响他的生活和工作，令人百思不得其解。如果不是亲眼所见，实在令人难以相信。

阑尾手术为中小型手术，那时主要用腰麻，所以患者完全是在清醒状态下，但一问也是三不知，令人甚是费解。原本手术的目的是治病救人，切除阑尾就达到了目的，十分简单。而当时的情况导致手术变得复杂多了，切口要向下延长扩大，还要少损伤其他正常组织，千方百计把这长形不干净的异物逐步分离，并完整取出。别忘了，它是多次穿通肠管的，手术不可避免带来了污染，因此最重要的是防止术后感染，避免发生腹膜炎，引发其他并发症。好在那时青霉素、链霉素尚未滥用于临床，少量注射即获得奇效，术后平平安安，按时拆线，一期愈合，也是个奇迹。

关于这次手术奇遇，了解异物到底是如何进到患者肚子里去的这个特殊任务就落到我这个小医生的头上来了。患者听完我的讲述和分析，都感到奇怪和可怕，怎么会有这么长的刀子和铅笔插进肚子里面而自己毫不知情呢？他回答："什么时候进去的，实在不知道。"在我再三追问下，患者终于回忆起一段发生在十多年前伤心的往事。那是在抗日战争初期，他被日本兵抓住，被迫做挑夫。日本兵看得紧，想逃又逃不了，一日三餐吃不饱，要骂就骂，喊打便打，过着非人的日子。因为战场频繁移动，他也挑着日本兵沉重的装备没早没晚地跟着乱跑，每天都弄得疲惫不堪。有一天凌晨，因睡过头，只觉得肛门处一阵剧烈疼痛，同时日本兵吆喝着，鞭子抽打着，众挑夫们也从睡梦中被揪起来，个个手忙脚乱。为了活命，他也顾不上肛门和腹内的剧痛，爬起来赶紧挑起担子跟着上路。时间久了，肚子慢慢也就不痛了，也就没把它当回事，早就忘了。要不是这次手术，他还真不知道肚子里有把绑着铅笔的刀子，至于是否与十年前的那次肛门和腹内剧痛有关，还是另有其他原因并不确定。

我如实向上级医生汇报了患者的叙述，大家认为事实比较相符，患者不可能选择这种痛苦的自杀方式。好在手术后一切顺利，患者高高兴兴地出院了，也解决了我们对他腹腔内异物来源的疑问。

事后，我们都觉得这是件令人难忘的杀人怪事接近于天方夜谭。

第一，用这种方式制作的一把刀子，从肛门刺进肚子里，外面没有留任何痕迹，患者从未想到过是遭人暗算，而刀子绑着铅笔杆还这么长，在腹腔内又多次刺穿肠壁，不说七进七出，至少也有六进六出。首先从肛门刺入，后穿破直肠进入腹腔再穿透小肠，由腹腔又穿进回盲肠部，最后刀尖又从阑尾上方刺出来，暴露在腹腔。肠管里面是布满了细菌的，刀子、铅笔和麻绳三者都未经消毒，无一样是干净的。何况异物多次穿过肠壁，又反复经过腹膜腔，腹膜腔是绝对干净无菌的。在麻绳捆绑的部分还带有肠道中陈旧的粪便，应该是严重污染了腹腔，但当时和事后都没有发炎、化脓引发腹膜炎，真是太令人匪夷所思，只能说明此人自身抗感染力有多强了。

第二，刀子绑在铅笔杆上，增长到20厘米以上，如果稍向上或向后偏离刺及腹腔内任何一个重要脏器或是腹主动脉、主静脉等，即使有今天这样的先进技术和设备条件，恐怕还来不及抢救，患者就因大出血死亡了。如果当时刺断输尿管或刺中膀胱，即便不致丧命也会留下严重的后遗症。因此，对此人来说不是奇迹也是实属万幸。

第三，且不说有把刀子，即使是根长约20厘米的筷子杆，既横且斜插在半边肚子里，刺进去时肯定是其痛无比，已非一般人所能忍受，可他还要挑着沉重的担子不停地赶路，有口难言，需要有超人的毅力。虽有关云长刮骨疗毒，也非能及。正是因为做亡国奴的痛苦，既怀恨在心却又无法反抗，为了活命，在万般无奈下，只能忍气吞声、咬牙切齿，忍受腹中的剧痛，去战胜自我。这段经历已经被忘记十多年，要不是我紧紧追根溯源，抓住异物是怎么进去的问题不放，也不可能获得如此复杂的情节。我想当时一个乡下的老百姓，字都认不了几个，编是编不出如此离奇的故事的。

第四，这么长的一根铁锈斑斑和木杆的异物，竟在肚子里存在十余年之久，除了这次有类似阑尾炎发作症状，患者自诉平时从无其他不适，丝毫未影响他蹲、坐、转身、弯腰以及其他饮食起居等日常生活和农忙工作，岂不有怪哉！

大家都难以想象。我始终有点将信将疑，也许那时还年轻，还有其他细节没问到，总之，农民这样朴实，相信他不会夸张。

过去，每向朋友们、同事们谈及此事，大家都非常气愤，日本兵受日本军国主义的熏染，实在是太狠毒了，失去了人性！从古至今，倭寇一直虎视眈眈我们中国，到20世纪30年代发动侵略战争，占领我国大片河山、奸淫掳掠、杀人放火，无所不用其极，这段历史中国人一定要永记在心。

这里顺便说一说我们当时的外科住院总医师，他是湘雅医学院毕业的，人是聪明绝顶，也自信非常，得到医院外科主任的信任，负责管理医学院外科200～300张病床和30～40位住院医生、实习医生。每晚夜间查房，后面跟着一大群医生，好不威风。他说一不二，做出的诊断及诊疗我一向深信不疑。这一次他的术前诊断错了，说明任何事情不怕一万就怕万一，人都难免出错的。

回过头来，再谈谈《法治在线》中谈到的对医院的罚款，我作为一个医生，总觉得该医院有点冤枉，罚之过重。

一、我认为最应负责的人是开枪打中他头部的人，是让他失去知觉达七天七夜而后又让他长期患癫痫发作的人，此人至今仍逍遥法外。不管怎么说，他应该是凶手，是主要罪犯。至于收他入院的医院，无论如何也不该负主要责任，这一点应是很清楚的。而凶手是否能追查出来，由公安机关来办，时间虽久，总会有些线索的。

二、如果送他来医院救治的人，了解一些情节，早知道他是中弹倒地，医生一听就会明白，诊断就绝对不会有错，能治的治，不能治也会立即转上级或能治疗的医院。可送他来的人完全不知他倒地的过程和原因，而患者被送来时已不省人事，没有主诉，醒来也没想到有人开枪打他，哪怕是能记起在失去知觉前听到枪声，案子也都早清楚或解决了，不会等到25年后，由医院来承担责任啦。

三、医院最大的错误是没有及时发现或检查出患者颅内有颗子弹。是责任事故还是技术事故，要根据医院当时的设备条件和技术水平来定，这样比较合适，也比较公平，受罚者也能心服口服，有利于分辨是非。尽管按设备条件来说25年前该医院是否有最简单的X光机，我们不清楚，但当时X光胶片要依赖进口，比较紧张，也较为昂贵。那时的消费观念与今天完全不同，能节约的尽量节约，当然如果病情有必要，我相信医院也会不惜成本，给他照X光片的。我也相信25年前的医生，绝不会因收费问题而拒患者于门外。假如已认为颅内是有颗子弹，那是肯定会给他照的，即使本院无X光机，也会立即转院或等患者七天七夜醒来后，转到有X光机的医院去会诊明确诊断，任何医院也不愿背这种黑锅的。

如果中弹发生在25年后的今天，莫说人有昏迷的症状，即使没有，为排除外颅内其他疾患，医生一旦有所怀疑，不但会给照普通的颅骨片，还会照核磁，所以设备条件很重要，节约与浪费在不同时间概念也有所差别，技术水平比设备条件更重要。医院的设备条件即使都已很先进，假如不会利用，也是枉然。所以医生的技术水平不高，又缺乏某方面的理论知识，或还没有遇到此类病例，或没有获得与总结这方面的经验，诊断抓不住重点要领，即使出现患者所患疾病的特有指征，也思考不到点子上。作为年轻医生，这是常有的事，特别是从学校刚出来参加工作的人，乏人指导，都是难免要出错的。因此即使是大学本科毕业，甚至学历更高，没有一点临床经验，想要他（她）诊断治疗面面俱到，一时间怎么可能呢？那就太难为他（她）了。而且医学学无止境，所以在参加工作之后，医院对医生的技术培养，包括心理素质的进修提高，要有计划地一抓到底，永不松懈。

至于技术进步的快慢、个人思考的敏锐，这和他（她）所处的工作环境密不可分，毕竟知识来源于不断地实践。在较大的医院，实践的机会较多，自然见多识广，对各方面的提高必然会快，但也需要时日。我国有句至理名言，“师傅领进门，修行靠个人”，对每位医生都非常实用，技术的提高要靠自我努力，自觉培养，永不放弃。自己不努力，跟不上进步，即使处在一所条件很好的大医院，也会被后浪推前浪，日久便被淘汰。

随着科学的进步，医学也在不断地发展，一个人的能力有限，不可能面面俱到、全都掌握。因此在今天，分科越来越细、越来越多，医生必须在分科的情况下学有专长，这已都成为现实。

但我认为，这种情况对患者有利也有弊，作为医生以治病救人为目的，还是应该知识面越广越好，起码要懂得有关的鉴别诊断。所谓一专多能，在分科分工不那么精细的医院，整体观念、全身观念，就显得格外重要。敢于承担责任，这是作为医生应尽的义务和应有的医德，防止互相推诿，也是急待解决的问题。至于如何解决，需要细致耐心的不断研究。

气管切开遇到了血友病

血友病是一种与家族遗传密切相关的疾病，因为患者血液中缺乏凝血因子成分，故轻微的外伤就可引发局部出血不止。最危险的是患者以往从未有过内伤或外伤出血的病史，而手术前常规血液化验出血时间或凝血时间都正常或稍延长，不足以表明患者有潜在出血不止的倾向，无法引起手术医生的注意，可想而知，其手术过程是极为可怕的，甚至可令术者惊慌失措。

20 世纪 40 年代，我还是个学生，老师授课曾提及此病，并讲到一位牙科医生拔牙的遭遇。患者正是位血友病患者，医生事前毫不知晓，结果拔牙之后，局部牙槽流血不止，竟危及生命，我对此永记不忘。过去许多外科医生对此种血友病潜在病例，莫不有谈虎色变之感。幸好此病在临床上极为罕见，如果真的遇到需要做手术的患者，特别是需要做较大的手术，确实了不得，因为以往对此类病例尚无良好的止血办法。

现如今，已将该病细分为 A、B、C 三类。前两类称伴性隐性遗传性疾病，女性不发病，仅为遗传携带者，只有男性家族成员才发病。第三类不属伴性隐性遗传，男女均可发病，但更为少见。遇到此类病例出血不止时，可采用多次输给同型的、健康的他人新鲜血液以维持血液中抗血友病球蛋白浓度的方法来达到止血的目的。如果已确定是 B 类或 C 类，则可输血浆直接补充凝血因子。除此之外，还可用肾上腺皮质激素、雌性激素、抗纤溶药及中草药等辅助疗法。因此对于非做不可的外科手术，只要事先有准备仍能进行。

在我的医学生涯中，也就遇到过一次患有血友病的患者，那是在 20 世纪 60 年代初期，北京市第六医院有一位不得不做气管切开术抢救的患者，术后局部出血不止，量虽不很大，却呈弥漫性，似泉涌般，不论是皮肤、皮下组织、肌膜还是创面无不出血。周围肌肉虽未被刀伤及，但由于拉钩牵扯，也发青发紫、略微隆起，说明也有内出血。用纱布压迫创面，仍不断外渗，很快就吸满了血，幸好未伤及甲状腺。此时，止血钳毫无用处，血液不断从毛细血管外溢，插入气管套管的周围应留有空隙，血液因不能自凝，必然像水一样向气管造口内流入，刺激患者不停地咳嗽。套管当然不能再拔出来，否则流入气管的血会更多，时间久了，肺泡内积血过多，将会发生呼吸困难。为避免因血液及空气的压力过大，顺着分离开的颈前肌膜进入纵隔，发生纵隔血肿或气肿，只好撤去缝线，把伤口敞开，血液不凝固，不停地从伤口渗血，如此等待下去总不是办法。六院的医生们，谁也没遇到过这样的情况和病例，事前当然毫无准备，气管切开后出血不止，才考虑到是血友病在作怪。

这里要先谈谈我与六院的关系，因为我的爱人从 1950 年起就分配到六院（那时还叫道济医院）工作，所以我们最早的家就在该院附近一所宿舍大院内，距离六院也就约 5 分钟的路程。因在同一个院内居住，我与当时六院的大部分医生们都认识，与耳鼻咽喉科的冯榆春主任特别熟，她在北京市耳鼻咽喉专科医院时我们就经常一起参加一些学术性活动。基于是同行及与六院的特殊关系，他们遇到难题常常找我商量。这天晚上，冯主任第一个想到的当然是我，托人带信给我，让我先有个思想准备，我自然也不会推辞，毅然前往手术室。冯主任亲自给我介绍了手术过程，并邀我直接参加手术。我脑子里飞快地闪过很多念头，那时还没有吸收性明胶海棉，没有生物膜之类的止血外用物品，也不懂得输新鲜血液或血浆等替代疗法以补充凝血因子。何况是在夜晚，一时间要取足够用的鲜血，且采集时间不超过 6 小时，实在难以办到。而电灼电凝固止血的方法虽然早有了，但对像这样的弥漫性出血，这样广泛的面积，用电烧的办法，肯定会影响创面的愈合，也是不可取的。我思前想后，最终考虑只能采取局部压迫止血的方法，还不知能否起作用，在没有其他办法之前也只好试一试。当然这也不能从外部用绷带加压包扎，否则不但起不了止血的作用，还会影响患者的呼吸和颈部大血管的循环，造成头脑缺血、缺氧，看来只有在缝合伤口上下功夫了。我首先想到的是，即使采用两侧创面对创面的紧密加压缝合，也必须首先暂时减少或停止弥漫性出血，让伤口清洁，视野清楚起来，才能有利于在缝合时不致有任何死腔或血液停留于创面与创面之间。否则不但影响缝合，也影响伤口的及时愈合，或仍会继续出血不止，而达不到应有的压迫止血作用。为解决缝合时弥漫性出血这一关键问题，我考虑在伤口周围适量注射加有肾上腺素的局部麻醉液。既可减轻患者因缝合引起的疼痛而躁动不安、血压升高、出血增加，还可使毛细血管收缩，而且在组织间隙中注入些液体，本身就可起到直接压迫小血管，使出血减少或停止的作用。另外，肾上腺素还可阻止注射液体被较快地吸收，使其在组织间隙停留的时间延长，自然止痛止血维持的时间也长。创造了这个条件，有效的缝合才能按计划进行，最后达到局部压迫止血的作用。

事先有了这样止血的想法，我戴上手套、穿好手术衣，上了手术台，并亲自调配了肾上腺素与普鲁卡因的比例。局部注射后，果然很快停止了出血，视野立即清晰起来，我又换了一个与气管造瘘口大小相当的气管套管，尽可能使其周围不留空隙，以防止术后肾上腺素的作用消失后，血液继续向气管内渗漏。然后我不紧不松地、间隔均匀地用细丝线分层缝合肌膜、皮下组织和皮肤，绝对不让组织之间留有腔隙，以避免发生血肿，防止达不到创面对创面的直接接触，起不到压迫毛细血管的作用而导致在术后继续出血。一般气管切开后，切口小，皮肤可不缝合，我在套管上方缝合一针，主要是怕喉阻塞的患者呼气时压力过大，空气经由套管周围的空隙排出而发生皮下气肿或纵隔气肿。但对于此患者目前主要是止住弥漫性出血，考虑到已换了与气管造瘘口大小一致的套管，比较严密，为了达到止血的目的，这次不能留有任何创面外露，套管上下都予以缝合，在套管柄下方垫置一块纱布，将套管用带子打结固定好，在手术室观察了约一小时左右，确认局部已不出血了，才送回病房，并嘱咐继续注意观察有无出血、皮下气肿或套管刺激等症状。

结果是日夜平安无事，7 天后撤除了缝线，伤口完全愈合，之后顺利拔出套管，亦不见伤口再出血，原以为十分棘手可怕的血友病，用此最简单的办法就解决了不停出血的难题。

为狂犬病患者做检查

事情已经过去很久了，大约是在 1953 年，同仁医院的病房大楼正在加紧建设中。那时医院的急诊室还在旧中楼内，即尖顶楼的第一层，地方很小，像是个狭长的过道，连着一间六边形的房间，也就 20 平方米左右。旧中楼是座砖木结构、老西式的三层楼房，尖顶共有三个，前面两个，后面一个，直插天空，尖顶下面的房间都呈六角形，窗户多，光线充足。尖顶楼多年来独此一家，故一直为同仁医院标志性建筑，也是主楼，有近百年的历史了。在以前尖顶谁也没上去过，据说后来拆建门诊大楼时，天花板上面还发现了一把宝剑。

一天上午，内科翟树职主任突然找我去会诊，我急急忙忙带着耳鼻咽喉科医生工作时永不离身的唯一法宝——额镜就赶到了急诊室。翟主任正等着我，他说："这人真怪，舌头僵硬，说话口齿不清，动作很奇特，还没搞清楚是患了什么病，我想给他检查一下口腔及扁桃体，他却非常紧张，怎么也配合不好，嘴张不大，如何来检查呢？故请你来看看，有没有与你们科有关的体征。"我听到后说了声"好吧"，就戴上额镜，要了一根一次性木质压舌板，把立灯打开，调好了额镜与灯的距离，把光线反射到要给患者检查的部位。然后令患者张嘴，右手持木质压舌板，想放进口腔，压住舌头，看看咽部，可患者的牙齿虽张开了，却张不大，只能放进约一个指头，距离远远不够，这如何能把舌头压低看到咽部呢？只好叫患者把嘴再张大，可患者就是做不好这个动作，我只好抽出压舌板，亲自做示范，做张大嘴的姿势，告诉患者尽量张大口，我才能检查。患者点了点头，似乎很明白我的意思，也愿意合作。我再把压舌板放入他口中，并说“张大，张大”，患者尽了最大的努力，可嘴仍旧张不大，牙齿分不开，结果是两侧口角向外扯，把上下牙龈都露了出来，成了龇牙咧嘴，这不但无法检查咽部，就连口腔也看不清。我实在想不通这到底患的是什么病，怎么这么简单的张口动作都完成不了呢？但我又不甘心，只好说：“再坚持一下，张大，张大。”这时我已注意到患者非常想合作，却是力不从心、身不由己，大脑已失去了对肢体的控制，故而动作失调，不听使唤，但还没有达到神智丧失的状态。时间稍久，患者的双手举起来了，我以为他要抓我的手，而他的手却是在摇摆颤抖，显得很紧张。与此同时，面部肌肉绷得紧紧的，毫无表情，眼睛也睁得大大的，黑眼珠全露了出来。双眉向中间紧锁，眼睑内收，眼眶成了三角形，面肌也开始不停地抽动，样子真是可怕极了，可用八个字来形容——凶光外射，凶相毕露！但仔细琢磨患者神情，患者表现惊惧之状，休息了一会儿，患者也逐渐平静了下来。我考虑了一下，再检查咽部已无意义，刚才出现的情景，很可能是由于检查刺激了患者，引发出来的一种病态表现。

这究竟是什么病呢？又不像破伤风，那时小儿、成人患破伤风的还真不少，破伤风发作时呈苦笑面容、牙关紧闭、脖子发硬、全身肌肉呈强直性痉挛，由于腰背向前挺，很像张弯弓，所以称角弓反张。发作厉害时，喉肌痉挛，可发生窒息，出现呼吸、心力衰竭，所以患者根本就无法坐着。但更不像癫痫，癫痫俗称羊角风，发作时面色苍白、口吐白沫、四肢强直然后抽动，喉部发出羊的叫声，突然意识丧失、跌倒。而这位患者看起来意识是清楚的，只是配合不好，牙齿可以张开，但张不大，虽然四肢颤抖，却是手舞足蹈，表现出惊惧之状。患者一直坐着，发作时间也短。以前从未见过这样的患者，但可以肯定他患的绝不是耳鼻咽喉科的病。

我面对面和患者坐了一会儿，想想患者也累了，让他喝点水吧！谁知一提到“水”字，他刚才惊恐万状的表现立即又出现了，两只手举起来不停地摇摆，似乎是表示千万不要的意思。等护士把水杯拿了过来，他四肢哆嗦、面肌痉挛、龇牙咧嘴，恐惧到了极点。此时我才意识到，此患者可能患的是恐水病。恐水病是狂犬病的别名，只要谈到“水”或见到“水”马上就发作，表现就是对“水”十分恐惧，因而得名。该病起因是被疯狗咬伤，为了避免再对患者加重刺激，我叫护士赶快把水拿走，也不敢再提“水”字了。等患者一阵发作过后，我问患者是否被狗咬伤过。患者确认在几天前曾被狗咬过，而在场的家属都说：“那不是只疯狗呀！平时也不曾随意咬人！”是的，有的狗外表正常，却是狂犬病毒携带者，一时看不出来是条疯狗，但它一旦咬了人，就可以把病毒从伤口传染给人，使人发生狂犬病，而出现上述恐惧症状，特别是对水的恐惧。

如今喜爱宠物的人越来越多，对养狗的人不能不提高警惕，一旦被狗咬了，还是应立即去医院检查，必要时应注射抗狂犬病血清，免得发生令人难堪的病态。

这位患者既然有被狗咬伤的病史，又有恐水的症状，患的是狂犬病无疑。诊断明确了，治疗则无问题，所以我们当机立断，立即将他转去传染病院治疗，那里肯定常备有抗狂犬病血清，此后再也没遇上过狂犬病患者。

一次极不平常的气管切开术

黄慕兰医生从北京医学院毕业后，先是分配到北京市新成立的耳鼻咽喉专科医院工作，1958 年与同仁医院合并后才来我院的。她为人谦恭和善，有一定的主见，工作细致认真、一丝不苟，被称为我院四小金刚之一，说明其在学术上有一定的造诣。来院不久，她即与我合作，参加以我为组长的慢性化脓性中耳炎保守疗法研究小组，一起在门诊工作了整整 3 年，所以我对她了解甚多。在慢性化脓性中耳炎保守疗法研究取得一定成果后，我们仍一起在耳科临床工作多年，我认为她手术细腻，效果较好。科里最初买来了纤维气管镜，也是我和她首先开展起来，最早用于临床的。

有一次，门诊来了一位上校军官，面色苍白，呼吸短促，已有明显的呼吸困难体征，只是因为成年人比小儿耐受力强，所以表面上显得并不十分危重。当黄慕兰医生查明该上校同志患有急性喉炎、喉水肿时，立即对患者讲明治疗建议，应尽快做预防性气管切开，以缓解呼吸困难所引起的严重缺氧问题，否则拖延过久就会有一定的生命危险。上校听了她的耐心讲解，也就毫不犹豫地同意了。

耳鼻咽喉科自合并后就成为同仁医院的重点科室之一，设有急诊手术室，就在门诊楼上，这座楼有近百年的历史，当时已很陈旧，但使用还是十分方便的。黄医生令护士通知手术室，立即准备常规气管切开术，同时她自己陪同患者一起上楼。虽然楼梯不高，但中间多了个拐角平台，故楼梯分为上下两段，当上校走到中间平台拐角处时，体力不支，突然就昏倒了下来，好在已不是在阶梯上，否则还要不断向下滚。

其实上校来诊时已缺氧严重，体力不支，他心中明白，只因他是军人，所以一再坚持、忍耐，表面上装作若无其事，走平地时还好，但一上楼梯必须加大用力，耗氧量增加，这样呼吸、心跳加速，缺氧更加严重，病情逆转直下，等到脑部缺氧到一定程度，只能是昏迷倒下。黄医生发现患者脉搏细微，呼吸接近停止，在这楼梯拐角处只有她和患者两个人，一时间叫天天不应，叫地地不灵，真是到了前无救兵后无粮草的境地。正规的气管切开术眼下已来不及挽救患者的生命了，可以想象黄医生当时肯定是心急火燎的。

唯一的办法就是背水一战，她很快镇定下来，立即采取紧急气管切开术。虽然书本上的手术方法说得清清楚楚，徐主任也经常谈起怎样做，都知道在紧急情况下可以用水果刀，但在此之前，谁也没有做过、见过，也没有遇过如此紧迫的情况。只要时间来得及、有条件，总想做正规气管切开，人手多、准备充分，谁愿去冒这个危险？何况紧急气管切开也只是一时性的抢救，不能经该处放入气管套管，否则损伤了环状软骨，会造成喉狭窄，所以待呼吸通畅、缺氧缓解后，仍需做常规的气管切开术。如今在这思想毫无准备的情况下，被迫采用此法，幸好黄医生身上还真的带了把水果刀。

虽然平时黄医生看起来纤弱无力，但还是使尽全力将患者搬动、放平，头稍稍后仰，并将颈部衣扣解开，暴露该处皮肤。男性一般甲状软骨前端突出明显，很容易就摸清楚甲状软骨与其下方环状软骨的位置，在两者之间的环甲膜处，避开软骨，立即用刀尖横刺进去，没入 0.3 ~ 1 厘米，此时正好到了刀的较宽处，顺势把刀由横行改为直立。前人之所以选择此处做紧急气管切开，是因为此处气管直径较宽，有甲状软骨及环状软骨的保护，只要不刺入太深，就不会损伤后面的食道，另外周边软组织不多，气管就在皮下，也无重要血管，保持刺入时刀刃不向两边滑动，就不可能引起大出血。一般水果刀并不快，不至于切断软骨，这样刀的两侧就会使上下的软骨在切口处分开，露出气管呈菱形空隙，空气在呼吸时就可立即从此处进出，切口虽小，但因患者从此处重新获得了新鲜空气，呼吸便可自动恢复，缺氧缓解了，上校便逐渐从昏迷中苏醒了过来。上校有了知觉，休息了一会儿，等科里其他工作人员闻讯赶来，大家扶着他来到急诊手术室，重新做了正规的气管切开术。呼吸得到了保证，上校精神体力大增，送入病房治疗急性喉炎和喉水肿，这一段惊险的故事也就此结束。

黄慕兰医生平时做事总是不急不慢，这次却以迅雷不及掩耳的速度果断采取措施，在我院做了一次空前绝后的紧急气管切开术。别看我从头到尾描述了许多过程，黄医生可是争分夺秒地一气完成的，从患者倒下、用水果刀直插气管，直到患者重新获得生命，前后不超过一分钟，这显示了她的应变能力，并从此被传为佳话。

蛇头为何会钻进食道里

20世纪50年代末的一个上午，来了一位50多岁的男性患者，面黄肌瘦，身体十分虚弱，也不愿多说话，只得由陪同他来的儿子代为陈述病情。但他的儿子也说不清楚，只是说父亲这几天不吃不喝，心里堵得慌，根本就吃不下东西，而且吃了就吐。以前父亲也有吃东西堵和吐的现象，但能慢慢地好起来，还能继续进点食，这次吃东西后难受得厉害，比哪一次都严重，所以带父亲来就诊。

崔泽群主任正好在场，由于那时X光片很紧张，要依靠进口，只好先给患者透视看看，结果发现食道变膨大，密度增高，造影剂无法通过。为进一步了解情况明确诊断，崔主任只有给他下食管镜，亲自检查了。在食管镜下，刚一迈过食道入口，就见食道内满是饭粒和其他食物堆积，因其已发酵，奇臭无比。为了要看个明白，找出食物堵塞的原因，自然顾不上这许多，无奈之下，崔主任只好用粗大管径的电动吸引器耐心地一点一滴地吸出堵在上面的食物。用的吸管虽粗大，但食物太多，粗细不一，时时被堵住，只能随时冲洗清除，除此别无他法。正常的食道一般应是不存在任何食物的，而一个因食物长期堆积而较正常膨大了许多的食道已失去自身的弹性和收缩能力，里面装的内容物自然会越多，取出费时，且时间越久臭味也越大。费了个把时辰，崔主任终于将这些腐臭的食物清理干净，这才发现下面食道内腔突然变狭窄，管壁也粗糙不平，失去应有的光滑，在最深处有一个较大的带有眼睛的东西，像一只动物完整的头横卡在那里，用钳子挟住取出来一看，在场的人都吓了一跳，竟是颗蛇头。取出蛇头后再往下看，是胃与食道相连接的贲门部分，局部组织已变硬变粗糙，失去自动收缩能力，估计是食道下部长了肿物，最大的可能性是贲门癌，当即取了活体，以便进一步明确主要的病变性质。

做医生的都要求病历的真实性，为了弄清情况，总会不厌其烦，打破砂锅问到底。蛇头究竟为什么会钻进食道里去，虽然能猜对八九，却不能算数，因为它不是主诉，不符合病历书写的要求。开始患者避而不谈，他儿子更是无法说明白，我们只有等待患者术后情况好些，情况不那么着急了，才能慢慢说服患者本人把前因后果重新说个清楚，只有这样对他的治疗才有益。

原来患者进食困难已有一段时间，并有逐渐加重的表现，他自己也怀疑是长东西了，但就是不愿意到医院去检查求治，最怕做手术。有人介绍了个偏方，让以毒攻毒，并说蛇能钻洞，自然能把狭窄的地方打通扩张，那么进食自然就不会再困难了。他信了这个方法，但不敢真的咽下一条活蛇去扩张，所以就弄了条蛇砍下蛇头，又怕影响效力，便既不煮也不蒸，带着鲜血，硬是生吞活咽了下去，以为这样就可以治吃东西堵的毛病了。他随即大吃大喝了一顿，谁知吃的食物再也下不去了，除了胸口堵，还感到憋气，“想不到这生硬的蛇头，不但没有让我吃东西顺畅，反而更堵住了。”大家在旁听了都忍不住暗自好笑，蛇头堵在了食道最狭窄的地方，真可比作是“一夫当关，万夫莫开”。

最后，患者所取活体，病理确诊为癌，建议转外科治疗，由于患者本人延误了很多时间，可能已是晚期。

在这里简单介绍一下崔泽群主任，他是北京同仁医院耳鼻咽喉科的创始人。崔主任为人谦恭和蔼，思维敏捷，一学就会，只要自己会了，就毫无保留，无所不教，无不放手，不图个人名利，这是他作为科主任最大的优点。他也从不以科主任自居，和群众打成一片，这实在是难能可贵。他也是在姜泗长教授指导下，在同仁医院做内耳开窗手术治疗耳硬化的第一人。在我以后的工作接触中，在学术界中以势压人、不实事求是、贬低他人、故意刁难或图谋他人成果的现象并不罕见，因此我非常怀念崔泽群主任的大公无私。1958 年，宣武医院成立，不久他就被调往该院，主持耳鼻咽喉科工作。

动物园奇遇

心悟集

我为北京动物园的大猩猩做手术

那已经是40年前发生的故事了。印度尼西亚苏加诺总统在世时，曾送给我国12只印尼特有的黄毛大猩猩，雌雄各半，来的时候都才3岁，活蹦乱跳，非常淘气，惹人喜爱，常要爬到饲养员背上嬉戏。过了些年，5只雄性的猩猩因各种不同的原因相继过世，唯剩下留在北京动物园的一只，就成了最珍贵的动物。它长到12岁时，体重已达94公斤，两臂粗壮平伸超过2米，下肢则相对较短，而且力大无比，能把铁笼子的直条扭弯，与饲养员的关系也不像年幼时那么友善了。

可能是参观的人们在动物园内随地吐痰，或将已吃过的食物丢给猩猩，它从小就患上了肺结核，一直由北京某大医院著名的小儿科主任亲自诊疗。这一次，猩猩又因食欲不振失去了往日的活力，老缩在笼子的角落里一动不动，耷拉着脑袋，用一只手扶着左额头，神情淡漠。管理人员以为它旧疾复发，找来兽医院的医生们，就地用木棍把它按在铁笼子里，给它拍X光胸片。因为它的头仍乱动不止，影响拍片，就找来了一块木板，把猩猩的头压向右侧加以固定。没想到受压的左耳竟流出大量的脓液来，兽医们还从来没有遇到过这样的病情，因此决定请同仁医院专门看耳科的医生来会诊。医院领导当即让我带了一位助手，来到动物园猩猩馆。我了解了病情后，建议再拍张头颅的X光片，把焦点放在左侧耳部，结果发现猩猩左耳后乳突气房密度明显增高，气房与气房之间的骨间隔线条模糊不清，更令人惊讶的是发现了一颗长约3厘米的螺丝钉，这颗螺丝钉应该是在左耳道内。由于猩猩当时没有被麻醉，不便及时检查耳道，但根据其左耳流脓以及左耳气房的模糊，可以肯定猩猩是患了左侧急性化脓性中耳炎、乳突炎，致病原因也肯定与螺丝钉嵌入耳内有关。但为什么会在猩猩耳道内存在如此长的螺丝钉，倒成了一个令人费解的“谜”。

X光片显示猩猩的乳突气房与人类的相比，不但体积更大，数量也多，最大的如同新鲜的大枣，大大小小，除分布在耳道的四周外，还侵及至颅顶。从X光片上看到，猩猩两侧气房直径为9～10厘米，面积是人类正常乳突气房面积的4～5倍。虽然人类乳突气房也有大的，却还从未见到过有如此巨大的，而且猩猩两侧气房在颅骨顶部，仅差1～2厘米，几乎相互连接。可想而知，面对如此陌生而又非常复杂的动物头部解剖关系，要采用外科手术来治疗会有很多问题。比如猩猩是否已有颅内感染，事先无法知道。但除了手术切开排脓，也实在没有其他更好的方法供选择。

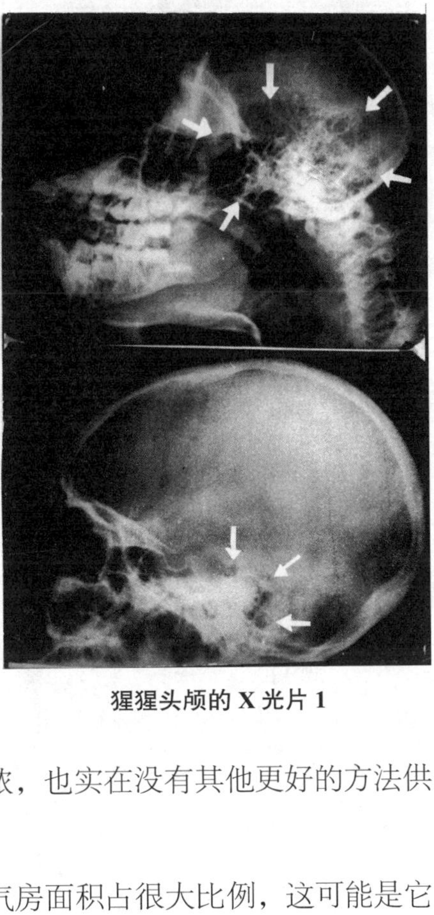

猩猩头颅的X光片1

猩猩的头颅比人的头颅更大，其所含气房面积占很大比例，这可能是它的野性需要，不断进化而来的。这样不但可减轻头部的重量，还可在树上攀爬、打斗、碰撞、嬉戏或从高处跌落下来的时候，缓冲对脑部的撞击，起到保护大脑的作用。而且印尼黄毛大猩猩的面部与其他类型的猩猩不同，脸部的四周有厚厚的赘肉膨出，头大面宽，更显得强壮威猛。在它的声门下前方，有一个小孔直通胸部及腹部皮下，其把声门关闭，再把肺内的空气经此小孔压向胸腹部这个气囊内，再张开声门吸气，关闭声门压缩空气入气囊，如此反复进行，它的前胸便会急剧膨胀变大，使其他动物望而生畏。

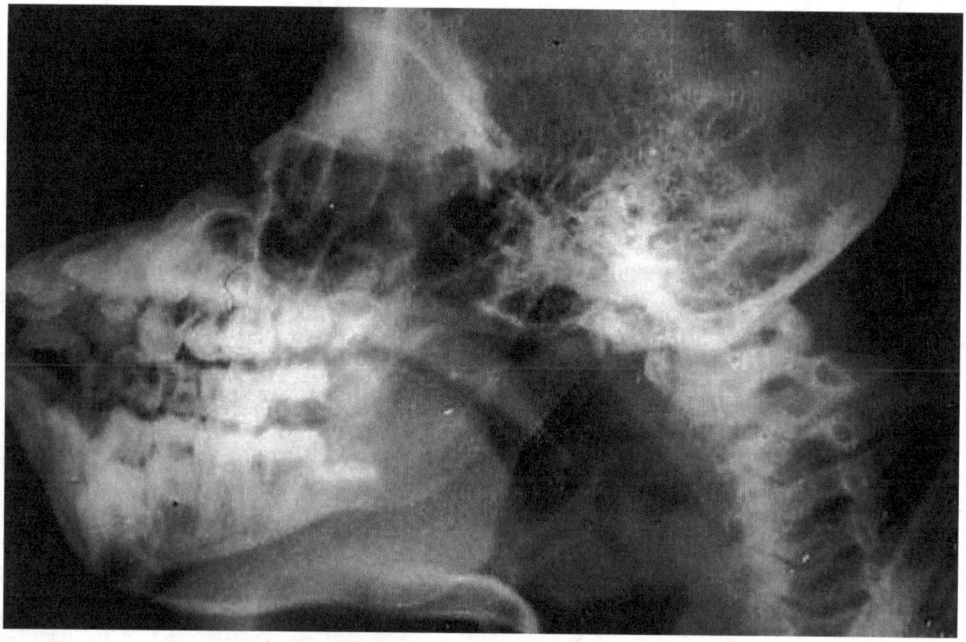

猩猩头颅的 X 光片 2

猩猩的病情既然已十分严重，为了防止因急性感染脓液不能外流而造成颅内感染，并发化脓性脑膜炎、脑水肿，或者是细菌进入血液，发生菌血病、败血症，只好按人类对急性化脓性中耳炎、乳突炎的治疗办法马上切开引流。

但动物怎能与人相比？它的解剖结构，从新拍的 X 光片上看，已与人类有很大的差异，一时间根本找不到这方面的资料可供参考，临时找来了另一类猩猩的头颅骨标本也派不上用场，更没有这方面的专家能提供建议，也已没有时间组织讨论。时间就是生命，也只好走一步看一步。既然把如此困难的任务交给我，就是大家相信我，天无绝人之路，总会有办法的。

当天晚上，猩猩馆内灯火通明，在兽医和饲养员等人的帮助下，我们把手术室设在中间的一间玻璃展室内。用一块长木板，十字交叉固定在一张三屉桌子的一端，搭成临时手术台。为了保证手术过程的绝对安全，特地请来了全国著名的麻醉学专家北京医学院谢荣教授来主持手术时的全身麻醉。谢荣教授曾是我在上海总医院时的上级，关系还不错。事先我不知道是谢荣教授来主持麻醉，总觉得旁边要有一个本院熟悉的人，毕竟能随时了解猩猩麻醉后的状况对手术是非常必要的，所以我事先选定了王世杰。因为我俩有在延安安塞参加医疗队一年的工作接触，彼此相互了解、相互配合得也很默契，由他主持麻醉，我很放心，对这样一个特殊的麻醉，他也会尽心尽力。由他主持麻醉，我当然很放心，毕竟术中随时和麻醉师交流情况，也是十分重要的。

这里要先说明一下，猩猩与人的麻醉剂用量有着明显的差异。猩猩既会喝酒，又能抽烟，且其酒量大得惊人，抽烟时也能学人类一样，把口中的烟雾从鼻孔再吸入，形成两道烟柱。由于猩猩嗜好烟酒，麻醉剂用量不确定这个问题便摆在谢荣教授面前。

麻醉开始时，先按正常人的体重给药，根本不起作用，它摇头摆脑，长时间达不到麻醉深期，又多次追加药量，才使它逐渐安静了下来。这时大伙才能把猩猩从铁笼子里搬移到临时手术台上。猩猩的双臂被紧紧地捆绑在交叉的长木板上，四围都是人，按的按，压的压，以防意外。当时这临时的手术室内，人来人往，热闹非凡，闲杂人等都赖着不肯走，也没有那么多的手术隔离衣供在场的人员穿戴，也已顾不上手术室里平时那么多严格的规章要求了。

在猩猩左耳局部简单剃毛及消毒后，由我亲自主刀，首先清理外耳道，发现两侧耳道内塞满了泥沙、细长木屑和各种水果的把儿，最后在左耳道深部找出了那颗螺丝钉！猩猩的外耳道与人类的相比又宽又长，宽约 1.5 厘米，长是人类的一倍，达到 6 厘米。

重新消毒后，由于猩猩患的是急性炎症，耳后红肿明显，一刀切开皮肤，就血如泉涌，影响视野。乳突高高隆起，像个倒扣的大茶杯，其表面骨质又厚又硬，好不容易才凿开，伤口内全是脓和血，还不停地从气房内涌出来。为了尽可能减少出血，助手不停地用吸引器吸出脓血，同时用血管收缩剂（肾上腺素）棉片紧紧压迫一个位置，再去清理另一位置。为了缩小伤腔面积，减少气房，只有凿平过于隆起的乳突，一刻不停地加快刮除残存的气房间隔和出血的黏膜。即使以如此快的速度进行手术，还不到 30 分钟，旁边的监护医生告诉我，血压在急剧下降，血色素已降至 5.4 克了，这是个极其危险的信号！无血可输，那时也不知道猩猩可以输入同类血型，手术才做了不到一半，看来只有提前结束手术了，但如何来结束呢？

我此时的心情是何等的复杂和矛盾，要半途而废，放弃成功的机会吗？更重要的是我能置猩猩宝贵的生命于不顾吗？能放弃在场的人们对我的期望吗？上百只眼睛都在盯着我，还有更多的人都希望猩猩能活着，恢复健康，可是眼下不放弃、不提前结束手术，我又能怎么办呢？“怎么办”这三个字实在太沉重了，一连串的实际问题快速地在我的脑海中闪现。

如果按人的手术方法，必须将乳突前壁，也就是外耳道的后壁凿通，并削低面神经嵴，这是个极危险的地带，伤及面神经会出现口脸㖞斜、眼睛闭不上的情况，算是医疗事故，所以手术医生在做到这部分时都会特别小心，放慢速度。但时间已不允许，为了挽救猩猩性命，可以先不管它是否发生面瘫，除此还有更多的问题，不能按人的手术方式来解决，下面再一一介绍。

即使把乳突与外耳道完全打通开放，连在一起了，为了加速创面愈合，需在乳突腔植皮，但猩猩的表面任何一处的皮肤都比较粗糙，又厚又硬，毛多且长，当然不适合，而且还会造成取皮区大面积皮肤缺失，伤口外露，容易感染化脓，以后不好处置。不植皮吧，就得每天换药清洁伤口，那么还必须每天采取全身麻醉，现在手术麻醉都已经非常困难，吸入的、静脉的、腹膜追加全都用上了，当时谢荣老师笑着说："按目前猩猩的体重计算，要麻醉一头大象，岂不是要用上两公斤的麻醉药。"还有巨大的乳突伤腔何时才能愈合？时间一久，又会发生什么样的变故？反正以上两者都不可取。更重要的是猩猩目前已处在生与死的边缘，哪里还有时间去继续完成这些繁杂的手术步骤呀！

当时我飞快地思考了一下，灵机一动，现在只需避免伤口感染化脓就好。好在乳突腔已全部开放，化脓病灶算是已基本清除，没有发现与颅内有通道。时间根本不容许我再多犹豫，只有立刻采取措施，打破常规，冒一次险了。

任何化脓性伤口不考虑分泌物引流的问题，一直是外科学的禁忌，但是在过去，同样是绿脓杆菌感染的急性化脓性耳翼软骨膜炎，我按自己的手术方法，在有菌伤口绝对清除坏死软骨及病灶后强力冲洗，之后用多种有效药轮番浸泡，再按无菌封闭治疗，共30余例，全都获得一期愈合，且避免了耳郭的挛缩畸形，直到术后第七天拆线后，伤口没有再发炎，完全达到了痊愈的标准。在外科手术上，即使是有菌伤口，绝对灭菌后，也可以按无菌伤口密封处理，但这个方法以往从未用于治疗化脓性乳突炎，而今天第一次就要用在如此珍贵的动物上。面对猩猩急性化脓性的乳突伤腔，能否也可以达到绝对灭菌，我确实没有把握。其时已是山穷水尽，实在无其他办法可想。我便以最快的速度，用药棉紧紧压迫减少出血，争分夺秒强力分次冲洗术腔，涂布高浓度碘酊，再次压迫止血片刻，立即将对绿脓杆菌（猩猩乳突为绿脓感染）极具杀伤力的多种抗生素和消炎药散布于伤腔内的所有角落，并以三根尺余长的碘仿纱条（人类的乳突还用不了一根）紧紧填实压迫乳突腔，希望能达到绝对灭菌及止血的效果，然后紧密缝合耳后皮肤切口。本还想用绷带加压包扎，但黄毛猩猩的头很像个猪头，绷带无法固定，只好在切口缝合处贴了3块消毒纱布，用胶布贴牢（没想到第二天纱布就被它自己撕下来了），手术总算是快速结束，用了不到正常人类手术三分之一的时间提前完成了。当时场上令人窒息的气氛立刻放松下来，人们深深地松了口气。但对我来说，事情远还没有完。术后一周会不会发高烧，伤口能不能不再化脓，才是我最关心的，等待的过程让我心神不安了好几天。此处必须要说明，我并不建议这个手术方法用于人的化脓性乳突炎，因为它距离大脑太近，用在猩猩身上也是一次极大的冒险，确实是万不得已而为之，幸运的是它获得了成功。

为了猩猩的安全，我和王世杰医生决定在它清醒过来之前守候在动物园里，以防意外。果然就在当天深夜，险象环生。由于人类所用的麻醉插管的长短和粗细都不合适，手术时只好临时选用了一根普通的医用橡皮管来代替，这对喉黏膜的刺激与损伤自然是在所难免的。喉镜下可见声门前上方的会厌软骨和两侧的披裂软骨的黏膜水肿得就像三个小乒乓球，互相挤在一起，堵住了气管的最上部，也就是声门处。猩猩的呼吸越来越急促，吸气已十分困难，假如人类遇到呼吸困难这种情况，做个气管切开，就立刻解决问题了。但是猩猩不通人性，做气管切开就必然要在切口处安置用金属或塑料制成的气管套管，呼吸困难虽可获得缓解，但等猩猩麻醉清醒过来，必然要去自动拔管，呼吸困难依旧，那时再去抢救，猩猩与人根本无法合作，仍然保证不了它的生命安全。更有可能因猩猩躁动不安和贫血，导致血液过于稀薄，不易凝固，颈部切开的伤口会不断向气管内渗血，增大死亡的风险，也毫无办法抢救。

我与王世杰医生多次协商后，决定采取保守方法，守护在猩猩身旁，一刻都不敢离开。当时唯一可做的就是调整消炎、消水肿、利尿、抗过敏药的剂量，并充分给氧，严密观察，根据情况的变化随时增减。有麻醉科医生在身旁一起监护安心了许多，真是冒着死亡的代价静候佳音了。

这一晚我们整夜未眠，经过漫长的等待，猩猩的呼吸困难终于得到了缓解。猩猩得救了，在天亮之前，猩猩又奇迹般地闯过了这最后一道鬼门关。

七天后，我去看猩猩，它已活泼多了，能主动进食，在铁笼子里披着一块红色毯子，来回不停地转动，活像个淘气的孩子。当我看到耳后伤口没有浸血，也没有红肿，真是太高兴了。猩猩则不时地用它那粗大的手轻轻去拉扯那几根留在头皮上的缝线的残端，揪不下来，似乎很感诧异，令人发笑。兽医们也都告诉我说“一切正常，体温没有增高，一天比一天好”，我这颗忐忑不安的心就此平静了下来。

此时至关重要的是放在猩猩那巨大乳突腔内的3根油纱条，如今已成异物，必须及时取出来，否则本就是感染的伤口，时间一久，很难保证局部不再化脓和坏死，按原计划取出来，这天正是时候。

这次麻醉始终不深，我只好一个人钻入小铁笼子里，任猩猩摇头晃脑。我先剪去缝线，重新打开伤口，将留在乳突腔内的3根油纱条全部取了出来，伤腔十分清洁，未再有渗血。我仍按上次手术消毒、灭菌法依次进行一遍，考虑这次不能再塞入油纱条，代之以可以吸收的明胶海绵，一共13块才填充满乳突腔，避免存在无效腔，再度用丝线缝合切口，以后将根据情况决定是否拆线，如不拆线则不再打开伤口。

一个多月后，我再去动物园看猩猩时，它显得更加精神，已经恢复了健康。但它一见到我就非常不友好，远远地就噙了一口唾沫，突然向我喷射过来，足有一丈多远，要不是饲养员手疾眼快，把我推向另一边，这颗“飞弹”就会击中我的面门，今后还真得防着它一点啦。

关于螺丝钉之“谜”后来我是这样分析的。猩猩两侧耳道内部被泥沙、木屑、水果把儿等异物堵得满满的，肯定是它自己所为，而且是多次塞入，才能塞入这么多东西。其原因只有一个，那就是猩猩长期接受链霉素来治疗结核病，链霉素能产生药物中毒性耳聋及耳鸣，中毒越深，耳聋、耳鸣越厉害，即使听力完全丧失，耳鸣仍是高调的、尖锐的，属神经性，发自脑神经内部。可以想象，长期昼夜不停的耳鸣，实在难以忍受。可怜的猩猩又无法向人表述它的症状和痛苦，它以为把耳朵严严实实地用东西堵塞起来，就听不到了，但是堵又有何用呢，耳鸣依然如故。如此推断，螺丝钉也就是这样被它自己放入的，由于螺丝钉边缘锐利且较重，容易刺破外耳道内皮肤，存在耳道内的泥沙潮湿且温度适合有利于细菌的生长繁殖，才引发化脓性耳道炎、中耳炎，继而发生乳突炎，所以这才是猩猩发病的原因与过程。

一年后的一天，猩猩因全身结核死了，兽医院邀我参加了尸体解剖，发现心包、脾、肾、肠膜、腹壁、脑部都存在结核病灶。当时我最关心的是左乳突腔手术后的病理变化，打开乳突后发现腔内已全部为纤维结缔组织所代替，没残留任何空隙，也无结核病灶存在。对猩猩急性化脓性乳突炎的手术采用有菌伤口灭菌后封闭治疗获得一期痊愈，是打破常规绝对成功的经验。

根据可吸收性明胶海绵在猩猩乳突腔内的变化，我发现当海绵吸满渗血后会被结缔组织所代替，因此将其应用在鼓室成型手术时填满在中耳腔内以支架起人工鼓膜防止塌陷是不可取的。事实也的确如此，后来我从许多要求再次手术提高听力的病例中得到了证实。还是有些医生喜欢用可吸收性明胶海绵来填充中耳，特别是小听骨或中耳黏膜受到损伤，海绵吸满血液可能就不易被吸收，中耳没有空腔或空隙小，听骨链被固定，传音效果不好，听力自然也不可能提高。

通过这一往事，我希望人们关爱动物，千万记住不要把自己吃剩的食物，丢给任何动物吃，更不要随地吐痰，因为痰碰在地上干燥后，痰菌在尘土中随风飘荡开来，有极大可能被他人或动物吸入肺内，结核病就是这样传播给他人的，这个恶习必须改掉。

动物园内见闻

一、猩猩也会记仇

为黄毛猩猩手术的时间定在晚上八点左右，当天一大群与该手术有关的人员都陆陆续续走进了为猩猩临时搭建的手术室。实际就是在平时展览猩猩的大玻璃房，展览室是并排三大间，手术室就设在第一间展览室内。

当我路过第三间展览室时，突然发现里面有一个黑影，出于好奇，我在该展览室前停了下来，仔细向里边张望，因为天已经黑了，仅靠用旧布遮拦作为手术室的房间中透过来的昏暗光线，看清了黑影也是一只猩猩，毛色却分不清是黄是黑，在一个展室内展览，应也是黄色的猩猩，可能是要做手术的黄猩猩的配偶。这只猩猩很奇怪，是坐或跪在靠墙壁暖气片的正面，但其身体与暖气片靠得很近，头部与暖气片等高，双手抱着一块像是长方形的砖头，时而把砖头平整地放在暖气片上，时而又把它拿回放到自己头顶上，反反复复地做同一动作，好像人类正在向神祈祷一样。是为了她的丈夫，那只要手术的黄猩猩祈祷吗？当时我感到真是太奇怪了，就在原地多站了一会儿，左思右想，猩猩是灵长类大型动物，其大脑虽然比人类小得多，不及人类的一半，但也像其他动物一样，经过训练后，能听得懂人话，能按要求做指定的动作，只是不会回答。猩猩与人类相似，应该比其他动物更聪明，学习人类的动作应该不成问题。

比如鹦鹉学舌，按说它只能叫而不能说人话，但将其舌头前端修剪一下，经过一段时间的教导，就能说人话，不仅问必有答，还不是胡乱回答，而是通过大脑分析后再回答的。按说猩猩的灵性应该要比鹦鹉强不知多少倍，记忆力也应好得多。如果真如此，加以语言方面的训练，我想猩猩应可对答如流。这只是我个人的一种幻想，可能猩猩太大了，野性不改，难以接近。就像现在要手术的猩猩，刚来时才三岁，陆饲养员经常把它骑在自己背上嬉戏，但它极不听话，轻轻打了它几下，它就记仇了！等他长大了，趁陆饲养员不注意的时候，突然跑上前来向陆饲养员的脖子上咬去。幸好陆饲养员低头快，仅被咬到一侧的下颌骨，要不是兽医发现快，动手快，用水龙头将其冲开，还真会把人咬伤。因此，对这样的大型动物，这可能是不敢去训练的原因之一。

二、狮吼丧胆

为猩猩手术的那天，我和王世杰比其他人来得早，就到狮虎山兜了个圈子。正遇上动物要进食，游客都离开了，只见豹子、老虎等猛兽都在上蹿下跳，兴奋不已，我俩对它们并不感兴趣。只有另一只笼子里的一头公狮趴在距离铁笼栏杆一米左右的位置，一动不动。我和王世杰走进木护栏内，用带来的一只五节电池的大手电筒照向狮子的双眼，狮子闭着双眼，并不理我们。我俩仍不甘心，就朝狮子吼了起来，它仍一动不动，于是我俩继续大声吼叫并用手电乱照，这下把狮子惹急了，它突然站了起来冲向铁笼，将嘴张开大吼一声！真把我俩吓坏了，急忙把身子后仰，向木护栏一靠，腰部正好碰在了木护栏上，却跑不出去，吓了个半死，再也不敢惹它了。饲养员听到狮吼，也立即跑了过来，对我们说："你们怕它，它其实也怕你们。你们都不应跑进护栏内去！腰部受伤了没有？"我们摸摸腰部还好，连连说："谢谢，以后再也不敢了！"饲养员又说："一般大型动物展厅，游客是不许进到护栏内去参观的。"说实在话，虽然隔着铁笼子，事后还真是心有余悸，腰没受伤已是万幸。

三、虎口脱险

在狮虎山我们受惊不浅，后来饲养员又给我们俩讲了一个非常紧张且危险的故事：有一天，给老虎喂食的饲养员正在为参观者做介绍，在不知不觉中无意识地把右手伸进了关老虎的铁笼内，右手肘关节勾住了铁笼杆横竖交叉点上方。正在交谈之时，老虎走过来，突然用嘴轻轻咬着该饲养员的肘关节不放。要是别人早已魂飞魄散，饲养员了解老虎的习性，他知道如果此时将手强行向外扯，老虎就会越咬越紧，这只手可能就会残疾。他急中生智，突然将左手举起，大吼一声，做了一个假动作，向笼内老虎头上扎去，老虎见状，立即将嘴张开张大、龇牙咧嘴，饲养员在老虎张嘴之时乘机将手从笼内缩回，才算脱险，皮肉也未受伤，也真是有惊无险！要是游客早就被吓了个半死啦。当然游客也不可能如此接近老虎笼，还把手伸向笼内。这说明，老虎要天天进食，与饲养员还是有交情的，否则哪有送上口来的鲜肉不收，还轻轻放过之理。

四、鹤立鸡群

有一天一早起来无事，空气新鲜，我就一个人到水塘边去走走看看，远远就看到白天鹅、黑天鹅、水鸭子等众多水鸟在游泳，有许多鸟类我还不知其名。

要走近水塘边还要经过一条弯弯曲曲的路，尚有一段不短的距离。路不宽，两边还种了一些花草树木，我想快点通过都不行，因为前面有三十余只全身黑羽毛、带小白点的珍珠鸡排着整齐的队伍缓慢而有序地朝着水塘的方向前进，因此我也只能跟在它们的后面慢慢地走。快走到几棵枝叶繁茂的树木前，路边站着三只高大的丹顶鹤。当它们看到珍珠鸡排着长长的队伍走过来就分散开来，一只站在路的左边，两只站在路的右边，让珍珠鸡的队伍顺利通过。等前面的队伍走过去，还剩下最后的两只时，丹顶鹤突然横在小路的中央，不让最后的两只珍珠鸡向前走，而且把头低下来，似乎要啄它们。这两只珍珠鸡见状，立刻叫了起来，前面已经走过去的珍珠鸡听到叫声都跑了回来，围着三只丹顶鹤。三只丹顶鹤赶忙跳开逃出重围。

我当时觉得很奇怪，丹顶鹤这么高大，嘴又尖又长，难道还怕珍珠鸡不成？但仔细想想，珍珠鸡个头虽矮小，喙儿虽短，但架不住三十来只一起撕啄，所以丹顶鹤没等众多珍珠鸡赶上来，就逃之夭夭啦。估计这种情况发生过不止一次，丹顶鹤也吃过亏，接受了教训，没等其他的大批珍珠鸡回来就跳出了战斗圈。而珍珠鸡呢，一鸡有难，众鸡齐上，也说明团结就有力量，能把高大的敌人赶跑。动物尚且如此，人类更不能不团结。

五、犀牛的故事

动物园内不但猩猩会生病，大象和犀牛这两种大型动物也都有各自鼻部的病症，先来说说犀牛吧。

犀牛是非洲的大型动物之一，体重达两吨多。犀牛角可入药，十分珍贵，市场上的价格越来越高，因此野生犀牛的数量不断减少。动物园内的这头犀牛一段时间以来经常右鼻孔内出血，但出血量不算太多，一直没有查出是什么原因。兽医认为我是有名的同仁医院的耳鼻咽喉科医生，希望趁我们给猩猩做手术的机会，也为这头犀牛做一次检查和诊断。

面对这样一头重达两吨且如此凶猛的动物，如何接近它并为它检查实在是个难题。何况犀角就长在犀牛鼻子正中上面的前端，这头犀牛的犀角长度虽不到半米，却又粗又尖。鼻子下面两个椭圆形的大鼻孔，直径达 9～10 厘米，横径也有约 8 厘米。事先又不能麻醉，怎么才能检查鼻孔里面呢？

最后，还是饲养员想出了办法。动物园关大型动物的铁栏杆都建在一个不足一米高的平台上，犀牛体重达 2 吨多，虽然不能跳，但是可以把头伸到栏杆外面。饲养员站在铁栏杆外的平台边上，拿着胡萝卜不断地引诱犀牛过来，这样我就可以站在铁栏杆外面等待犀牛的到来。但是犀牛看着笼子外面陌生的我，想来又不敢来，只是在笼子里来回地走动。犀牛徘徊了一段时间后，最终还是抵挡不住胡萝卜的诱惑，慢慢地走了过来。饲养员缓慢地将胡萝卜往外拿，等犀牛的头伸出了铁栏杆外，我正好站在犀牛头的下面，犀牛忙着咀嚼胡萝卜，没有注意到我的存在。我赶紧打开手电，照向犀牛的右鼻孔内。犀牛的鼻腔又大又宽，鼻黏膜与人类有一些不同：非常光滑，没有太多黏液，较为干燥，颜色呈灰暗色。在手电筒光的照射下，只见犀牛鼻腔顶部前端有一个像鸡蛋大小、椭圆形、淡黄色、透明的凸起，应该就是肿物。其表面十分光洁，没有见到皱褶，也未发现有破损处或疤痕。被这么大的圆球“大鸡蛋”遮盖，不可能直接见到其根部。也可能是手电筒的光线成束太亮，照射到这个“大鸡蛋”上，使其显得像半透明的玻璃球。犀牛的鼻腔前端也极其宽大，同样找不到其他隆起的血管或溃疡。这就使我更奇怪了，血是从哪里来的呢？难道不是这个“大鸡蛋”出的血吗？

如果犀牛真是因为这么大的血管瘤出血，不加以处理，出血不可能自然停止的。当时又没有适当的器械可拨弄一下，更没有过多时间去加以分析、思考，因为胡萝卜有限，时间紧迫，就认为它是个血管瘤吧！

人类鼻腔的血管瘤大大小小，甚至长到了额窦或上颌窦内，我都见到过。血管瘤一般带蒂，来自鼻腔上部，有的甚至藏在鼻道中，极小的露头，我从未漏诊过，也都为患者做了摘除手术。但人类鼻腔的血管瘤暗红色的居多，我还未见到过鼻腔的动脉瘤。

检查过犀牛的鼻腔以后，我开始设计手术方案：可以用摘除鼻息肉用的圈套器，用钢丝套住血管瘤的根部，快速收缩钢丝圈，将根部切断，瘤体自然掉下来，再用电灼其根部。手术倒是很简单，但是按照谢荣教授的推论，两吨重的犀牛，估计要用麻醉药两公斤，还不一定能起作用。何况按正常体重给黄毛猩猩用药，还需不时从腹腔注射，增加麻药用量。动物园内饲养的犀牛受到人类的保护，生长环境十分安全、自由，长得又大又壮实。两吨多重的犀牛要是麻醉不成功，无法将其身体固定，打一个滚或将头来回摆动，不伤人才怪呢！

说是手术可用圈套器套摘，犀牛的鼻孔也大，但如果真是这么大的血管瘤，遇到大出血，鼻孔就会显得小了。犀牛鼻孔又太深，照明和使用器械争地盘，眼睛再看不清、看不见，手术如何能按设计方案来完成？因手术风险太大，最后也做不出正确的结论，我只好放弃摘除犀牛鼻腔瘤物手术。

不过在全身心为犀牛检查之后，我发现在铁栏杆的前面，也就是游客参观犀牛的正面，树立了两块长宽约丈余的透明玻璃板，非常好奇，就顺便问了一问饲养员：“为什么别的动物展厅内，关动物的铁栏杆前都没有玻璃板，而犀牛馆独有，有什么意义和用途呢？”饲养员笑了笑，对我说每天来犀牛馆参观的人数都不少，其中也有不少外国友人，都围在栏杆前面近距离观看犀牛活动，有说有笑，有的看得开心，正张口大笑，谁会想到如此大的动物关在笼子里，还会想办法攻击笼子外面的人呢？犀牛在笼子里不停地来回转动，时而把头对着下面憨笑的人群，时而又转身把屁股对着观众，面对这么大的动物，大家只觉得罕见好玩，想多看它几眼，绝不会想到它把屁股朝向观众是另有意图的——人们正在笑得开心的时候，犀牛身体一转，突然把尿液向后喷射出来！犀牛喷出的尿液比水龙头的水还要粗，且能射出一丈来远，很有力。观众在下面张口傻笑，哪能想到犀牛还有这一奇招！犀牛突然袭击，观众一时也躲不过，弄得满头满脸，甚至满身都是尿液，有的甚至闭眼、闭嘴都来不及。真是飞来横祸，乐极生悲。

当工作人员发现犀牛有这种恶习后，才安装上这两块犀牛馆特有的大玻璃板，以免犀牛故伎重演，反复做这种恶作剧，让观众哭笑不得。

六、为大象做诊疗

园内一只大象的鼻子也有毛病，每天从鼻孔内不断排出黄色分泌物，兽医同志因为知道我是耳鼻咽喉科医生也想带我去瞧瞧。当时他们话一出口，我就心生恐惧，面有难色，因为大象并不是关在笼子里喂的，但又不得不去。

刚走进喂养大象的院落就看见一只高大的公象，一只脚上绑着一条粗大的铁链，铁链另一头锁在一个粗大的木墩上，只能在周围走动不能远行。我问饲养员为什么把它锁在这里？答案是它是一只疯象，怕它伤人，因此把它锁在这里。我的答复是“我明白了”，其实我早猜到它是只疯象，而且也经常在电视上看到大象伤人的故事。所以要来给大象看病，心里怎能不畏惧？现在头一个见到的就是一只疯象，是给我来一个下马威吗？

来到大象园地的中心，为了稳定我的情绪，饲养员先叫来一只小象。即使是只小象，也比我高出一头。小象是自己慢慢走过来的，走到离我还有两米远的地方，我就想着向后退。饲养员立即对我说：“除了那只疯象，动物园内圈养的其他大象都是很听人话、很听指挥的，绝不会伤人，有我们在你放心好了。”但一般观众绝不应走近大象，那还是会有危险的。

小象走到离我还有约一尺远的距离，就主动停止继续向前走了。兽医们要我去摸摸小象的鼻子，开始我有些不敢。虽然是小象，但鼻子也很长很粗，要是直接对我一捅，我受得了吗？在这么多动物园工作人员的鼓励下，我鼓起勇气用一只手去摸小象的鼻子，小象一动不动任我抚摸。原来以为象皮和橡树皮一样粗硬，但是摸着小象的鼻子虽然表面有一轮一轮的横纹，却十分柔软且温热，小象又十分温顺 ，随你怎么摸，它都一动不动，只是眼珠在不停地转动，与犀牛不能同论。

经过与小象的接触，我胆量大了许多，这才把我带到那只病象前。兽医同志把他们治疗的方法先做一遍给我看，以便我提出意见。他们的方法是让象将鼻子深入大水桶内，尽量让象将配好的高锰酸钾溶液吸入又长又宽的鼻道内，然后兽医将手掌紧紧按住象的双鼻孔，让高锰酸钾液在象鼻孔内多停留一段时间，也起到消毒杀菌的作用。但高锰酸钾溶液对鼻黏膜是有损伤的，比对鼻黏膜表面的毛细管破坏力更强，这对鼻腔的炎症并不利。人类的鼻腔冲洗液，用的是 0.85% ~ 0.9% 的生理盐水，这符合鼻腔的酸碱度，否则对鼻黏膜有影响，将破坏鼻腔正常的生理功能。

这样做行不行？一时真难以回答，想了想反正用高锰酸钾放在鼻腔里，肯定是有害而无益，是不是可以改用青霉素溶解在生理盐水内？那时青霉素还算便宜，但要一次性用许多瓶，费用就太高了。只提了这么个简单的建议，至于他们是否认同这个建议，就不得而知了。

现在过去几十年了，再回忆起这一段时，想到如果让他们用青霉素之前，先用几桶生理盐水让大象吸入几次，来回冲洗鼻腔，将附着在鼻黏膜表面的分泌物冲洗出来后，再吸入青霉素，这样青霉素才能直接接触发炎的黏膜、溃疡区，起到消炎杀菌的作用。如果消炎杀菌用药对症，应该早就好了，不知结果，也是遗憾。

七、姐妹情深

一天我在动物园里毫无目的地乱转，正好转到黑叶猴的笼边，看见两只黑叶猴坐在铁笼左上角顶端的同一根树条上，相互离得很近，手里抱了一样东西，仔细一看原来是只小黑叶猴，尾巴却是黄色的。我感到非常奇怪，就问旁边的饲养员。据饲养员说那只大一点的黑叶猴是姐姐，矮一点的是妹妹。手里抱着黄尾巴小猴的妹妹对姐姐的孩子非常亲切、倍加爱护。妹妹抱累了会交给姐姐抱，姐姐抱累了时又会交还给妹妹，我正好看到她们姐妹在互相交接，小心翼翼，真有意思。

我问饲养员："为什么那只小猴子全身是黑的，而尾巴却是黄色的呢？"他说："这是杂交，你看看铁笼对角上那边还有只全身黄色的黄叶猴。"我又问："虽然是杂交，但已成夫妻，为什么离得如此的远，互不接近，各玩各的，形同路人？"那只小猴倒是不时会离开母亲和阿姨，跳来跳去，单独跳到他父亲的背后，摸那只黄叶猴的尾巴戏耍，不过黄叶猴却不理它。正在这时，有人把饲养员叫走了，我没得出结论。心想黑叶猴与黄叶猴虽有夫妻之缘生下了一只杂交猴子，但也并非相互情愿，可能只因园里没有公黑叶猴，只好用公黄叶猴来配对，这才生下这个全身黑、尾巴黄的小猴子。小猴子经常去玩弄他父亲的长尾巴，父亲也从不躲让，这种血缘关系，我也无法解释。但黑叶猴姐妹俩对小黑猴是同样爱护的，这就是姐妹情。

八、猩猩大闹展览厅

因为在动物园住了几天，和大家熟悉了，话自然也就多了起来。据陆饲养员说，过去猩猩不是在现在这间单独的展厅里，当时的展室尚未建成，因此是与其他动物杂处，各有单独的铁笼。黄毛猩猩的笼子放在展厅的正中央靠墙，面对大门，其他各类大大小小的动物的笼子则放在两边。

一般工人和饲养员都要亲自在开馆前各自打扫管区内的卫生。有一天，由于工作大意，忘了把关有黄毛猩猩的铁笼门锁上，仅挂上锁没有按紧，猩猩见工人离开后，立即把手伸出笼外，将锁打开，丢在一边，推开铁门就大摇大摆地走出笼外。不时把手伸向其他的铁笼指指点点，惹得关在两边笼子里的其他动物大喊大叫，一时展室内天下大乱！

这时距离开馆时间仅有几分钟，饲养员听到吵闹声，觉得与平日开馆前不同，急急忙忙从旁门跑进展室找原因，这才发现猩猩正在惹祸，在大厅里游荡。工人们立即拿起对待大型动物的武器——冲洗笼子用的橡皮水管，对准猩猩的脸强力喷射，猩猩一时睁不开眼、出不来气，只好服服帖帖奔回笼内，工作人员立即上锁，这时大家才惊魂始定。

再次擦干地面，距离开馆时间只剩下两三分钟。门外早已挤满了游人，这是一次多么惊险的遭遇！好在展厅内其他动物的吼叫声惊动了工作人员，才避免了一次动物伤人事故的发生！真是万幸，万幸……

警示后人

心悟集

竟有这样的手术助手

这是20世纪70年代后期发生的事，我已经恢复了正常职务及工作，开始参与科里较大的手术治疗。

一天，一位患喉癌时间较长的男性患者来就诊，经查尚无淋巴结转移，立即收住院，准备做全喉切除术。

这位喉癌患者虽然是患了喉内癌且面积较广，但并未侵及喉后，也未波及食道。由于喉与食道是贴靠在一起的，很难彼此分开，将喉全部切除，就会破损食道前壁，将其弄得支离破碎，形同星状裂隙，缝合起来非常困难且费时，一般需要四个小时左右才能完成一个喉癌手术。

虽然我的第一例喉癌切除手术是在徐教授指导下为一名前清的翰林做的，后来自己也单独做了四五例，但总觉得这个摘除方法还有改进的余地。有一天我在一本外文杂志中，看到了一种比较省时又简便的喉癌手术做法，就是将喉的上下左右先全部切割分离开来。这次手术我就决定采取杂志中的此种新办法做下去，看看是不是真的省时又省力。

万万没有想到，这次手术刚开始不久，喉分离还不到一半，我的主治医生助手突然很不客气地对我说：“做喉癌只有上行法和下行法，哪有你这样用刀从上面分离、分离，又从下面分离、分离的。没听说有你这样的做法。”接着两手抱在胸前，连止血都不插手了，还对我说：“我看你如何收场？”拉钩的是一位来自阿尔巴尼亚的留学生，见助手袖手旁观，他只好也把钩放下了，当时让我十分难堪。

没有人帮忙当助手，我无可奈何，但手术不仅要继续做下去，还一定要做好，这难不倒我！没人拉钩，我就要护士拿来两个消毒好的耳用开创器，将切口上下撑开，露出已分离的喉头，开创器将切口撑开后，没想到反而不出血了，这对手术继续进行更加有利。等将喉头四周组织完全剥离开，即可将喉提起来。再用弯而较长的两只止血钳，凹面向上，凸面向下，先一只贴着食道，由上向下夹，另一只紧贴着前一只止血钳由下向上夹紧后，再用手术刀贴着在上的止血钳向下切割。将全喉拿下来后，可把在上的一只止血钳松开，用适合大小的弯针、缝线，由下向上，将针尖刺入食道前壁，缝针穿出后，将缝线打结固定，然后缝线围绕着止血钳，连续将切断的食道缝合起来。直到食道断端都在连续缝合线范围之内，即可将最后一只止血钳从连续缝合线圈内抽出。再将连续缝合线抽紧，即可将切开的食道创面紧紧连在一起，不留任何缝隙。此法约两小时即可完成手术，比花费许多时间去缝合支离破碎的食道前壁省事多了，也省时一半，而且术后不会发生疤痕收缩而引起食道狭窄。

话又说回来，在手术做到将近一半，我已将两只止血钳插入分离开的喉与食道之间，并将喉头切下来之时，这位第一助手突然松开了抱在胸前的双臂。其实此时已无忙可帮，干脆连皮肤缝合我都一气呵成，事后我也懒得多说，置之一笑。而手术中发生这种事情，如传到阿尔巴尼亚，实在有些不雅。

在我退休以后，遇到过几次这位助手手术有困难，从救治患者出发，是我的学生也好，不是我的学生也罢，我总会去帮忙的，而且让她不要对任何人说我来参加过手术！这是对她的尊重，也是我不计前嫌。

可怕的过敏反应

医生是治病救人、受人尊敬、令人羡慕的职业，但经常要面临很大的风险，因为人命关天，责任重大，如治疗顺利，患者起死回生，便皆大欢喜，但若在治疗中发生了意外，事先没有预见到，没有交代清楚，就可能被家属指责，甚至被殴打。近几年来这类事例常发生在各个医院，并不罕见。因此，没有思想上的准备，还真的做不了白衣天使这一为人民服务的高尚职业。

遇到重症患者还好，只要治疗前将病情交代清楚，即使预后不佳，一般家属都能谅解，除非无理取闹，那就只好由法律来解决了。但是医生与患者打交道，随时都可能发生意外，事先难以预料，是福是祸无法未卜先知，可想而知，诊疗中医生要承担多么大的风险，承受多么重的压力。总之治疗顺利，患者如期而愈，是应该的，无可非议的，但在治疗中如果真的发生了意外，事先没有做好预见方案，没有交代清楚，那便是责任重大。

看病该有多难，随时都要提高警惕！多问几个为什么，胆要大，心要细，才有机会化险为夷。即使知识丰富，经验充足，医术高明，也绝对没有手到病除、轻松如意这一说，危险时时刻刻可能就在前面等着你，这里就讲两个关于过敏反应的故事。

一、一位中耳黏膜过敏的患者

20世纪60年代初期，我在慢性化脓性中耳炎研究小组工作期间很少参加急救或一般手术，全心全意把工作重点放在对“慢性化脓性中耳炎保守疗法”的研究上，故而也就没有遇到过疑难或生命垂危的抢救病例。可在短短的两三个月内，我突然一连收到从沈阳、郑州、合肥、岳阳、南京等地寄来的五封信，意思都是指责我害了他，骂我，声称要报复、报仇，非要杀了我来雪恨不可。语句基本相同，但字迹并不都完全一样，也没有真实的签名。真让我一头雾水，百思不得其解。想来想去，还是想不出我犯有什么害人、见不得人的错误。从字面上看来，似乎仍与治疗有关，最后想到有可能是那个大个子，患有慢性中耳炎鼓膜大穿孔的患者，因为穿孔太大，用保守疗法穿孔愈合不了，且事先并不知道他有中耳黏膜过敏，当时也无国内外文献可参考，就给他住院做了人工鼓膜修补手术，结果因为过敏，局部渗出液多，反而将人工鼓膜泡胀变厚，人工鼓膜因得不到血管深入所需的营养，而无法与残存的鼓环愈合，宣告手术失败。此后我就把过敏体质的人作为中耳手术听力重建的重要禁忌人群，但我也未再遇到过患有过敏性中耳炎的患者。后来我在发表的一篇论文中，把过敏体质也列入九十多个提高听力手术禁忌证之一，以此提醒同行们的注意。

事到如今，在同一时间段的患者中，我只能把这个患有慢性中耳炎术后才发现兼有中耳黏膜过敏的大个子猜想为要报复我的对象。但鼓膜愈合不了，并没有如此严重，非杀人不可。后来他也从未再来复查过，是否是他也成了一个永远的谜。

那时候，科里还真的不放心，派了两位年轻力壮的医生来保护我，一年又一年的过去，我并未遇到任何袭击，时间长了，也就自然淡忘了……

二、可怕的皮肤试验

现在要谈“可怕的皮肤试验”，幸好没发生死亡事故，否则后果非常严重，不堪设想，至今仍后怕不已。

20 世纪 60 年代后期，一位年约 30 岁，患有慢性化脓性上颌窦炎的女性患者，因其对青霉素、磺胺等抗菌消炎药物都有过敏反应，不能使用这些药物，所以久治不愈。于是住院医生夏之芬征求我的意见——该患者从来没有用过链霉素，链霉素过敏的可能也较低，是否可以在每次上颌窦冲洗清洁之后，注入一些链霉素液在上颌窦内？如果我同意了，责任自然就落到了我身上。我想了想，当即回答“可以，但必须也先做一下链霉素的皮肤敏感试验”，这是防止严重药物过敏的最好预知办法，夏医生同意了并立即照办。于是由治疗室的护士将一小点已稀释好的链霉素液注入患者前臂内侧，待皮下隆起一个 2 ～ 3mm 的白疹后立即拔出注射针头，等待 20 分钟左右，观察看看皮疹周边皮肤的反应，如果皮疹变红范围扩大，证明其对注射的药物过敏，该药物就不能对此患者使用。

恰好这时我正在治疗室洗手，患者做皮试还不到一分钟，就转身告诉我觉得全身有些发痒。我立即检查一下刚刚皮下注射的小白疹，周边并无反应。我当即想到如果真要发生意外怎么办，立即交代护士，赶快抽了一支麻黄素注射液等待备用，因为当时还真没想到会有多严重，不敢先用肾上腺素。护士抽好一支麻黄素的时间不超过半分钟，这时患者就已经感到憋气、呼吸急促，很不舒服。我立刻叫护士将已经抽好的麻黄素给患者肌内注射，并扶患者平躺在诊疗台上。在场的人一阵手忙脚乱，推来氧气、吸引器，拿来舌钳子、开口器，好在这些东西平时都准备在场，随时可用。患者在一阵猛抓胸部后，面色苍白，嘴唇青紫，供氧及输液都来不及，呼吸也就随之停止了。

有人做上了人工呼吸，准备从鼻腔插入氧气管，我则用开口器想把嘴撑开将舌头挟住往外揪起。看来患者是真没有希望了，此时此刻真是思绪万千，万般无奈地做着一切抢救动作。谁知，也就在刚刚将牙齿撑开，还来不及将舌头揪出来的一瞬，奇迹出现了，患者就在这短短的三分钟内突然又恢复了自主呼吸。事后想来，如果不是及时先注射了一针麻黄素起了作用，恐怕患者就真的一命呜呼了。

活生生一个青年妇女，走进医院突然死去，肯定是有理也说不清了。虽然是抢救成功了，一切都平安无事，但越想越后怕。算得上是一次惊心动魄的故事了，也让我获得一次难遇的经验教训，永记不忘。万万没想到的是一次皮肤敏感试验，反应会如此剧烈，真是闻所未闻。也许国外文献早有记载，也未可知。

如果真的不做皮试，将整支链霉素直接注入患者上颌窦腔内，后果可想而知。即使麻黄素换成了肾上腺素，及时抢救，速度再快，恐怕也无力回天了。如果这次真的发生了医疗事故，也就只能由我个人来承担后果，家属能饶得了我吗？

说也奇怪，我是突然来治疗室洗手的，正好遇到事发现场，如果没有较高的警惕性，治疗室仅一两个护士也应付不了，也是患者命不该绝，阴差阳错，也让我躲过了这一劫。做医生有多难呀！

抢救刎颈者的故事

在我国历代小说中记载了不少忠义之士在走入绝境或身处险境时，为了报效当时的朝廷，抽出防身的宝剑，刎颈自杀，英勇殉国的故事！这些壮烈、悲愤的牺牲场景获得过不少观众和读者的同情与赞扬。

但是我认为，不论以何种方式自杀，都是错误的。而且刎颈是一种极其残酷的自裁方式，实际上许多人死不了，不仅给医生带来极大的麻烦，也给自己的生活带来诸多不便。其后遗症是局部伤口愈合后，疤痕收缩造成该损伤段气管狭窄，引起呼吸不畅，甚至呼吸困难，要终生带上气管套管，甚至在一段时间内须带上喉气管扩张子；也可能伤及喉返神经，导致声带麻痹、声音嘶哑、说话不清，意思难以表达，徒增苦恼。这里举一个刎颈的病例。

有个农民因某种家庭原因，选择用刎颈的方式来结束自己的生命！他的住地多山靠水，树木繁茂。他瞒着家里人，一早便拿了一把菜刀走向密林深处，认为这样无人知晓，无法抢救。他抱着必死的决心，走到树林的中心，拿起菜刀架在脖子的正中央、喉结的稍下方，忍着疼痛像来回拉锯一样，就把气管拉断了，出了不少血，气管切断后，从断端漏气，气体不经过声带，话自然就说不出了。就这样他等待着死神的到来……一小时、两小时、三小时慢慢地过去了，伤口出血自然也就凝固了。他左等右等，仍然死不了。又等了一段时间，思前想后，没想到死还这么难，他觉得实在不值得，突然间又萌生了强烈的求生欲望，“活”的念头终于战胜了“死”！可是自己已处在树林的中央，人们很少来到这里，距离林外的小路要走两里多地。气管被自己切断了，喊又喊不出声音来，即使喊出声来，也无人听得见。时已过午，又饥又渴、精疲力竭，想步行已走不动，何况已失血不少，但对生命的渴望驱使他向树林边慢慢爬去。好在树林里是平地而没有山坡，费了好几个钟头，停停歇歇，终于奋力爬出了树林，等爬到一条小路边，就再也爬不动了，连就地站起来的力气都没有，想活命只有等待，希望有人路过这里。他一直躺在地上等到了黄昏，幸好也是命不该绝，有人经过，发现他时已躺在那里一动不动，最后在深夜辗转送来同仁医院，正好是我值班。

我首先给他输液补充水分和营养，并立即检查伤口送往手术室。在被菜刀切得支离破碎、乱七八糟的皮肤下面，气管环已有缺损，为预防感染，保证伤口愈合，不得不在伤口下方重新做气管切开术，放置气管套管，以利于呼吸。考虑到伤口愈合后，肯定会发生疤痕收缩，于是在伤口下面的喉气管内，先预置大小合适的硬质扩张子，防止将来气管狭窄。然后再来整理颈部破损组织，缝合伤口。为了防止扩张子意外滑脱，患者不得不在医院留住观察一段较长时间。

旧历除夕的那天，患者突然用手指着喉部示意，他感到自己的扩张子在喉气管内有些随呼吸而上下活动，这是个危险的信号。我当时考虑到春节要放假好几天，值班时人手缺乏，不如及早更换另一稍粗的扩张子，以免真的出现滑脱。

那天，正好我因右手背腕部腱鞘囊肿，局部注射了药液，手腕不动都感到疼痛，不便使用直达喉镜操作。因此趁下班之前，我找了位主治医生来帮忙，并以他为主进行手术。扩张子是用塑料做成子弹形，中下方打个小孔，穿根小绳，以便固定在气管套管上，避免滑脱或上下移动，金属圈是为了便于将来取出或更换。患者取平躺垂头式，由主治医生放入直达喉镜，用钳子夹住扩张子上端金属圈，以便向外揪出。我在患者的左侧将扩张子绑在气管套管上的线结解开，便于主治医生从口腔取出扩张子，再交换新的、稍粗一点的扩张子，其实这是最简单不过的。

这时，我问他是否已将金属圈夹紧了，他回答："夹住了！"我立刻将绑在气管套管上的固定线结解开，抽出气管套管，准备另换新的。但这个主治医生十分大意，并未夹紧金属圈，患者一吸气，扩张子迅速向下滑脱，立刻向气管深部吸入，患者随即无法呼吸，先是向天花板上喷鲜血，接着是使尽全身之力，紧紧抓住我的双臂，让我动弹不得！他是在垂死挣扎，我是疼痛难忍。幸好我看到绳子跟着扩张子，正向气管内缩进，断端留在外面已不到1厘米，这真是一根救命稻草，抓住它，患者也许有救。于是我忍着患者抓住我双手的剧痛，不顾一切伸出右手，迅速用手指捏住绳子的断端死死不放，并一点点地向外揪，终于把扩张子揪出来不少，等尖端揪到了气管切口处，患者有了呼吸，才将抓我的手松开。如果抓不住这根继续向下滑的救命稻草，患者肯定会被活活憋死。

随着时间的消逝，患者面色转成苍白，嘴唇变紫，缺氧越来越严重，又死死抓住我的双臂不放。我趁机改用止血钳奋力夹住绳子断端，这样比用手指捏住更为牢固。同时将另一止血钳放在气管切口的下方，以防止向上揪绳子断端时，将切口撕裂扩大，也是把它作为一个支点，慢慢把绳子往外揪。在此生死关头，扩张子从正气管深部又被扯到声带上面喉部来了。患者已可以从下面的切口出气，立即又在原气管切口放入一个新的气管套管，输入氧气。此时患者才放开了我的双手，恢复正常呼吸。

经过这场惊心动魄的与死神的搏斗，主治医生再也不敢粗心大意了，紧紧抓住扩张子上的金属圈，顺利地把喉扩张子取了出来，重新换上大小合适、新的、较为安全的扩张子，一切又恢复了平静，周围看的人也松了一口气。患者最后安全出院，拔出扩张子后声音复原，也未发生气管狭窄。

回想起来，真是好险啊！这根小小的生命线——穿过喉扩张子中上部，一根长约 20 厘米的丝线，待扩张子在喉及气管应在的位置放好后，将线的两端从颈部正中的切口取出，绑在金属制成的气管套管上，以防扩张子向气管深部下滑的固定线，要不是它还留在颈部伤口外不到 1 厘米，要不是我眼疾手快，双手紧紧揪住它往外扯，扩张子肯定将继续下滑，气道将完全被堵塞，患者也必死无疑，真是越想越后怕啊！

一次惨痛难忘的经验教训

同仁医院原来的耳鼻咽喉科是一个小小的科室，只有 20 张病床。耳鼻咽喉科的工作人员、医生和护士加在一起也不足 20 人，每天来门诊看病的患者均数也就 30 人。遇到急诊患者，如气管、食道异物，多数送往北京市耳鼻咽喉专科医院去抢救。若是夜间来了患者，仅有一位医生值急诊，由于人手不够，更会建议他们去该院就诊。因此同仁医院的护士，对抢救气管异物患者，几年来一直比较生疏，缺乏经验。

同仁医院与北京市耳鼻咽喉专科医院合并以后，耳鼻咽喉科的病床突增，人员增加了好几倍，各式各样的病例大量涌来门诊。原在同仁医院工作的护士都缺乏相关的经验，穷于应对，显得手忙脚乱，一时难以适应。合并后的急诊抢救室及各种设备，都是从北京市耳鼻咽喉专科医院搬过来的，连摆放位置也全按原有套路。当时搬过来的常用器械设备，某些还是按老专家们的设计自己做出来的，时间久了已有些老化，不太好使。所有器械一般在用后都要由护士清洗消毒，检查后放到手术台前的消毒盘内，按原来位置摆放整齐，用消毒巾覆盖起来，等待下一次使用，做到了常备不懈。

但由于常用器械的老化，特别是最常用来抢救的气管镜和直达喉镜等的照明设备及插座经常会接触不良，时亮时灭的现象时有发生。为保证安全，规定手术医生术前都要亲自再检查一遍器械，包括氧气、吸引器等，试用完好无误后，等待人手齐备，才让患者进到急救室。这与住院部一般是将患者提前送到手术室，按时躺在手术台上，及时消毒，一切准备就绪，专等手术主刀医生到来的程序有所不同。

1958年，两院合并不久，发生了一件令我十分遗憾的事情。那天，抢救室专管人员由原同仁医院的护士当班，对门诊抢救室业务可以说毫不熟悉，一窍不通。

一名不足5岁的男孩因吞食异物来我院抢救。患儿来我院之前曾到某医院诊疗过，由于孩子哭闹不已，未能经喉从原道取出异物。为了有时间转院，让患儿能安静平稳地呼吸，该院给患儿注射了一针镇静剂，因此患儿在他哥哥的怀抱中，一路不哭也不闹，平平安安地送到了同仁医院。他来的时候并不是夜间，也并非节假日，门诊患者多，医生、护士都忙于门诊诊疗。那时候还没有分科，不知是谁用电话把我从病房叫到门诊急救室。

患儿噎的是一颗铁蚕豆，也是豆类中体形较大的一种，质地较硬。从气管内摘取难度较大，有一定的危险性，目前患儿由他的哥哥抱着在候诊室中安静地睡着了。虽铁蚕豆已从正气管进入到下面一侧的支气管口上，但另一侧的支气管仍能保持通畅，还有一半的肺能够呼吸。可孩子要是突然醒来，哭闹不已，铁蚕豆又会跑回正气管中，特别是卡在了声门处，不能上下移动，两侧的肺都不能呼吸，孩子就会立刻因缺氧而被憋死。所以在来我院之前他院先给患儿注射了一针镇静剂让孩子安静入睡，防止铁蚕豆的回流堵住正气管，减少人体对氧气的需求量，按说是非常合理的，但也不应该由11岁的哥哥抱着送到医院来。

了解完患儿的病情后，其父母尚未赶到，我立即进入急救室，按常规一心一意先检查和整理器械。这时突然发现气管镜与直达喉镜接触到一起时，灯光不亮。我正在查找原因时，那位不熟悉气管异物抢救业务的值班护士已把患儿从他哥哥手上接过来放到手术台上，立刻就把熟睡的患儿惊醒了。患儿睁眼一看周围没有自己的亲人，就放声大哭起来，这是极大的禁忌。这么一来，在本已严重缺氧的情况下，铁蚕豆很可能立刻就从一侧的支气管内跑回到正气管，严严实实地卡在声门下，几秒钟就得丧命。这位不熟悉业务的护士，放下患儿不管，也不征询我的意见协助我，就慌慌张张跑得无影无踪了，她是想去多叫些人手来帮忙，可此时正是分秒之争，这根本是不可行的。而我这里则是孤掌难鸣，没人抱头固定头位，就是想用直达喉镜把气管异物再捅下去，或者口对口地向患儿吹气，尝试把异物吹回到一侧支气管的机会都没有了。想叫他哥哥进手术室来安慰患儿，也早已来不及。在患儿乱抓乱动的情况下，也就几秒钟，看着患儿活生生被憋死。

这一幕发生在离我不到一米远的地方，作为医生眼睁睁地看着患儿在死亡线上挣扎，我空有一身救死扶伤的本领，却无能为力。在这里真用得上“时间就是生命”这句话，这也是我一生中遇到最惊险、最无奈的一幕。

茫然，惭愧，懊恼……我只能吸取这次惨痛的用生命换来的宝贵经验教训！从此以后，对气管异物的患儿，医院又定了新规定：

（1）做好家属思想工作，交代各项应遵守事项，如果时间来得及，尽可能等待患儿的家长（父母）到来后再取异物，而不是在年幼的兄弟、姐妹陪伴下。患儿都离不开亲人，必须特别重视这一点，所以一定要有亲人在旁陪护。

（2）在手术参与人员未到齐或各项器械尚未准备好之前，患儿及家属一律在候诊室等候，有工作人员一同在旁监护，不得立即送进抢救室。

（3）待各项事务准备齐全，必须由家属把患儿直接抱上手术台。患儿清醒，又能合作且呼吸困难较轻时，也必须家属在旁，由工作人员搬上手术台后，家属暂不离开，在手术台旁等候。

（4）医护人员各就各位，患儿头位摆好，术者拿好照明完好的内窥镜，一切操作完全准备就绪，此时才令家属离开抢救室，并给予必要的安慰。

（5）立即按异物摘取程序进行抢救。

（6）异物取出后，立即通知心急如焚的家属进抢救室，并给予安慰，说清情况。

（7）家属可与医护人员同在诊室观察患儿一段时间（最多一两小时，视情况而定），交代术后可能发生的事情（如声带水肿等）。患儿情况稳定方可离开，必要时仍须留院观察。

（8）手术完毕，所有器械用后必须立即重新清洗、消毒，然后按原来位置先后依次摆放，不得有错。再用消毒巾覆盖起来，以备下一次使用，做到常备不懈。

在我当班时，就曾遇到过一夜之间气管异物患者达 13 例之多，那已是四五十年前的事了。现在各省市医院能取气管异物的已不在少数，病例分散，已能做到就地就医，不需要都来同仁医院了。

这里要说明一点，在原北京市耳鼻咽喉专科医院时，因气管异物引发呼吸困难前来就诊的患儿很多，尤其在夏秋之交，西瓜籽、葵花籽及豆类都是常见的气管异物。整颗花生和蚕豆，遇水不断膨胀，取出较难，碰到声门还易脱落，危险随时可能发生。其他异物亦常见，如曲别针、圆钉、大头针，还有圆珠笔帽。这些异物必须用反张的钳子才能取出，所以在门诊为气管和食道异物还设立了专属的抢救手术室。然而一旦出现这种情况，易造成严重后果，因此各位家长应注意，不要让小孩吞食异物。

预后不同的两位鼻咽癌患者

鼻咽癌高发于我国东南各省（如广东、广西、湖南等）以及东南亚许多国家，且与遗传因素等有关。

我在北京工作遇到此类患者并不多，这可能与我科后来又分为耳科、鼻科和喉科有关。我共做了二十年的耳科，所以与鼻科、喉科无缘，只诊疗耳科的患者。

记得是 1961 年的一天，我正好出门诊，来了一个年轻人，才二十多岁，病史是不时有小量的血痰从口腔吐出。来同仁医院就诊之前已在上海及北京各大医院经多位耳鼻咽喉著名老专家检查过，认为鼻腔、鼻咽部都未发现有病变体征，可患者仍很不放心，才来同仁医院复查。我当时也就四十来岁，患者既然分配给我诊疗，我当然要给他做仔细的检查，找出出血的原因，我的作风是绝不放过一个可疑点，为什么他会不时从口腔吐出间断性少量血液呢？其中必有原因。

像前面那个鼻子发臭的成年人，要不是我寻找到左下鼻道内有芝麻大的油纱条露头，他还想不起三个月前曾做了左上颌窦根治手术，因碘仿油纱条一直还未拔出来，导致鼻子发臭。还有许多鼻子经常少量间断性出血的患者，常可在中、上鼻道内找到小红点，在 X 光下竟在各附窦内发现巨大的血管瘤。做医生真的一点都不能粗心大意，应积极为患者查找原因，争取早期发现，早期治疗。

其实当时这个年轻人间断性吐血的原因我并未确定，只是怀疑是否与一肿物有关。因为将咽部喷药麻醉后，左手用消毒纱布将舌头捻住，轻轻向外揪出，再用右手持鼻咽镜放入小舌头后面，用额镜把光反射到鼻咽镜面上就可查遍鼻咽部和鼻腔后部的情况。正常鼻咽部双侧都是对称的、光滑的、淡红色的，但这个年轻的患者右侧咽鼓渗出口的前下方却发现有一如绿豆大的小圆点突起，与周围颜色不同，为深紫色表面略显粗糙，边界分明，而鼻咽部其他地方都找不到异常，我对它只是有所怀疑，也许就是出血的根源。于是我告诉患者："局部检查结果我不能确定，最好是一周之内找你的家属同来，我们一起商量一下，是否用电灼器把它烧掉，观察是否还会出血。"并且把这些建议写在了病历上。因为当时学习苏联保护性医疗的制度规定：为不增加患者负担，不把真实情况告诉患者。况且当时我也未确定那个紫色小突起就是癌，即使是癌，我也不会让他做活体检查或穿刺，以防止增加癌细胞的转移率和复发率。这是我个人的自我认知，也许随着科学的不断发展，治疗癌的方法更新，手术就完全没有必要了。

时间一天天过去了，所有我下过医嘱要求复查的患者都来了，可就这个二十刚出头的患者一直没有来。可能因为许多大医院的老专家、老医生都看过了，对于那个紫色的小点，也和我一样认为不一定是癌，何必多此一举，所以他就没来复查了。

两年以后他突然来了，还是由我为他检查。这时他已做了放疗，整个鼻咽部都疤痕累累，黏膜也苍白萎缩，失去了原有的红润，是一片过度放疗后的景象。我把原病历上我写的医嘱给他看，问他为什么没来复诊，"我当初并没有确定你患的是鼻咽癌，只是想找你家属一起商量下治疗方案，如果同意，便用最简单的办法趁小把这可疑之物烧掉。那样就非常简单了，损伤小，效果好，而且彻底，那肯定就不会有今天的结果。”他无言以对，默默地离开了诊室。

又过了一年，即1964年，我去了门头沟医疗队，科党支部给我转来一封信，是这个患者的。他说：“现在我要死了，许多人都没有发现我患的是鼻咽癌，只有你发现了，而你不给我治疗，我变成厉鬼也要报复你！”

当然，我很为他惋惜，但是他为什么不来复诊呢？从此我也接受了一个教训：我将要复诊或请家属来共同商讨的患者地址及电话都记在小本上，以便与他们联系。但后来发现只要我认为需要家属来的都会来，用不着我再行通知。

另一个例子是北京某研究所的副所长，他的哥哥鼻咽部长了小鸡蛋大的一肿物，表面虽然有些凹凸不平，但总体来说还是光滑的，在天津、北京等医院也检查过，认为是鼻咽部纤维血管瘤。开始我的第一印象也是纤维血管瘤，但是突然发现在靠近小舌头附近肿物表面有一处露出了一个像土豆表面的小芽的小突起，整个肿物本来与土豆极为相似，于是我立刻提高了警惕，对患者的弟弟说：“你赶快联系哪家医院可以放疗。”当时许多医院没有放疗设备，同仁医院当然也没有。因他弟弟是某研究所的副所长，第二天就联系上北京医院放疗科。前面说了我是不愿做活检的，这一次因其治疗方案不同，为了确定是良性还是恶性，所以我就用咬钳取了肿物表面突出来的一丝“土豆芽”，并用电灼了一下，防止局部出血和扩散。取样后立刻送冰冻切片检查，当日出的报告诊断为鼻咽癌，所幸患者没有颈淋巴结转移，于是第二天立即送患者去北京医院放疗。结果疗效很好，鼻咽部肿物完全消失了，又继续活了三十年。只是放疗后非常干渴，时时刻刻要带一个水瓶子。

这两例患者，一老一少，岁数大、肿瘤大的鼻咽癌患者听从医嘱，竟活了三十年之久，还说要感谢我的救命之恩。而那个年龄小、肿瘤小的患者，由于自己不听从医嘱，延误了诊疗时间，只活了不到三年。

所以作为医生，尽管处处小心，也难免会有难言的遗憾。

几个小故事

心悟集

癫狂梦醒汤的故事

事情发生在上山下乡时期。一位分配在北大荒的女学生，突然有了一个上大学的名额，结果这个名额却被当地大队长私扣给了自己的女儿。当这位女学生知道了真相后，用刀抹了脖子。当地医生虽然给她做了局部缝合，也暂时安放了气管套管，使她的生命得以延续，但气管套管拔出来之时，当地医院却遇到了困难。气管套管是金属制品，当然不能一辈子戴在脖子上，一辈子从颈部呼吸，所以只能送到北京同仁医院来想方设法拔管。

那时耳鼻咽喉科的床位也十分紧张，正遇到我值班，我十分同情该女学生的处境，就设法在门诊挪出一间小房，让她能暂时住下。她那时也就二十来岁，检查其颈部伤口，疤痕累累，立即拔管确实有一定困难，所以就让她继续在门诊住下去。但女孩精神确实受到了极大刺激，每天语无伦次、胡说八道。因为其姐姐每天在医院看护她，所以我对其姐姐建议："你妹妹受刺激太严重了，要不要请安定医院的医生来会诊？给她及时治疗。"她姐姐立刻对我说："不必了，不必了，我们家有家传秘方，已经治好了17个患者。"她姐姐如此自信，我当时还有点将信将疑，思索了一下，问真有这样的奇效吗？她姐姐给我讲了一个故事。

"多年前，我父亲就患有精神病，我的祖父曾到长白山去打过工，一天遇到一个和尚，无意中将自己儿子患有精神病的事给透露出来了。和尚就告诉了我祖父一个中药方，并说你可以回去试试……不久我祖父回到北京，也就抱着试一试的心态，只买了三服药，顺便到澡堂洗个热水澡，没想到滑了跤受伤了。家人将三服药拿回家给父亲煎服后，病居然就好了！所以不少人上门求方，居然有 17 个人服了这个药方后，精神病都好了。就这样，我们家便把这个方子作为了传家宝。”

我听完这个故事后若有所思，我不是精神病科医生，精神患者不会找我求治，要它何用。但当时我正对中西医结合很感兴趣，有胜于无，何不要了下来，我是医生，也许有用得着的时候。

于是我对她姐姐说：“我是医生，遇到的精神患者也许会比你们多，为了治病救人，你能不能把你们家的家传秘方给我？也许能救更多的人！”她姐姐一听非常高兴，立即就答应了。女学生没几天也顺利拔掉了颈部套管，从正常声道发音，治愈出院了。

过了两个月，有一天我刚吃过午饭，正在食堂门口站着，突然走过来一位年轻的女性问我：“你是李新吾主任吗？”我回答：“不错，我就是。”她又说：“你还认得我吗？”我回忆了一下，她住在门诊病房时，穿的是病号服，现在打扮得比较时髦，确实有些认不出来了，要不是突然发现她颈部隐若可见的疤痕，真的是想不起来了。我叫了她名字，她高兴极了，说是她姐姐叫她送药方来的。我当然更高兴，感谢又感谢，问了她一些近况。想不到来时胡言乱语的她，完全恢复正常了，精神病态完全没有了，而且谈吐得当，大家都十分高兴。我感谢她送来了药方，她感谢我为她拔除了气管套管，恢复了原有的语音，最后大家高兴而散。

此后很长时间我拿了这张药方也没有发挥什么作用，很少遇到狂躁型的患者需要用这张药方。到了 1976 年，我参加支延医疗队后去到安塞区，那里的狂躁型精神患者真不少。找我要方子的人也很多，问问效果如何，大家都说好，我也就十分相信了。怎么有如此有效的药方，大家却都不知道呢？于是我翻阅了带去延安的唯一一本中医书《新编中医学概要》，最后找到一个名为“癫狂梦醒汤”的处方，比我带来的处方只少了三味药。

原方为：桃仁 4 钱，香附 2 钱，青皮 3 钱，柴胡 3 钱，木通 3 钱，法半夏 3 钱，赤芍 3 钱，苏子 4 钱，甘草 3 钱。用以行气、祛痰、散瘀。

而长白山和尚给的药方，则是专治打人骂人、神志不清的患者。其处方是：柴胡 10g，半夏 6g，赤芍 10g，桃仁 10g，苏子梗 12g，香附 6g，木通 10g，甘草 10g，陈皮 10g，青皮 6g，大腹皮 10g，桑皮 10g。

回到北京以后，问我要方子的人也不少。有一次我到秦皇岛出差，路经北戴河精神病院，我就主动进门介绍这个药方，并送给了医院，不知他们是否相信，三十多年过去了，无从联系。

数年前我睡眠不好，有一天突然想起“癫狂梦醒汤”内并无剧毒药剂，都是一些最普通的中草药，何不试试它有无安眠作用呢。于是也照方买了 12 味药的三服煎服了，没想到此方对失眠还真起了作用。之后因不如吃安眠药来得方便，既不用煎又不苦，小小的一粒药丸拿来，对嘴里一抛喝口水咽下就行了，便未再服用。思来想去，安眠药是有不良反应的，越吃越多，一粒不行，两粒、三粒，有时也不起作用。吃了安眠药，睡不着，心情十分烦躁，还会影响第二天的工作，时间长了胡思乱想对神经细胞也会有影响，因上次服用癫狂梦醒汤三服后，有多年没再用，所以我还想试试癫狂梦醒汤来代替服用安眠药。但是目前北京市面上已买不到木通，因木通有毒。《新编中医学概要》中也在书中有记载：一次用木通 2 两水煎服，可引起急性肾功能衰竭而死亡。但癫狂梦醒汤中木通的用量每服才 10g，还未听说有死亡先例。在安塞用过此方的人，未听说吃了后中毒死亡的。没有木通这味药的加入，还真的起不了镇静的作用，难道是我心理作用在作怪？真有点奇怪。

有一天托人在网上查查有没有癫狂梦醒汤这个药方，立即就查到了，比书上也多了三味药，与我保存的处方基本相同，只是“苏子”加到 30g，而没有用“苏梗”，也有“木通”。是谁传给了这位上网的朋友老和尚的原始方？还是自古传下来“癫狂梦醒汤”本来就是12味药？这就成了一个未解的谜。

生命线的由来

这是发生在很多年前的事情，《人民日报》曾在头版发表了一篇题为《生命线》的文章，后又作为范文刊印在小学教科书的课本上。据说也出版了一套小儿书，记录了一次真实而自发的抢救行动。

事情是这样开始的。在西北部某个边远城市，一个不满5岁的小儿将一颗小到不足一寸长的精美瓷制小仙鹤暗自含在嘴里玩耍，吸气时一不小心仙鹤突然就掉进气管里面去了。一般不论多大多小的异物进入到气管，都会发生一阵阵剧烈的咳嗽，呼吸急促甚至困难，严重的还会由于缺氧出现口唇青紫的表现，抢救不及时甚至可能立即窒息死亡。孩子剧烈的咳嗽引起了家长的注意，发现小仙鹤不见了，赶紧送到医院检查。当地医院考虑到瓷制的小东西表面又硬又光滑，外形瘦长且极不整齐，要经气管内从原路取出难度非常大。而且如果用以取出的器械不适合，技术又不熟练，容易造成声门水肿，还随时都有生命危险，有可能就死在手术台上。好在小仙鹤外形不整齐，虽卡在气管里面一动不动，周围还有一定的空隙，不至于立即憋死。权衡之下，医院通知家属，应急送北京抢救。

那时我国航空运输还不发达，又没有直达的高速公路，唯一的远程交通工具就只有火车了。可当时火车运行速度也很慢，即使是直达或特快，仍需在特定车站停靠，等待旅客们上下车，要花费很多时间，但家属也只有抓住火车这一线希望了。当地火车站的工作人员发现患儿确实处在极度危险之中，了解到事情的严重性，立即采取特殊措施，急忙与沿线各地车站联系。对于一个因气管异物呼吸困难而时刻挣扎在死亡线上的小生命，谁又能不同情呢？沿线各地车站接到通知，都密切配合，作好应急准备，也组织旅客在列车中准备好，在列车到达前先排好队，快要到站的乘客只要到站停靠稳妥，就争分夺秒、秩序井然地快下快上，一分一秒地缩短每一处停靠的时间，这样积少成多。所有铁路员工和坐这一趟列车的乘客都有共同的心愿就是尽快把患儿送到北京，这样危急的小生命才能得救，才能继续生存下去。时间在一分一秒地消逝，距离首都几千里的路程在不断地缩短，患儿的呼吸却越来越急促，躁动不安，已是奄奄一息，好在一路大开绿灯，列车在向着北京飞奔，就这样分秒必争，终于提前到达首都北京。

我们医院也早早就接到从当地医院打来的长途电话，问清了必须了解的情况与信息，随时都在与北京站联系，并派急救车到站台上等候。耳鼻咽喉科值班人员早早挑选好大小适合的小儿专用喉镜、气管镜以及摘取气管异物用的各种不同类型的钳子，预先消毒好，一应准备齐全。遇到这种特殊情况，值班医生即使取异物的技术与经验很熟练，但对千里迢迢、从外地专程赶来的患儿也不敢轻视，唯恐发生意外，因此等列车快要进站时，还是请来经验丰富的徐教授，他是全国第一流的专家，对小儿气管异物的取出，绝对是权威，也绝对有保证。这一切安排妥当，万事俱备，就只等患儿了。

北京站离同仁医院很近，也就一站之遥。急救车呼啸着一路到我院，我院也大开绿灯，免去各项烦琐手续，急送患儿到耳鼻咽喉科气管异物抢救室。小仙鹤虽然在气管内卡得很紧，掉入很深，但在全体到场医护人员的协力配合下，徐教授亲自动手，不费吹灰之力，很顺利地就被取了出来，孩子得救了，立即停止了躁动，呼吸也变得平稳有序，还没有抱离手术台就已经安静入睡了。

回忆当年这惊心动魄的一幕，路程长达千余里，牵动着千万人的心，这是一次多么激动人心的抢救行为，用“生命线”三个字为题来讲述这个动人的故事，名副其实，一点都不夸张。“小仙鹤”的故事，也就这样被流传了下来。

在之后的几年，由于各地医院设备还不够完善，技术仍不够过关，遇到危险难取的小儿异物，也曾多次采取过同样的方式把患者送来北京治疗。为了不延误其他旅客的行程，当地有些火车站用火车机车头把挣扎在死亡线上的患儿一刻不停地送达北京。如此不但加快了运行的速度，也减去了运行中乘客们上下车不便和每站必须停靠的环节，只要一路上患儿不因窒息致死，到了我们医院都能及时把气管异物从原路取出，患儿毫发未损，立即又恢复了原有的健康活泼，只有极少数仍需留院观察。

为了就近就医，减少长途跋涉中气管异物患儿的危险，减轻沿线车站的负担，唯一的办法就是能让全国各地医院，起码当地较大的省市医院能自行取异物。为此我院曾多次举办学习班，徐教授把他的经验毫无保留地传授给来参加学习班的外地学员和来我院参观学习的耳鼻咽喉科医生们，这样各地耳鼻咽喉科医生对气管包括食道异物取出有了必要的知识并加深了认识。随着我国经济不断的发展，国力的增强，各省市医院对医疗设备可以随时补充，人才素质也不断提高，对气管异物的取出已经是轻而易举的事了。现在除了过于危险或特殊较大的异物，已经很少再转来我院了。

此外，经媒体多次反复宣传，家长们也都重视了起来，懂得了怎样预防气管和食道异物发生，因此后来到我院进行气管和食道异物就诊的病患就越来越少了。

我与老专家发生了矛盾

徐教授是我国著名的耳鼻咽喉科专家，一级教授，曾留学美国，拜于内窥镜学家 C. Jackson 门下学习，进修食道气管学，在这一领域有极高的造诣，称得上是一代宗师。他对后学的培养一丝不苟，循循善诱，无私地手把手进行指导，在技术上毫无保留。对我个人来说，在本学科方面取得的进步与成长，与徐教授的关心指导是分不开的。

在北京耳鼻咽喉专科医院与同仁医院合并后不久，我因不善于处理人与人之间的关系，不懂得如何避免矛盾直接发生，事与愿违地与徐教授发生了三次矛盾，非我所愿地冒犯了他。

第一次矛盾是在 1959 年，我刚刚接任“慢性化脓性中耳炎保守疗法”研究小组组长，当时同仁医院耳鼻咽喉科研究主攻的方向为“三炎一聋”四个课题（即中耳炎、鼻窦炎、扁桃腺炎和神经性耳聋）。大家都认为中耳炎保守疗法的研究是块难啃的骨头，要达到怎样一个治愈的标准和程度，都未明确。因此，耳鼻咽喉学术界对早期中耳炎的防治非常重视，希望能寻找到一种简单易行的办法，把它消灭在萌芽状态，既减少对人听力的损害，又能防止并发症的发生而危及生命安全。

我在无人应征的情况下主动提出承担这一艰难的工作。院方特别派了两名住院医生来协助我，时限三年。我在门诊成立了专台，除了星期天，基本上每天都参加诊疗工作，建立每一位患者的病案，记录治疗进展情况。

有一天，徐教授找我单独谈话。他开门见山地说：“你知道中耳炎研究的重要性吗？中耳炎的研究，哪些能做，哪些不能做，你切不可自作主张。”我诚恳地表达了自己的意见：“既然是让我当组长，我就必须实地参与工作，这样才会在工作中发现问题思考问题。只有站在第一线亲自过问每一个患者，通过实践才能加深认识。即使是失败的教训，对任何研究工作也都会是有启发的。接触的问题多了，总会有自己的设想，也才能最终找出解决中耳炎问题的办法。所以您应当相信我，给我一定的自主权和处理权。不过我会定时征求您的意见，向您汇报工作。至于进展情况等学术上的问题，请您参与我们的研究小组，共同讨论分析，我会接受您的意见。”听了我的回答，徐教授阴沉着脸，气氛变得很紧张，我不敢再说了。

出门后我心情沉重，面无表情，迎面碰到了走上楼梯的李院长。这位急性子的院长立即问我发生了什么事情，在他一再的追问下，我只好把刚才发生的一幕和我的想法告诉他。他说：“你按你的想法去做，一切由我向他说明。”谁知，就在第二天的院长碰头会上，李院长直截了当地对徐教授说：“中耳炎研究小组是由党委亲自抓的，每两周向党委做工作汇报，你就不用管了。”

从此之后，徐教授也就真的再不过问中耳炎研究小组的事了，我向他汇报，他也不听。即使后来我总结慢性化脓性中耳炎课题写出的论文，他也不闻不问，漠不关心。就这样，我无意中伤了他的心，以后也没有机会解释，以往的师徒关系，再不可能恢复到正常了。

第二次我又无意中伤了徐教授的面子。我在慢性化脓性中耳炎保守疗法研究小组工作时，就已经观察到鼓膜不论是发生大穿孔还是中型穿孔，只要细菌感染能用药物及时控制，完全可以在没有脓液即细菌不再能生长繁殖的情况下，利用局部仍在充血肿胀、残存鼓膜边缘肥厚、血管营养丰富的时机，促进鼓膜穿孔的向心生长而使其得到快速修复。这是我们小组通过反复实践认识到的一种新理论，比起书本上的知识（在中耳炎完全治愈后，在不充血不肿胀、完全没有分泌物即绝对“干耳”的情况下，还需要等待3～6个月之后，才能用上述同样方法使鼓膜穿孔自行愈合）不知要省去许多时间，而且还可早日改善听力，因为中耳炎绝对干后充血消退、血管收缩、鼓膜变薄，局部营养供应反而不足，鼓膜穿孔修复很难奏效。而且每次制造鼓膜新创面时，分泌物增多，也容易发生反复感染，又必须停下来，导致前功尽弃。

我曾总结参与“慢性化脓性中耳炎保守疗法”研究的999例患者，有301例是用此法使患者鼓膜穿孔及时愈合的。这其中也曾有过一个大穿孔的病例仅残留鼓环，我们利用此方法，在一个月内使鼓膜穿孔的病例缩小到1毫米左右。为减少患者来诊次数，我们改用旧式贴蜡纸的方法，不想一周后复查，穿孔反而扩大，又回复到原来的大小。说明治疗保持无菌状态，每天不断用药物刺激局部充血，保持中耳及鼓膜的湿润度，并防止病菌再感染繁殖，这几点是最为重要的。20世纪60年代初期，耳鼻咽喉科杂志尚未恢复，无处投稿，故这一经验未引起同行的注意及重视。

在“慢性化脓性中耳炎保守疗法”研究小组尚未撤销之前，徐教授应朋友之邀一时脱不开身，将一位徐姓患者交与我治疗，并交代他去福州两周，回来后再由他继续治疗。我接触到患者时，发现中耳腔内脓液很多，鼓膜红肿明显，鼓膜穿孔约3毫米大小，属于中型穿孔，我用保守疗法给予消炎、杀菌及打通，保障咽鼓管的绝对畅通（像自来水必须有下水道一样），有利于中耳正常分泌物及脓液的排出。不到两天脓液消失，正符合我们修复穿孔所需要的条件，立即抓住时机予以治疗，不几天，鼓膜穿孔不断缩小。两周的时间很快过去，徐教授回来了。我按约把患者交还徐教授继续治疗，当他发现鼓膜穿孔已缩小到针尖大小时，问我：“你是怎么搞的？”我如实向他汇报了情况。徐教授当着患者的面说：“你难道不知道在中耳有炎症的情况下，特别是还存在脓液时，不能将穿孔封闭？这是常规！你这样做岂不是增加炎症扩散的机会和危险性吗？必须等 3～6 个月，绝对干耳后才能进行鼓膜修补，你不懂吗？”这个道理在过去缺乏有效药物控制细菌生长、繁殖之前，当然是绝对正确的。当时我实在无法辩解，只好默默无声地走开了。第二天，患者仍然找我继续治疗，一天以后，穿孔自然愈合，复查后也未再发现问题。

可以说，在这个问题上，我和徐教授谁也没错，只是在当时各自的认识不同而已。一年以后，一次徐教授见到我，突然说了一句，他也发现滴药能使穿孔愈合。

第三次也完全谈不上是我的错，那是北京市委某同志因鼻子流血不止到我院治疗时发生的一件事情。

鼻子出血对于耳鼻咽喉科医生来说司空见惯，几乎天天都能遇到。除了鼻内恶性肿瘤、血管瘤、出血性鼻息肉、血液病等极少数病例，需要经医生详细检查才能早期发现外，外伤是引起出血最多、最普遍的原因之一。除了鼻部直接受外伤撞击，出血量多，出血不止，必须立即去医院治疗，另一些出血较隐蔽的原因往往是由于不良习惯，比如不时用手指抠鼻子，三番两次损伤鼻腔前部的黏膜，而最多的原因则是由于空气干燥，气体进进出出，对鼻黏膜不断冲击摩擦导致。特别是某些人在鼻中隔前端血管丰富，形成密集网状，构成易出血区。如果该处软骨又过于突起，鼻黏膜更易受到气体损伤、破裂，以至溃烂、结痂。结痂脱落，溃疡不断扩大，深及较粗血管时，就会引起出血不止或反复出血。

及时止血的方法也很简单，因为一般出血的地方都靠近鼻腔的前端，只要用左手或右手大拇指和食指，轻轻捏紧两侧鼻翼压向鼻中隔，此处正好是易出血的区域，也就可以起到临时压迫止血的作用，有立竿见影的效果。还可以把头适当向前倾，即稍微低垂，使留在鼻腔后部血液逐渐自动凝结，封住血管破损处。还可让家里的人，找条毛巾或橡皮及塑料水袋，浸上冷水或装上冷水，放在额部或鼻背部，人体局部血管会因受冷而收缩，起到自动停止出血的作用。当然在出血时，情绪不能过于紧张，否则血压增高，出血会更多，如果仍出血不止，那就只好捏紧鼻子以减少出血量，赶往医院由鼻科医生来处理了。

那么，这位同志当时是哪种原因引起的鼻出血呢？其实就是最普通、最常见的鼻中隔前端因黏膜溃疡所引发的出血。既然住进了医院，自然比一般的鼻出血要严重得多，溃疡面积较大且深，血管因炎症长期不愈合而充血变粗，出血自然较多。更因患者流血不止，情绪变得越来越紧张、烦躁，血压也升高，加重了治疗的困难。遇到这种情况，医生首先需要增强患者对治疗的信心，稳定情绪。正像我第一次去包头出诊时一样，患者听说我是从北京来的医生，立刻觉得自己有救了，情绪也变得稳定，局部未用什么特殊药物，抽出鼻腔压迫纱条，从此也未再出血。一场准备作紧张战斗的出诊，未费吹灰之力就解决了。

医生遇到鼻出血患者时，除了稳定情况，增强信心，局部仍须做检查，找出溃疡及出血区域。不论是在门诊或住院治疗，都应先用10%麻黄素、肾上腺素棉片等血管收缩剂，小心地慢慢顺其自然塞入鼻腔，它可以使鼻黏膜及血管收缩，鼻腔因而变宽，出血停止。一两分钟后，取出棉片，即可检查和处理鼻腔。有两种处置鼻出血方法：

（1）在用血管收缩剂的同时，加入局部麻醉药液，等看清及找准出血的创面时，可用棉签蘸一点有腐蚀作用的三氯醋酸涂布在创面或出血血管表面。也可用激光、冷冻及电凝固等办法，使创面结痂，血管断端凝结后，出血即可立即停止。但如果结痂面过大，仍可因自动或被动脱落而再次出血。

（2）为稳妥起见，在用血管收缩剂使鼻黏膜收缩、鼻腔变宽、找到出血点后，立刻用消毒的凡士林纱条平整塞入鼻腔，或先将一小块消毒过的玻璃纸或塑料薄膜平放在伤口表面，以避免将来拔出凡士林纱条时因纱条与创面发生摩擦，创面没有愈合而出血不止。我个人的经验是纱条不宜塞得太紧，因为已经用药物收缩的鼻黏膜不久就会自然膨胀，刚好可达到以压迫止血的要求，应根据创面的大小估计愈合的时间，尽可能不急于抽出鼻腔内的凡士林纱条。其实凡士林本身就有消炎作用，待创面愈合，自然就不出血了。一般来说，鼻腔用凡士林纱条压迫止血，常规应在 24 小时更换一次，但这个常规可以打破。

对于这位同志用以止血的方法采用的是后者，一直由徐教授亲自负责。每天更换压迫纱条，换药时每天仍有出血，量还不小，一个多星期过去了，怎能不令患者心情烦躁紧张？

有一天是星期日，轮到我值班去干部病房查房。这位患者问及为什么每次换药仍出血不止，没有好转。我了解到一些情况后，也没有想那么多，一时也找不到消毒好的玻璃纸和塑料薄膜，就按我常用的囊状压迫法给他换了鼻腔的凡士林压迫纱条，并嘱咐不要每天换药。

一周后，我来取出压迫纱条，先将放在囊内的纱条取出，等待一两分钟，被压迫的鼻黏膜逐渐膨胀复原，与先放的囊状纱条慢慢自动分离开。

这样即使溃疡面没有完全愈合，但是只要用钳子挟住囊状纱条的外端，由内向外揭起纱条，就避免了纱条与创面的撕扯。而且五六天后再换药，创面多已缩小或愈合，当然就不用担心再出血了。患者情绪放松，自然也就不会紧张急躁。

在如今这个科技发达的时代，根本用不着去考虑凡士林压迫纱条会像其他鼻腔异物引发鼻黏膜发炎，甚至发生鼻窦炎的危险。何况压迫一侧的鼻腔，另一侧仍能继续通气，不会造成头晕、头胀、头痛。只要不继续出血，患者就得到安慰，即使有些不舒服也能忍受，况且必要时还可用点镇静剂。

按过去的方法天天换药，更换压迫纱条，创面又不加以保护隔离，纱条与溃疡面贴得太紧，不能自然分开，溃疡表面的肉芽可以陷入纱条的网格内。

换药时不是将纱条由内向外揭开，而是直接揪住纱条往外扯，对创面造成较大的摩擦，甚至还会造成新的损伤。伤口愈合不了，怎能不天天换药，天天出血呢？

听了我的解释，患者点头表示同意，到了第二天即星期一，徐教授来为患者亲自换药，谁知患者对徐教授说："这回我不听你的，我听李新吾的。"

短短的几个字，简单的两句话，能让徐教授高兴吗？毕竟我是徐教授的学生，他的晚辈。但当时我确实没有想这么多，没有把事情处理好。从一位患者口里说出来"这回我听李新吾的"，对徐教授该是多大的打击，我当然怎么也没有想到这许多，后果会是多么难以修复和挽回！

学习矛盾论与实践论

矛盾论、实践论及“老三篇”，在一段岁月里曾是人人都要学习的主要内容。我自己经过反复学习“老三篇”，待人接物确实有了很大的改变，对患者的关心也有了更大的升华。而矛盾论与实践论，不论是对人或处事，在日常工作与生活中时时刻刻也都会用到。学习矛盾论和实践论，会提升你处理日常事务的能力，帮助你解决复杂的问题，甚至从未遇到过的难题。学习矛盾论和实践论，平心而论，我是受益颇多的，不过，强迫命令他人连续不定期学习矛盾论和实践论，为自己所想要解决的问题和达到的目的服务，就有些荒唐了。

事情是这样的。我们医院军宣队龚政委的老领导张大校患有慢性中耳炎，为了提高损失的听力，曾由北京某大医院的一位耳科专家治疗，将钽丝固定在全身最细小的中耳腔内槌骨柄上，代替损毁的砧骨直接插在镫骨底板上，重新起到骨链的连接作用，加强声音的传导功能，来增进听力。这个手术在当时被认为是非常先进、十分细微的，要求很高，必须在高倍手术显微镜下来完成。这方面我们医院还没做过，毫无经验。结果张大校手术后不但听力没有提高，反而意外出现了夜以继日的令人难受的高音调耳鸣，患者十分烦躁，不得安宁，更影响睡眠，可以想象，确实万分痛苦。

本来嘛，治疗任何疾病都有难有易，特别是遇到疑难病症时，医生们谁都不会说有绝对成功的把握，何况耳鸣是耳鼻咽喉科在治疗上的一大难题。致病原因很多，又是经过国内某位最具权威的耳科专家手术后发生的，病情自然十分复杂。在没有见到患者本人、没有患者的主诉、没有手术记录、不了解手术全过程、没有检查过患者、不了解耳鸣的轻重程度及性质（神经性还是传导性），就连一张简单的测听表都未能见到的情况下，龚政委以命令式的口吻对我们说有位军区首长患耳鸣，要我们来治疗，而且一定要治好。我们虽是都搞耳鼻咽喉科的，又能有什么绝对治愈的把握呢？遇到这样的事，我们不能不小心谨慎啊！在这样的心理状态下，我们又能说什么呢？异口同声地说了句“耳鸣难治”。听到如此简单的回答后，龚政委不容分辩，做出一个奇特的决定：“你们四个人既然无办法，那就每天在一起，集中学习矛盾论和实践论，三个月不成六个月，什么时候找出好办法，能解决张大校的耳鸣，学习就停止。”我们哑口无言，别无选择，只能每天自觉地把自己关在小小的办公室内，开始一遍又一遍地反复阅读矛盾论和实践论。

很快，两个星期过去了，这样被动地、漫无目的地看书、看书，再看书，翻了再翻，乏而无味，仍然无法与耳鸣的治疗联系起来，还不如让我们自由自在地开个病案讨论会呢。虽然这次学习对于治疗张大校的耳鸣收益并不大，但是学习矛盾论与实践论，我个人还是十分认真的，对我在以后的工作中也产生了一定的影响。

两个多星期也不算短了，把时间白白地耗在这里，也实在不值得。所以我努力说服了大家，由我出面邀请军区卫生部长和医院有关的领导，共同商讨与患者会诊。

会诊之后，我们基本上掌握了第一手的资料，并一致同意由我来做这次手术探查，也就不讲什么责任不责任的问题了。而我呢，还是心中有数的，如耳硬化症，小囊肿压迫在镫骨表面，鼓室成形术时皮片压迫过紧贴在了镫骨底板上，都能引起大小不同程度的耳鸣。张大校的耳鸣，很可能是用的钽丝过长，压迫镫骨底板太紧有关。这是早就应该考虑到的。

几天后，张大校住进了我们医院，我为他做了一切必要的检查，准备就绪后立即手术。当我按常规切口揭起人工鼓膜，在手术显微镜下，发现了那根细小如发的钽丝，砧骨还在，就卡在槌骨柄与镫骨底板之间，镫骨弓早已损毁没有了。我轻轻地将这根略带黑褐色的小小钽丝取下，顷刻之间，张大校立刻喊道“耳鸣不响了”。大家真是高兴极了，成功总是皆大欢喜的。事实也证明病因就是钽丝安置过长，不但没有起到增加听力的作用，反而压迫镫骨底板，使其固定不得活动，产生尖锐高调的耳鸣。这与耳硬化症，镫骨底板周围的环韧带被病灶侵蚀，固定不动而产生耳鸣的原理有相同之处。不过耳硬化症的耳鸣是随着时日的增长而逐渐增强的，底板位置不变，患者习惯了也就比较能忍受，而张大校的耳鸣是由于钽丝过长，把正常位置的底板强力推向内耳一方，耳蜗突然受压过重产生的耳鸣，肯定让患者一时接受不了。现在将钽丝取出，内耳的受压解放了，所以耳鸣也就立即消除，问题就像事先所料地迎刃而解了。可笑的是，这根小小的钽丝竟然带来如此多的麻烦。

我把钽丝取出来以后，又根据张大校的实际情况把砧骨取了出来，稍事加工，改变成需要的大小和形状，按照我做鼓室成型的习惯，重又把它放回至槌骨柄与镫骨底板之间，周围予以固定，张大校立感听力有所增强。将人工鼓膜复位，手术就算结束了，这个学习矛盾论与实践论的故事也就告一段落。

不过经这三个星期的集中强迫学习，在以后的工作和生活中遇到许多难以解决的问题，我确实就会想想实践论和矛盾论，从中去找答案、找解决问题的方法。

总之，这三个星期学习，没有白费。说句实话，龚政委的方法是粗暴点，对知识分子不讲理，没有给充分的时间，强迫让我们学习。当时这两篇文章，我们背都背得出来了。现在回忆起来，真的受益匪浅，说句心里话，我还是很思念、很感激龚政委的……